Carlos Cañeque

Quién

Carlos Cañeque

Quién

Premio Nadal 1997

Ediciones Destino
Colección
Áncora y Delfín
Volumen 778

Consell de Cent, 425. 08009 Barcelona
Primera edición: febrero 1997
ISBN: 84-233-2772-8
Depósito legal: B. 1.532-1997
Impreso por Limpergraf, S.L.
Carrer del Riu, 17. Ripollet del Vallès (Barcelona)
Impreso en España - Printed in Spain

A Maite,
eje, sonrisa, Pekín...

Me pregunto si, a pesar de mis precauciones,
no estaré hablando de mí.

SAMUEL BECKETT, *Malone muere*

No sé cuál de los dos escribe esta página.

JORGE LUIS BORGES, *Borges y yo*

Cuando era más joven mi padre siempre me decía: hijo, cuesta mucho salir de la fila, yo lo he conseguido, tú no lo vas a conseguir jamás, pero no te preocupes, ya te he dejado bien situado en la parrilla de salida. Hay gente que nace con carisma, destinada a triunfar, pero ése no es tu caso.

Solía darme ánimos con frases de ese tipo. Otras veces me hablaba de sus triunfos con una seguridad que me hacía estremecer. Llegué a odiar su capacidad de humillarme, del mismo modo que pronto odiaré la mirada condescendiente de Silvia, su falta de confianza en mí, su tranquilidad severa mientras los días avanzan sin que nada suceda.

Seguramente me engaña, seguramente ha encontrado comprensión en unos brazos nuevos. Pero a Silvia le falta talento incluso para tener ilusiones. Yo, por el contrario, fantaseo con mis alumnas, imagino mis manos sobre su piel turgente mientras les explico mi proyecto, mientras creo adivinar en sus ojos el resplandor de la admiración. Aunque el efecto benéfico de la admiración cuando procede de la estupidez no dura más que el tiempo que la sustancia blanca tarda en derramarse. La flaccidez consiguiente me devuelve siempre al dolor del anonimato, la tristeza del después anula cualquier satisfacción tangible. En el fondo, mi padre tenía razón.

Cometí un error que tuvo un precio alto: no me di cuenta de que estaba eligiendo mal, de que vivía rodeado de gente que era peor que yo, mucho peor, de gente sin destino. Aparté de mí conscientemente a todos aquellos que eran mejores. Cuando atisbo rasgos de talento en alguien, pienso inmediatamente, esta bestia es mejor que yo, él conseguirá escapar algún día al doloroso anonimato. Las fiestas me deprimen, acudo a ellas lleno de ilusión pensando que mi narcisismo será suficiente para convencer a todo el mundo de mis grandes aptitudes. Sin embargo, pronto descubro que no es así, que el talento sin obra es intrascendente, banal.

Todo está lleno de nubes. También hay nubes en mi cabeza. Las nubes del fracaso adelantan el paso sin escrúpulos para hacerme sentir cada día peor, cada día más falto de fuerzas para avanzar hacia una solución, hacia algo que me haga salir definitivamente de mi doloroso anonimato. Cómo podría escapar de esta sensación que atenaza mi estómago, cómo podría vencer este desaliento que me avergüenza, que me hace sentir como un imbécil. Debo asumir el fracaso, debo considerar que no puedo escapar de él, que la mediocridad se pegó a mi piel desde pequeñito, que se enzarza como una espiral sin fin a mi código genético. Las nubes, de nuevo las nubes, los vapores de un desencanto que crece con los años, que se hace más espeso. Trato inútilmente de garabatear algunas líneas de las que pueda sentirme orgulloso, que me coloquen más cerca de los grandes, de aquellos dotados del instinto de las combinaciones que son portadores de valores universales como los del héroe de

Hegel,[1] pero es imposible: llegué tarde al reparto de talentos. La inspiración me traiciona, el estilo también, mi cabeza está abotargada, tan sólo hay nubes. Tal vez las nubes del canuto que me hace creer en algunos momentos que todavía queda alguna esperanza, que no todo está perdido: me gustaría escribir, por ejemplo, pronto estaré muerto. Pero esas palabras ajenas no serían apreciadas por los lectores, los críticos las considerarían triviales, mis amigos tal vez las celebrarían con la condescendencia que provoca la imagen especular del fracaso. El fracaso y el narcisismo crean una combinación lineal que sólo en raras ocasiones da sus frutos, y cuando los da, son casi siempre frutos amargos que llevan en su interior la atrocidad del resentimiento, la sensación de los domingos por la tarde esperando el lunes, esperando que la maquinilla de afeitar de los lunes estire la espuma que nunca llega a adquirir consistencia, el espejo de los lunes que me muestra desnudo ante una nueva semana anónima, sin protagonismo.

He visitado de nuevo a Sandra, la portorriqueña que me hace sentir mejor por poco dinero. He inventado para ella una vida falsa, una vida llena de triunfos y de esperanzas. Esta tarde le he contado que en realidad soy espía; me miraba con una mezcla de credulidad y de asombro y he puesto toda mi imaginación al servicio de una gran historia, una historia inventada para seducirme a mí mismo; he visto en sus ojos una extraña expresión mientras permanecía iluminada por la tenue luz del foco que se reflejaba en

1. El autor se refiere aquí a la primera especie de residuos que Wilfredo Pareto asociaba en su interminable *Tratado de Sociología General* con aquellos individuos que, como el león maquiaveliano, eran portadores de la innovación y del progreso.

sus dientes blancos, cuando sus labios de carmín malva parecían abrirse para concederme un beso. Ha tomado su copa, y se ha puesto a reír mostrándome la lengua que deseo; se ha sacado la cinta que recogía su pelo moreno y ha roto el encanto con una frase hiriente y profesional: sí, me ha dicho, es un argumento muy parecido al de la película que mi madre trajo ayer del vídeo club, pero has cambiado el final, no muere la chica, muere el espía. He tratado de acercar de nuevo mi boca a sus labios pero me he dado cuenta de que ella sabía que yo era un fracasado, que nunca conseguiría salir de mi doloroso anonimato. Estas muchachas tienen un olfato especial para conocer a sus clientes. Saben enseguida cuándo un putero ha triunfado en la vida, se lo notan en la cara. He decidido entonces utilizar mi última estratagema para recuperar el terreno perdido, para recobrar esa sincera mirada de credulidad y asombro. Le he dicho que la quería, que me pasaba las noches pensando en ella, que ni siquiera las palabras del bolero podrían aliviar mi tristeza, que se quedara conmigo para siempre, que yo haría de ella lo que quisiera ser; he dejado que mi mano avanzara entre sus muslos, la he oído decir, no hagas eso, me estás poniendo cardíaca. Se pone cardíaca por mi mano, pero no por la imaginación que despliego narrando una vida que invento para ella. Quizá la pigmalionización pueda ser la única obra que logre emprender un narcisista fracasado. Finalmente ha cogido un bloc y ha escrito unas frases, ha arrancado el papel y me lo ha puesto en el bolsillo de la chaqueta.

Al salir lloviznaba y he pensado que no podría dormir, que la inspiración llegaría si oía mis dedos deslizarse sobre el ordenador. Por eso he decidido que no podía dilatarlo más, que tenía que empezar la novela, que tenía que ponerme a escribir. Esta noche por fin buscaré el principio de mi gran obra interactiva, multidimensional, el principio que justificará el prólogo que en el futuro escribirá un académico envarado sobre mi texto universal y poliédrico. Veo de pronto uno de los epígrafes de ese prólogo: una novela escrita desde la propia piel, desde el fracaso, desde esa vacilante condición mortal que encubre la grandeza. Puedo imaginar muchas más frases elogiosas, puedo imaginar que se hable de un estilo deliberadamente roto, puedo imaginar que alguien diga: la novela de *Antonio López*, un texto que se sitúa en las fronteras de la literatura, que marca la divisoria, un texto que se cierne para señalarnos los límites.

He sacado el papel del bolsillo de la chaqueta y he leído lo que Sandra había escrito para mí:

ODA A LA CONCIENCIA DE UN FRACASO

Quiero mandar tu recuerdo al cielo,
que toque al llegar la puerta de cristal,
que entre y salga con alas.
Quiero mirar tu recuerdo,
junto a las estrellas.
Quiero verte atravesando la pesada
y liviana puerta de la eternidad.

SANDRA

Pero ahora debo empezar a escribir, ahora debo escribir la primera frase, la que impedirá que el lector se escape, que me traicione, que se vaya con otro, como sin duda ha hecho Sandra cuando la dejé....

Ángel María González Villanueva
Departamento de Veterinaria
Universidad de Barcelona.

14 de diciembre de 1995

Andrés Miguel Esteve Puig
Facultad de Filología Clásica
Universidad de Barcelona.

Querido Andrés:

Hace unos meses, una mujer de la limpieza encontró en el laboratorio un paquete abierto que contenía estas páginas que te adjunto. Han estado durante un tiempo prudencial en nuestra secretaría, pero nadie ha preguntado por ellas. Un ayudante mío me ha dicho que cree que una tarde vinieron aquí unos estudiantes de tu facultad. Como, además, esas hojas parecen una novela —intitulada y anónima—, he pensado que tal vez alguien que tú puedas conocer las haya perdido. Aprovecho para felicitarte las fiestas y desearte un próspero año nuevo,

Ángel María

—Hombre, Lorenzo, ¿qué tal estás? He leído tu última novela. Me pareció muy interesante el tratamiento que le das al final, cuando nos llevas a sentir que el personaje no se da cuenta de por qué se ha quedado solo.

—Miguelito lo explicó muy bien en su crítica. Por cierto, nuestro mecenas está muy pesadito con la novela de López. Le quiere dar el premio.

—Sí, ahora le ha dado por los desconocidos. Piensa que venden más y tiene en la cabeza toda esa payasada de la pureza del premio. Piensa que a la gente le encantan los nuevos escritores, que le gusta descubrir nuevos valores, aunque en realidad no tengan ninguno. Mira, Lorenzo, lo que sucede es que todo tiene un límite y lo de este chico es absolutamente infumable. La novela carece por completo de densidad novelesca, es un jueguecito ridículo y sin ninguna gracia.

—Vamos de mal en peor, tienes razón. Lo malo de este López es que no es un escritor; lo suyo parece realmente un diario y no porque allí haya un entramado narrativo que cree esa sensación, sino básicamente porque el autor debe de ser un idiota como el protagonista de esa infamia. El estilo carece absolutamente de coherencia, parece de esos libros que hacen los malos estudiantes, llenos de retazos de frases de otros, memorizadas descuidadamente y pegadas junto con otras frases propias que rompen el ritmo del texto, convirtiéndolo en una especie de *patchwork* absolutamente incoherente.

—¿Y el título? ¿Qué me dices del título? «*Proyecto de monólogo para la soledad de G. H. Gilabert.*»

—Sí, es pedante, ridículo.

—Pues parece que a María Eugenia también le gusta, quiere votarle. Dice que es muy gracioso que un tipo se desnude así, que es una novela verdadera, que hay que apoyar a los narradores con esta autenticidad, que Conrad debía de ser un ingenuo de este talante, un individuo que conseguía la grandeza de la épica antigua por la sinceridad infatigable de sus caracteres. No sé dónde vamos a parar.

—Yo creo que María Eugenia está falta de cariño, que necesitaría un novio. Desde que murió su marido no se la folla nadie.

—Lo que está haciendo últimamente es una mierda, fíjate en su última novela, es de un palurdismo intelectual sorprendente.

—María Eugenia, he encontrado muy divertido esto del tal López. Me lo he pasado bomba. Este chico puede ser un crack, una especie de Kennedy O'Toole. Yo me lo imagino importunando a las editoriales con su original bajo el brazo, dejando tarjetitas y después virtiendo toda esa mala leche en su novela.

—Sí, a mí también me ha gustado mucho, pero por razones distintas, yo creo que el tío es un perverso que ha decidido hacer una parodia de los intelectuales palizas que escriben novelas llenas de extraños mensajes, de digresiones inútiles sobre la figura del héroe, de frases trabajosamente imitadas a Puente,[2] porque ni siquiera imitan a Azorín, estos hijos de puta. Y este López los ha pillado, les está dando realmente por el culo, está mostrando su falta de talento, su falta de expectativas; esos escritores son realmente como López se describe paródicamente a sí mismo, les está diciendo: «Os reís del desgraciado de López, de ese tarado esencial, pues bien, reíd, reíd y mientras seguid construyendo frases vacías, huecas».

—Fíjate cómo se han puesto los puristas. Rojas y el otro. Rojas tiene pánico de que esto pueda funcionar. Fíjate que él no ha vendido ni dos mil ejemplares de *La lluvia se disuelve en las entrañas*. Estoy contigo, debemos apoyar a López.

—Creo que nuestro editor está decidido por la opción de López.

—Sí, cree que va a ganar dinero publicando a ese idiota. Yo no sé qué debe haber leído, pero ahora está con esa historia del reconocimiento, de la identificación, de la marca. Dice que quiere vender los libros como si fueran jabones. Piensa que el secreto está en encontrar jóvenes escritores con los que la gente se identifique, con los que la gente piense que esto de escribir es fácil, que ellos también podrían hacerlo.

—Yo creo que esto es idea de la directora literaria que tiene, que le cuenta cosas que él no comprende y con las que después fabula. Lo peor es que esta chica tampoco entiende nada, tiene la cabeza llena de serrín.

2. El autor alude aquí al escritor madrileño Luis Puente, que con su novela *El sincero fingidor* alcanzó gran notoriedad en la España de finales del siglo XX.

Lorenzo Carreño hizo una pausa mientras observaba sobre la mesa el montón de novelas finalistas. Luego se acarició un poco la barba, llenó su vaso de agua y dijo en un tono muy serio:

—Yo me niego a darle mi voto a una novela tan floja, a una novela que no es ni siquiera una novela, que tiene toda la pinta de un diario ingenuo y barato. Estoy absolutamente convencido de que ese tío es así en la vida real, que como no ha sido capaz de crear un personaje se ha metido a él mismo como protagonista. Yo la veo impresentable; ahora, haced lo que queráis, pero si luego las críticas la ponen a parir no me digáis que no os lo advertí... Es muy flojita, hombre... La de María Parera es muy superior en todo, y la de García Oviedo está infinitamente mejor escrita... Si queréis, a López hacedlo finalista pero no le deis el premio... Me haríais sentir cómplice casi de un escándalo...

El editor evitó la mirada de Carreño y se limitó a depositar su enorme puro sobre el cenicero, esperando oír en la boca de sus aliados los argumentos requeridos para la ocasión.

—Lorenzo —dijo Padrol en tono conciliador—, es evidente que de los cinco que componemos este jurado, tu opinión, como escritor consagrado y experimentado, es la más importante y la que tendría que fundamentar nuestro veredicto. Estoy de acuerdo contigo en que la de García Oviedo está mucho mejor escrita que la de López, pero también tenemos que pensar en que no le podemos dar el Gracián a una novela tan experimental, a una novela que a duras penas llegaría a los diez mil ejemplares.

El editor volvió a coger el puro del cenicero y se lo acercó a la boca dando una calada y echando el humo hacia arriba, como buscando un espacio más alto que el conseguido por la pipa de Lorenzo Carreño.

—Lorenzo —dijo por fin, dejando de masticar la punta humedecida del Montecristo—, yo, sinceramente, la de García Oviedo la encuentro aburridísima, y además, creo que al final se arma un lío que la hace incomprensible. Lorenzo, por favor, no me hagas dar el premio a una novela que casi nadie va a entender. Mira, ahora se ha puesto de moda esto de la metaliteratura, estos tostones con protagonistas que escriben novelas dentro de otras novelas, que alternan distintas voces en primera persona, que juegan a confundir al lector hasta marearlo; y a mí, la verdad, me parecen todas iguales, un coñazo seudointelectual...

—La de García Oviedo la veo bien de finalista —terció María Eugenia Castro—, pero el premio se lo daría a López o a la Parera. Yo estoy de acuerdo en que no se lo podemos dar a una novela tan experimental como la de García Oviedo, a pesar de que haya sido escrita por un escritor tan conocido como él. Además, sería casi degradante someter a la mayoría de los lectores a una prueba que pusiera en tela de juicio su inteligencia.

—Pero, coño —dijo contrariado Lorenzo Carreño alzando la voz—, es mucho peor que piensen que los tontos somos nosotros. La de López no tiene nada, no la salvaría ni el mejor escritor haciendo de negro y reescribiéndola entera...

—Yo no la veo tan mal —añadió María Eugenia Castro—, tiene sinceridad, ingenuidad, frescura, inocencia...

Muchos años después, cuando él apenas sería un leve perfil en la memoria de Silvia, ella recordaría la noche en que le preguntó: «¿Es el humor una rama del sexo o el sexo una rama del humor?». Todo empezó aquella noche desprovista de símbolos premonitorios en la que Antonio murió.

Sonó el teléfono hasta que Silvia decidió cogerlo. Antes bajó el volumen del tema *Turn Out the Stars*, de Bill Evans, que Antonio había puesto demasiado fuerte antes de introducirse en la bañera.[3] Era la madre de Antonio.

—Dile que estoy en el baño y que la llamaré mañana —gritó desde el agua caliente.

Todavía tenía que afeitarse y vestirse cuando Silvia apareció con el pintalabios, casi dispuesta para salir. Siempre se distraía en la bañera y sus tardanzas habían reportado a la pareja una fama de impuntual

3. Según me tarareó el propio autor pocos meses antes de morir, en realidad estaba sonando *Waltz for Debby*. Quiero hacer notar este pequeño detalle a pesar de que para el caso —el lenguaje escrito en palabras— da un poco lo mismo. Sobre el tema de la música en la obra de Gilabert, véase el trabajo de Samuel Harrigan titulado *The Music in the Novels of G. H. Gilabert*. The University of New México, N.M.U Press, 2014.

que hoy volvería a confirmar. Disfrutaba del baño y accedía a él como a un rito sagrado. Le gustaba el agua muy caliente, casi al límite de lo resistible. La tanteaba con el pie y algunas veces se pasaba y tenía que rebajarla con un poco de agua fría. Se sumergía lentamente, como gozando del dolor que poco a poco iba ganando cada centímetro de su piel. Permanecía mucho tiempo e, incluso, después de transcurrido ese rato en el que se relajaba hasta casi dormirse, abría de nuevo el grifo del agua caliente para repetir *la sensación*. Siempre que se introducía en la bañera lo hacía fumando un canuto que había liado minutos antes y que con el vapor se humedecía en sus dedos hasta apagarse. Este conjunto de impresiones sensoriales —el hachís aumentaba su intensidad perceptiva, por lo que también lo consideraba imprescindible para hacer el amor— formaba parte de su vida como un paréntesis abierto en la rutina y el malestar general.

El vapor, el olor dulce del cannabis, la inmersión en el agua caliente, la música de Bill Evans, la ceremonia constante de avivar el cigarrillo apagado, y la sonrisa fiel y previsible del póster de Marilyn que le inducía con frecuencia al onanismo subacuático, se habían convertido en elementos esenciales de su creciente filosofía inmovilista y zanganil.[4]

Habían quedado en recoger a Víctor y Ana enfrente

4. Hoy sabemos que el autor estaba familiarizado con los innovadores hallazgos de Massimo Piranesi en el campo de la terapia de la enajenación. Para Piranesi, la inmersión acuática a elevadas temperaturas produce en el ser humano una depuración espiritual, una reordenación de prioridades, que, en casos extremos, puede llegar a inducir al sujeto a un trance religioso de extraordinaria profundidad. La misma experiencia ha sido descrita por el neurólogo Arturo Homedes como una recuperación sucedánea del líquido placentario materno.

del café París a las nueve y media, y ya casi lo eran. Como solía ocurrir, ante las protestas de Silvia, salió y se vistió con una rapidez frenética. A la secuencia veloz de Antonio apagando el tocadiscos mientras se hacía el nudo de la corbata para salir corriendo por el pasillo hacia el ascensor, sucedieron nuevos reproches de Silvia por su dilación en la bañera, por haber dejado toda la habitación encharcada y por salir con espuma de afeitar en la oreja y la nariz «como un payaso».

En el paso acelerado hacia el aparcamiento, Antonio se dio cuenta de que no llevaba consigo las invitaciones del premio literario. Se habían quedado encima de la mesa del pasillo cuando fue a ponerse el abrigo. Vuelta a subir corriendo y a bajar saltando por encima de las escaleras, con la imagen de locura que esa inútil ansiedad deja siempre en la eventual vecina que llega lentamente a la quietud de su hogar. «De repente —pensó— las cosas se aceleran; de repente, la música de Bill Evans se hace irritante y hay que correr a bajarla, a silenciarla. Pero ¿se hace irritante de verdad o se hace irritante para Silvia, a la que no le gusta el jazz a pesar de que siempre dice que le encanta?» A Silvia no le gustaba el jazz y eso, junto a tantas otras cosas, era lo que les separaba, lo que les impedía urdir ese tejido necesario de complicidades que debe fundamentar toda pareja. Con la literatura pasaba lo mismo: decía que le apasionaba Borges cuando en realidad lo que le *distraía* eran las novelas de Patricia Highsmith o de Simenon. Cada uno de estos fingimientos, cada una de esas elusiones de la realidad, confirmaban a Antonio la forma esencialmente superficial de entender la vida que tenía Silvia; forma que, aunque en otro tiempo le había parecido un componente innegable de su encanto, ahora le resultaba un mero simulacro de felicidad. Desde hacía ya años vivían como separados por un cristal; cada uno hacía su vida y apenas hablaban de lo que les acontecía en el interior. Los reproches se habían vuelto inútiles y cualquier alternativa —la separación— daba a ambos una cierta pereza, un cierto miedo a afrontar lo que serían, al menos inicialmente, nuevas e interminables conversaciones aclaratorias que harían del proyectado divorcio un tortuoso camino inacabable. Antonio estaba convencido de que, al menos por el momento, necesitaba mantener su relación con Silvia. Aunque desgastada, esta relación le seguía aportando el calor y el orden mínimos que él intuía necesarios para poder escribir su novela. Además, en realidad, era casi como si ya estuvieran separados: existía entre ellos un acuerdo tácito para respetar el *status quo* con cierta frialdad, como si se resignaran a dejar pasar el tiempo guardando las apariencias, como si ambos supieran que cualquier replanteamiento frontal de la situación sería demasiado conflictivo e irreversible. Incluso el piso estaba dividido en áreas de uno y de otro y, salvo en lo que necesariamente se veían obligados a compartir, cada uno se sentía en su zona «como en su propia casa». La frecuencia de sus relaciones sexuales también había ido disminuyendo cada vez más. ¿Una vez al mes?, ¿acaso dos?, y era todo. Por otra parte, el orgullo hacía que esta frecuencia no estuviera —ni mucho menos— garantizada, porque algunas veces, cuando él proponía ella rechazaba diciendo que se sentía cansada, y esto significaba que él se la guardaba para rechazarla en la primera ocasión que se le presentase. Así podían estar meses sin apenas tocarse. Cuando en esas contadas ocasiones —con frecuencia en las tediosas tardes de domingo— llevaban el acto adelante, Antonio imponía una oscuridad total. Esto le permitía jugar más fácilmente con la ilusión de transformar el cuerpo de Silvia en el de Teresa Gálvez. La tácita complicidad por parte de su mujer en esa rigurosa carencia de luz, hacía sospechar a Antonio que tal vez él fuera también el reflejo de otro cuerpo ausente: dos máscaras jadeando en la tiniebla de un domingo tedioso, dos seres que se acarician en una velada simetría proyectada en otros cuerpos imaginados: ¡qué extraña forma de negar el presente!

A veces, en el orgasmo —quién sabe si fingido—, ella gritaba: «Me gusta follar contigo». Eso a Antonio le parecía otra posible prueba de su infidelidad, porque quién sabe si en ese «contigo», como en su caso con Teresa Gálvez, se hallaba algún *yuppie* o publicista de su despacho. Pero no sentiría celos, sólo le picaría un poco el orgullo; no sentiría celos aunque descubriese pruebas irrefutables. De hecho, alguna podría considerarse ya irrefutable: paralela a la espina dorsal de Silvia, una raya roja había sido perversamente trazada en su espalda. Era un arañazo del que Antonio no se sentía autor.

Todas estas reflexiones sobre Silvia y sobre su vida se las comentaba a Lloveras, su nuevo psiquiatra, que desde hacía un año había sustituido al que se mató en las costas de Garraf. Era un joven sumamente serio que le escuchaba sin apenas intervenir y que le obligaba a hablar de su caso, que era el caso de un hombre triste y sin interés. Informado de su proyecto de novela, Lloveras le sugirió que todos esos discursos que largaba en su presencia, le podían servir para comenzar a escribir. Comenzar a escribir: sabía a ciencia cierta que ése era su verdadero y único problema. Sabía que si comenzaba a escribir, si conseguía erigir al cielo esas primeras páginas de su mundo interior, no pararía hasta alcanzar la gloria que le sacase de su anónima y dolorosa situación.

Lloveras propuso incluso grabarle sus propios monólogos, pero a Antonio le pareció que no soportaría volver a escuchar esa dispersión de sentimientos inconexos. Necesitaba más estructura, más narrativa fuera de su propia persona, más alejamiento de ese ser lamentable al que en el fondo quería olvidar. Pero el psiquiatra insistía —hechizándolo en el diván— en que todo escritor construye sus personajes en función de sí mismo, y eso le fue convenciendo hasta que por fin, un día, comenzó a registrar sus vaivenes imaginativos en el ordenador. Primero intentó elaborar una clasificación temática para enumerar los asuntos que más podían agobiarle: los tipos de angustias y de fobias que sentía, la absurda relación con su mujer, la dificultad para afrontar la separación, el proyecto de una novela que no era capaz de comenzar, las inquietantes citas adulterinas con Teresa, los innumerables miedos y paranoias que le dañaban a veces sólo con salir a la calle, los insufribles colegas del departamento de literatura que le involucraban en feroces luchas internas, sus experiencias con las drogas, etcétera. Pero pronto se dio cuenta de que esas clasificaciones, ese aparente orden categorial de sus problemas no conducían a nada, al convertirse inmediatamente en una compleja red de imágenes y recuerdos que su mente era ya incapaz de diferenciar. Todo estaba relacionado entre sí, de forma que nada se podía pensar sin aludir a la globalidad de las cosas; porque aquella tarde de su infancia en la que presintió por primera vez el sexo no podía ser más o menos importante que la semana que se encerró en una pensión de Comarruga para leer *Madame Bovary* por segunda vez. Todo había dejado huellas imborrables en su memoria, todo se relacionaba con el que ahora era y sería, todo formaba pequeñas geografías definitorias en su piel. Qué islas recónditas, se preguntaba, habría dejado Emma Bovary en sus sueños y en su espalda; qué ignorado propósito albergaba la mirada sensual que él había imaginado en ella y que ahora se interpondría en la de todas las demás. No, sería mejor comenzar a escribir un diario sin atender a rótulos ni clasificaciones, dejando que los entresijos más ocultos se fueran sedimentando en función de los énfasis, de las reiteraciones y de las urgencias que su propio inconsciente arrojara espontáneamente sobre el ordenador. Fue a partir de ese pequeño axioma metodológico cuando Antonio se sintió capaz de comenzar a escribir todo lo que el azar (salvo que no hay azar, salvo que lo que llamamos azar es nuestra ignorancia de una compleja y secreta maquinaria de causalidades) consentía presentar en su imaginación.[5]

Cuando Antonio saltó por segunda vez a la calle, notó un mareo y una fuerte presión en el pecho. Extrajo de su bolsillo uno de los tranquilizantes que siempre llevaba consigo y se lo tragó sin agua, como se había acostumbrado a hacer. Por el momento no quiso decirle nada a Silvia. Ella estaba harta de sus mareos y de sus fobias. Le habían aguado tantas cenas y compromisos que algunas veces llegaba a creer que lo hacía a propósito para fastidiarla. Empezaban con un dolor de cabeza y una creciente sensación de morirse para seguir con los «me quiero ir a casa» o con los «llama a una ambulancia». No es que ella reaccionara mal, no es que no fuera suficientemente comprensiva o maternal, pero claro, tener a un cenizo así a la vera se convertía en un verdadero calvario con cruz de plomo.

5. En el original en catalán, la frase entre paréntesis es una traducción literal de otra de Borges, lo que nos ha animado a traducirla directamente con las palabras del autor argentino, que, en este caso, convierten la frase en castellano en el original del original. En lo sucesivo, obraremos de igual forma cuando vuelvan a repetirse casos similares.

Desde luego que no lo hacía a propósito —a no ser que algunos de sus propósitos escondieran insospechadas derivaciones hacia el masoquismo y la degradación—, pero el mero hecho de que ella pudiera creer que todo era un simulacro, le irritaba y le agraviaba en lo más hondo. Era verdad que Antonio notaba palpitaciones y sudores fríos, era verdad que percibía un insufrible hormigueo en las manos, era verdad que había sentido claros preludios de insuficiencia hepática y explosiva presión arterial, era verdad que al ponerse la mano en el corazón no se lo notaba palpitar, pero era también innegable que todos esos síntomas se convertían en *psicológicos* una vez que volvía a casa y conseguía relajarse un poco, y que la sonora ambulancia, el eventual médico que de forma espectacular le había suministrado un boca a boca en Finisterre o la melodramática visita semanal —con despedidas para siempre y lágrimas en los ojos— a las urgencias de la clínica Quirón, incrementaban en las mentes de los demás —también en las de sus compañeros de facultad— un currículum lamentable.

Aquella misma mañana había estado haciendo el amor con Teresa, y el hallarse ahora con Silvia representando el papel social de marido consolidado, aumentaba su sentimiento de culpabilidad. Por un momento recordó que después del dilatado acto sexual, cuando Teresa se durmió, se había mareado más que otras veces. Pensó que debía de ser por la mezcla del hachís con el *popper* que inhalaba siempre con ella en los umbrales del orgasmo. Se había levantado para beber agua cuando sintió que estaba a punto de desvanecerse. Fue al cuarto de baño y abrió la ventana de par en par a pesar del frío. Seis meses antes, la primera vez que Teresa le dio a inhalar la sustancia líquida, creyó por un momento que esa intensa sensación en las vísceras y ese extraño calor en el pecho eran un signo inequívoco de la inminencia de su muerte. Silvia aceptaba compartir el hachís pero no el *popper*, por lo que éste se había convertido en otra secreta particularidad de su relación con Teresa. Pero el mareo de la mañana había sido inusualmente intenso y prolongado; además, a diferencia de otras veces, no acababa de pasarle totalmente. Todavía se sentía muy fatigado y, de no tener el compromiso del premio literario, se hubiera metido en la cama y hubiera intentado combatir el insomnio con los casi siempre inútiles ejercicios de tensión y distensión muscular recomendados en su día por el psiquiatra que se mató en las costas de Garraf. Además de los encuentros con Lloveras, Antonio estaba ahora siguiendo un tratamiento nuevo que consistía, en lo esencial, en asistir a «sesiones de rutinización y desdramatización fóbica» y en la compulsiva ingesta de un arco iris de pastillas.

Mientras conducía el coche, notó como si se moviera el suelo, como si no percibiera bien los pedales, como si la ausencia de gravitación le fuera a hacer levitar por encima de los coches del atasco, por encima de los semáforos y los árboles de la Diagonal. Descartó la posibilidad de que tales sensaciones pudieran ser atribuibles al hachís o al *popper*, por lo que creyó estar en las cercanías de una nueva fobia declarada. A pesar de esta evidencia empírica, resistió y fingió unas palabras de normalidad. El atasco de la Diagonal dilató hasta lo increíble el suplicio de este fingimiento. Abría al máximo la ventana como buscando desesperadamente una salida, pero tenía que volver a cerrarla porque el frío se instalaba en el interior del coche y Silvia se lo hacía notar.

—¿Te encuentras bien?

—Sí, sí, sólo me agobia un poco el atasco.

—Bueno, es igual, no pasa nada, si llegamos tarde

ya comeremos el segundo plato o el postre. Además, en general, la comida que se sirve en estas ocasiones es peor que la del cuartel.

Víctor y Ana les esperaban de pie, frente al café París, en la misma acera de otras veces. Tan pronto como les vieron llegar levantaron los brazos en un doble signo de alivio y reproche.

—¿Qué pasa, tíos? Es tardísimo —dijo Víctor entrando y cerrando la puerta de un golpe.

—Este señorito se ha tirado una hora en la bañera, y la Diagonal está intransitable —respondió Silvia para desentenderse de toda responsabilidad.

—Llegaremos cuando estén fotografiando al ganador —agregó Víctor con cara de muy pocos amigos.

Se impuso un silencio de reprobación que Ana no tardó en romper con una cariñosa sonrisa y con su típico: «Bueno, ¿qué tal?, ¿qué contáis?».

Al llegar al hotel Lluna Palace, Antonio volvió a sentir la presión en el pecho y, cuando los dejó a todos frente a la puerta y se quedó solo en el coche, tuvo por un instante la tentación de conducir el vehículo hacia la clínica Quirón. Allí, en urgencias, seguro que se encontraría de nuevo con el mismo joven de otras veces, quien, después de hacerle esperar interminables minutos junto a sangrantes accidentados, le tomaría la tensión y le repetiría los humillantes consejos de siempre: «Tienes que hacer un poco más de deporte, y los calmantes, tómatelos regularmente, porque así se crea como un colchón, ¿entiendes?». No, no entendía nada porque cumplía cada mañana sin fallar la penitenciaria hora de ejercicios de tensión y relajación, tomaba las malditas pastillas —los viernes y sábados por la noche, en ración doble— y, sin embargo, seguían apareciendo aquellas malditas fobias que le convertían en un ser cuyo orgullo se dispersaba por las cloacas más abyectas de la ciudad.

Sabía que ir a la clínica equivaldría a montar un nuevo numerito dramático de sábado por la noche, pero también sabía lo mal que lo iba a pasar si aparcaba el coche y se dirigía andando hacia el hotel, para —no lo descartaba— escenificar una compleja representación ante los efusivos aplausos del público. En la clínica, pensó con algo de sarcasmo proyectado hacia sí mismo, «al menos la escenita queda en familia, porque ese joven que hace la guardia los fines de semana y me toma la tensión, me resulta ya tan familiar que terminaré por enviarle una botella de Moët en Navidad».

Puso el intermitente y detuvo el coche un momento frente a la entrada del aparcamiento. Con un sudor frío ya instalado definitivamente en su cuerpo, pensó que si se dirigía a urgencias tendría que llamar a Silvia por teléfono desde allí, para intentar explicarle lo inexplicable. Decidió que al menos iría a comunicarle personalmente su indisposición. Entró en la rampa y guardó el ticket que una máquina rectangular amarilla escupió con un sonido hostil. Se sentía ahora tan horriblemente mal que le sorprendió su capacidad para conducir por el sinuoso laberinto de cemento sin chocar contra las paredes. Aparcó y, después de cerrar con el mando a distancia, buscó sin éxito las escaleras peatonales hasta que no tuvo otro remedio que subir andando por la rampa. Como otras veces, trató de tomarse el pulso en la muñeca izquierda, pero no lo encontró. «Mi corazón se ha detenido —se dijo—, voy a morir en esta rampa del parking de la calle Viladomat.» Se imaginó yaciendo en el suelo, se imaginó enfocado por los faros del primer coche inocente que bajara, se imaginó la reacción de sus familiares al conocer su muerte: su madre llorando vestida de negro, su hermano Luis viniendo desde Valencia al entierro, Silvia atrapada en la contradicción que le supondría llorar de pena y de alegría liberadora. Escuchó las conversaciones de algunos allegados a la familia el día de su entierro: «Parece que el pobre llevaba una temporada con muchos problemas». «Yo le había dado el biberón en mis faldas.» «De pequeño era una monada.» «Sin duda abusaba de las drogas y eso el corazón no lo tolera bien.» «Sobre todo la madre, la madre está deshecha.» Cada una de estas frases llegaba a su memoria junto con el rostro correspondiente; la señora Corrons entraba en la sala mortuoria con sus imponentes joyas; los Dalmau se abrazaban en bloque a su madre y a su hermano; el tufo del perfume que en su infancia había vertido en el aire la señora Ródenas se extendía por la iglesia y se mezclaba irreverente con el incienso y el olor de las velas. Todo lo percibía envuelto en una nebulosidad lejana donde convergían su pasado y su fatídico presente. Vio su propio cadáver en la capilla ardiente, vio al sacerdote que le había bautizado oficiando ahora su ausencia, vio a algunos de sus amigos del colegio desgastados por el tiempo y la calvicie. Perdido en esta paranoia de lo que ya creía su realidad *post mortem*, se detuvo apoyando la mano en una gruesa columna cilíndrica. La rampa se movía y serpenteaba como jugando con su destino. Su infancia asmática en un pueblo del Pirineo, su padre agobiado por los negocios dando puñetazos en la pared, su hermano Luis socorriéndole en la Plaza de Cataluña el día en que se tomó el primer ácido lisérgico, la bigotuda prostituta con la que sintió el primer goce carnal, el cachorro de Fox Terrier que le regaló un niño y que su padre no le permitió tener en casa, los amarillentos gusanos de seda muriéndose por falta de hojas de morera, el señor Palacios suspendiéndole eternamente las matemáticas en una amenazadora mueca inconclusa, sus estudiantes esperando desconcertados el final de una frase interrumpida sobre Virgilio.

Cuando por fin pudo zafarse de estas alucinatorias circularidades del recuerdo y dar con la salida, vio en una cabina a un hombre que seguía absorto un ruidoso programa concurso a través de un pequeño monitor. Hipnotizado por el cuadro luminoso, comía como un cerdo un aceitoso e inverosímil bocadillo de sardinas, de esos que uno cree —por gigantescos— que ya no existen y que, si alguna vez existieron, lo hicieron contaminados de leyendas populares como las que todavía circulan sobre las suecas o el extraordinario priapismo nipón...

Sin mirarle, el hombre del inverosímil bocadillo le preguntó si regresaría tarde y Antonio contestó que lo haría en unos pocos minutos. El frío de la calle agregó otras formas de irrealidad y de angustia que el tumulto de periodistas reunidos en el *hall* del hotel y las caras de los famosos multiplicaron hasta el pánico. Tuvo que disculparse por haberse apoyado con descaro en el hombro anónimo de un fotógrafo. Entró en un abarrotado lavabo y se mojó la frente y las sienes. Se miró en el espejo para comprobar su cara. No había nada extraño en ella.[6] Al entrar en el gran salón localizó su nombre y su mesa en un tablón (como en las bodas), y se dirigió hacia donde se encontraban Silvia, Víctor y Ana conversando con el mismo e incomprensible entusiasmo de todos. Odiaba este tipo de situación: ahora tendría que discutir con ella, tendría que intentar convencerla para que se quedara a

6. Alberto Paoli ha señalado que el autor hace referencia aquí al tema de los espejos en Borges. Como es bien sabido, a Borges le horrorizaban los espejos porque un día soñó que uno de ellos no repetía su cara sino la de Stevenson. Según Paoli, este temor, desde que Borges perdió definitivamente la vista, se *reflejó* en su afamada costumbre de palparse la cara en público. (Alberto Paoli, *Gilabert y el género cíclico*. The University of the Pacific, 2018.)

pesar de que él se fuera. Pero sabía que Silvia trataría de convencerle a él para que se relajara y para que no hiciera, una vez más, tan injustificable y efímero su esmerado maquillaje. Discutir esto delante de los demás sería mucho más insoportable todavía.

Cuando los camareros comenzaban a servir las *vichyssoises,* se tomó un segundo y un tercer tranquilizante. Al llegar a la mesa, trató de calmarse y de saludar con naturalidad a tres parejas de desconocidos. Decidió hacer el esfuerzo para quedarse a pesar de que la objetiva lentitud de los camareros en servir la cena aumentó su impaciencia hasta el límite. Parecía que cada minuto se dilataba convirtiéndose en una hora o en un día. Además, el aburrimiento y la trivialidad de las conversaciones hacían más arduo todavía el esfuerzo por hablar, para mostrar un mínimo de alegría o para sonreír un mal chiste. Todo parecía perversamente organizado contra él.

Por fin llegó el café, el momento en que el editor contaría la historia del premio y hablaría de las cantidades de dinero que se concedían, de los componentes del jurado, de la editorial y de su padre fallecido lustros atrás. Cada año se extendía más de la cuenta, pero en éste su dilación llevó a pensar a Antonio que la historia de la editorial era en realidad la historia del mundo, y que una brusca irrupción escatológica iba a hundir las paredes del salón para castigar a los hombres por tanta infamia y crueldad. Por fin tomó la palabra la alquilada presentadora de televisión que iba a desvelar el nombre del ganador. Frente a ella, los reporteros se agolpaban y se daban codazos, peleándose por ese reducido espacio que les permitiría fotografiar al principal protagonista de la noche. Llegó un silencio seco y, como desde el interior de una pesadilla, escuchó en la megafonía su nombre: Antonio López Daneri. También, el título de la novela ganadora: *Proyecto de monólogo para la soledad de G. H. Gilabert*. Fue como la culminación de un mal sueño, como el éxtasis convulsivo de un vómito visceral. Los aplausos le parecieron el aditivo final a esa farsa elegante que le convertía en protagonista. Alguien le felicitaba dándole molestas palmaditas en la espalda. Alguien le llamaba «torero». Alguien, Silvia, le acariciaba y le miraba con ojos cariñosos. La presión en el pecho era ahora un puñal que le atravesaba el corazón. Le pareció que perdía el conocimiento y se dejó caer hasta notar el suelo en la cara. Sintió el momento de lucidez que precede a la muerte, el tibio sabor en la boca; sintió el calor de los flashes, el nervioso movimiento de empujones y los gritos de desconcierto y el caos. Contra el techo, apenas distinguía la silueta de Silvia envuelta en la bruma azulada del haz de luces; su voz ya no parecía corresponder a su cara. Antonio yacía en el suelo y todo se apagaba y se perdía en el sopor de una sensación que intuyó definitiva.

—¿Qué te pasa, rey mío?, tranquilízate... tómate otra pastilla... Dicen que has ganado tú el premio. No me habías dicho nada, ni siquera que habías escrito una novela, ¿era una sorpresa que me querías dar?...

Todavía pudo mirarla por última vez, todavía pudo balbucear unas palabras que ella, como siempre, no comprendió.

—Me... duele... mucho aquí —dijo con dificultad señalándose el pecho—, esto es una broma de mal gusto... yo no he presentado... ninguna... novela... a... ningún jodido premio...

Recuerdo que hace ya muchos años, cuando empecé con esta indeclinable afición a los psiquiatras, un día en la consulta comencé a imaginarme a alguien que no era yo. Que se parecía en algo a mí, que tenía esa gracia que algunas veces me caracteriza, pero que no era yo. Entonces me puse a hablar de él en las siguientes sesiones esperando que mi psiquiatra jugara conmigo a inventar el personaje que yo le proponía. A los dos meses de acaloradas tardes en el diván, tenía que esforzarme mucho en no entrar en contradicciones que delatasen mi condición de paciente farsante, derrochador de dinero —a ocho mil la sesión— y ludópata existencial. Mi psiquiatra jugaba con ventaja porque, tras las sesiones, anotaba todas mis ocurrencias conduciéndome a flagrantes contradicciones. Una tarde me pilló de lleno: le había dicho en una sesión anterior que mi padre había muerto de un infarto el día en que yo nací y, después, que vivía todavía con una japonesa y que era muy feliz en un chalet de Málaga.

Creo que esta incontrolable necesidad de fabulación que se cruza en todo lo que hago, desdoblándome y desviando mi atención hacia otros pensamientos, hacia otras imágenes, sabores y colores, podría ser aprovechada —como me dice el actual psiquiatra— para escribir mi novela. Pero es fundamental que Silvia no se entere de la existencia del proyecto que ahora comienzo. Por eso he decidido trabajar en este apartamento de mi abuela. Aquí me veré libre y tranquilo. Silvia cree que sigo anclado en el artículo sobre la metamorfosis de Juan Dahlmann en *El sur*, ignorando que hace ya tiempo que logré desenredarme de esa pesadilla. No es malo que ella me crea trabajando en este artículo que nunca escribiré, porque así tengo el margen de un año o más que luego siempre podré justificar plagiando algo del inglés o refritando algún aspecto de mi tesis. Supongo que el trabajo en la novela será muy diferente al de la tesis. La tesis era como trabajar en la Telefónica: se entraba después del desayuno y se salía para comer, y luego, por la tarde, se volvía tras la siesta y se concluía para cenar. La tesis era un trabajo mucho más mecánico (aunque al final dejó de serlo y casi enloquezco al tener que presentarla en una fecha determinada). Tocaba leer un libro de Emir Rodríguez Monegal o de Ion Agheana y tocaba hacer fichas, subrayar, clasificar o resumir. Ahora imagino que el ritmo será mucho más pausado y desordenado, sujeto a los momentos de «inspiración» que puedan visitarme en mis horas inútiles, en esos momentos en los que un café, el sol de la mañana o un buen canuto, me hacen ver todo bajo el síndrome del entusiasmo. Sospecho también que estas intermitencias, estas detenciones, caso de prolongarse, serán una amenaza algo angustiosa contra la que me veré obligado a luchar. Siempre, además, con la inseguridad del que hace algo enteramente nuevo; siempre, además, con la incertidumbre de poder concluir un texto que todavía ahora tiene la magia de lo desconocido.

Supongo que cada escritor trabaja de formas diferentes. Los hay que pululan por la ciudad con un cesto buscando aquel elemento que perfile una mirada, una voz, el pliegue de una falda; éstos, de reprobables tendencias realistas, quieren reproducir la vida con la inútil minuciosidad de una fotografía o de un espejo. Otros, como es el caso del Gran Parodiador, se han dedicado a releer para imaginar lo que otros ya imaginaron. Su obra sólo se compone de referencias literarias y, en cierta medida, no es su obra. Todo en ella nos recuerda otros textos: una frase nos sugiere el regreso de un hombre que ha navegado una década por el Mediterráneo, en otra vemos un castillo inhabitado que alberga sinuosos pasadizos y galerías; en otras presentimos un vasto túnel con nueve círculos. Un escritor es alguien que ha hallado un mundo propio mediante el lenguaje. Me pregunto si los dioses me depararán algún día conocer el mío. El hecho de aguardar con la pluma (en mi caso con el ordenador que tanto quiero) a ser iluminado, es ya un acto esperanzador y vanidoso. Pero la ambición ha de acompañar cualquier sueño: ¿por qué no aspirar a ser Homero, Virgilio o Dante «por un día», como en aquel marchito programa de la televisión franquista en el que convertían a una anciana de pueblo en reina por cinco minutos? La inspiración es algo parecido a la vocación sacerdotal; funciona por revelación, pero también por convicción. Por eso es preciso que aguarde, atento, confiado y seguro de gloria futura, frente a mi ordenador encendido.

Creo que he comenzado este proyecto de novela porque estoy harto de perderme en los espejismos del ansiado *alumbramiento*, porque mi cabeza ya no soporta por más tiempo el peso de mi imaginación. Escribiendo este proyecto concretaré al menos los elementos esenciales de mi novela: el género, la localización en el tiempo, las geografías, la raza de los personajes, los nombres de los pájaros y de los árboles, el aspecto físico e intelectual de los protagonistas. Tan sólo me quedará unir, fusionar, escindir y, entonces, casi tendré la novela.

Estos últimos días he decidido que —al menos por ahora— mi protagonista será un viejo editor llamado Gustavo Horacio Gilabert, y que estará intentando dar forma a una novela acerca de un profesor de literatura parecido a mí. Una historia en la que podría vivir este personaje, podría ser ésta: Gilabert es un hombre de ojos grises y de barba gris que, en el tiempo limitado de su vejez, quiere, como yo, justificarse con una novela que merezca ser leída por las futuras generaciones. Al no poder soportar la angustia de reiterados intentos de garabatear en el vacío, comienza a hablar del proyecto con Beatriz Lobato (su autoritaria directora literaria), quien acoge con simpatía lo que, sin embargo, atribuye a la senilidad y al aburrimiento de su jefe. Entusiasmado, el viejo editor decide dedicar al nuevo asunto todas las horas que antes dedicaba a la editorial, para lo cual libera a Beatriz Lobato de gran parte de sus funciones ejecutivas en la empresa. Ello crea no pocos problemas en la colección Ciudades del Mundo que, en fase de lanzamiento, la Lobato se encargaba de coordinar. A los pocos días, Gonzalo Duduar, un joven ayudante de Beatriz, tiene que sustituirla, lo que provoca un verdadero desconcierto entre el personal. Desconcierto mucho menor, sin embargo, que el de aquella mañana en la que el viejo Gilabert ordenó que sólo les molestasen con *problemas importantes.*

Bueno, ya tengo al menos este impreciso argumento. A partir de él voy a escribir en mi ordenador todo lo que se me ocurra, todo lo que me pase por la cabeza, aunque en apariencia nada tenga que ver con Gilabert. Luego ya arreglaré ese puzzle caótico e intentaré darle una forma narrativa definida. Sí, tengo que soltarme y escribir: cualquier pequeño detalle o anécdota que me ocurra durante el día puede ser muy útil para dar pie a detalles o a futuros personajes. Por ello debo permanecer muy alerta, con un pequeño cuaderno de notas y un bolígrafo, al acecho de cualquier feliz conjunción de palabras que me asalte en la noche. Un guiño, una leve impresión sugerida en el ocaso de la tímida luz de la ventana, un extraño verso adivinado en el interior de un sueño o el símbolo oculto en una música lejana pueden alimentar la consistencia de Gilabert, pueden hacerle repentinamente levantarse, respirar, saludarme, hablar conmigo e irse luego a dar un paseo sin decirme adiós.

A veces creo que Silvia conoce este mundo interior que he abierto en mi cabeza y en mi ordenador. Con frecuencia me dice que estoy muy poco comunicativo, que apenas le dirijo la palabra. Se trata de un reproche más entre los muchos otros que arrastra o silencia. Si consiguiera dar vida a Gilabert y escribir una buena novela podría prescindir completamente de ella, porque entonces me convertiría en un escritor famoso y me sobrarían las mujeres que me quisieran. Pero una separación ahora sería contraproducente. Más adelante, las cosas se irán sedimentando con inexorable justicia poética. En la medida en que Gilabert se convierta en Gilabert, ella se convertirá en un capítulo de mi vida que yo podré situar en el pasado.

Cuando muy de tarde en tarde nos implicamos sexualmente, lo hacemos con la misma indiferencia con la que hablamos o nos relacionamos. Parece como si evitáramos el acto sexual por principio: los dos odiamos la rutina a la que nos somete la mecánica de nuestros cuerpos, la insinceridad de nuestros besos, la falta de magia que contiene cada falsa caricia que prodigamos sin convicción, el jadeo que, como por inercia, como quien dice algo de memoria o sin pensar, ya no nos esforzamos en fingir. Con el tiempo, ella ha dejado de ser transparente para mí. A veces pienso que puede tener un amante. Nunca lo reconocería hasta que éste le supusiese una alternativa clara de futuro. Me reprocha el que yo no quisiera hijos cuando ella podía tenerlos. Después de la extirpación de su riñón, ya nunca podrá y eso significa un alivio para mí. Yo no quiero tener hijos y menos con ella. Ahora está pasando la crisis que toda mujer sufre a los treinta y cinco años, con el agravante de saber que nunca podrá ser madre. Mantener nuestra relación así, como la mantenemos, es un martirio que ella me impone, una penitencia que yo tengo que cumplir por no haberla preñado a tiempo. No sé quién de los dos depende más de esta relación absurda y gastada. Cuando le hablé un día de dejarlo, se deprimió hasta tal punto que tuve que decirle que bromeaba y que, en el fondo, yo no podría vivir sin ella. Todo será contradictorio y tenso hasta que el corazón de Gilabert consiga empezar a latir en mi querido ordenador. Parece mentira cómo en la vida sucumbimos a rutinas que no tenemos conciencia de haber elegido. Al menos este año sabático del que dispongo me ha alejado un poco del suplicio de las clases. Salvo excepciones, durante los quince años que llevo como profesor, he impartido la misma asignatura de primer curso, las mismas lecciones básicas sobre Homero, el teatro griego, Virgilio y Dante. Sus obras me parecen cada día más aburridas porque es aburrido lo que yo reproduzco en las clases con mis rancios apuntes. La ilusión por transmitir una visión personal fue desapareciendo para dejar paso a esta mecánica sucesión de tópicos con los que hago bostezar a mis alumnos. Tal vez este alejamiento temporal de las clases, y el intento de escribir la novela, me permitan recobrar la frescura que me falta para quemar mis viejos apuntes y salir de esta mediocridad pedagógica e intelectual en la que habito.

El otro día le conté a Lloveras, mi nuevo psiquiatra, el bochorno que pasé al sobrevenirme la primera fobia en una clase. Estaba hablando sobre las *Bucólicas* de Virgilio, del plan ascensional que guardan entre sí las distintas *Églogas* y comencé a explicar la relación que mantienen la primera con la novena y la segunda con la octava y la tercera con la séptima y la cuarta con la sexta, y dibujé una pirámide en la pizarra y dije que la pirámide culmina con la quinta bucólica y alguien me preguntó qué sentido tiene ese plan *ascensional* y yo empecé a tartamudear porque nunca se me había ocurrido por qué es ascensional y no, por ejemplo, *descensional*; y me quedé callado, y para decir algo dije que era ascensional porque Virgilio ya preludia el cristianismo con ese ascenso hacia el cielo. Luego fue peor porque todos comenzaron a escribir esa chorrada en sus apuntes y yo quise corregir la chorrada y les dije que la borraran y, luego, que daba igual, que lo dejaran, hasta que uno de los más jóvenes de la primera fila preguntó desorientado: «¿Qué borramos, lo de ascensional o todo lo de la pirámide?», y todos se rieron y yo enmudecí, sin saber qué decir. Después comenzaron a reírse de mi sonrojo y yo a notar en la cara que mis mejillas ardían de vergüenza; y entonces, un gamberro desalmado dijo en voz alta desde el fondo que yo parecía un tomate y yo ya no pude más y di por concluida la clase con un nudo seco en la garganta que me impidió hasta disculparme. Pero al cabo de unos días volvió a pasarme lo mismo al intentar explicar el parentesco que en la *Eneida* mantiene Eneas con Augusto; volví a quedarme en silencio, tardé más de un minuto en recordar el nombre de Mecenas y me confundí relacionando las *Bucólicas* con Hesíodo y las *Geórgicas* con Teócrito de Siracusa. Hasta que un día me di cuenta de que esos bloqueos se extendían como un cáncer a todas mis clases y entonces tuve que hablar con el decano y contárselo con la mirada gacha de los vencidos. Él me dijo que no me preocupara y que hablaría con mis alumnos y les explicaría que yo estaba inmerso en una depresión que me obligaba a dejar el curso y a ser sustituido por otro profesor. Cuando en junio volví a ver a los estudiantes para ponerles el examen, me miraron con una comprensión casi rayana en caridad, y yo era un pobre hombre tímido y vulnerable a cualquier risa, a cualquier «¿se encuentra usted mejor?». Mis sonrisas eran forzadas y mi examen demasiado fácil, pero tenía que aprobarles a todos por ser yo el que había fallado en algún lugar de mi cabeza.

El recuerdo de estas tristes horas en que perdí completamente el oremus de mi profesión, me hace entender este año sabático como un reto personal para escribir la novela. Sin embargo, la sistemática reclusión a que me quiero someter en este pequeño apartamento de mi abuela, sería del todo ociosa y frustrante si no culminara con un texto que me justificase, que fuera reconocido por mis compañeros, que ganase incluso algún premio, en fin, que se mencionase a la larga en los libros de historia de la literatura española: generaciones de niños peinados a chorro de colonia aprendiendo mi nombre de memoria, jóvenes y estudiosos doctorandos recopilando datos sobre mi vida para dar con una relación entre el autor y su obra, sesudos y silenciosos historiadores escribiendo frases como: «La novela española moderna cierra el siglo con *Los avatares del viejo Gilabert* de Antonio López Daneri. En ella encontramos un ejemplo de estilo férreo y eficaz junto a una trama tan laberíntica que hasta los lectores más atrevidos no osan adentrarse, y los que lo hicieron —este humilde cronista es uno de ellos— penan la desdicha de vagar por la infinitud de sueños que comprende». Éste es el milagro secreto al que aspiro; creo que por él vendería no sólo mi alma sino mi cuerpo y todo lo que yo soy y no soy.[7] Pero por el momento me cuesta dejar de pensar en mí para pensar en Gilabert. No consigo fijar en él aquellos rasgos que le convertirían en un personaje verosímil; sólo arbitrariamente y por el agotamiento de mi mente infructuosa, he llegado a atribuirle una identidad onomástica, una responsabilidad empresarial y un proyecto que le hermana conmigo: escribir una novela sobre alguien que quiere escribir una novela por primera vez.

Algunas veces —también se lo he contado a mi psiquiatra— sueño que estoy dando clase y que entran en el aula las fuerzas antidisturbios para llevarme con ellos. Aparecen de repente, cuando una vacilación mía se convierte en una pausa excesiva que mis estudiantes no suelen perdonarme. Los veo entrar de un salto por las ventanas, correr hacia mí por la tarima de madera y cercarme contra la pizarra en la que tantos nombres he escrito. Inútilmente prodigo entonces manifestaciones de inocencia y de dolor: amparados en sus uniformes y en sus cascos brillantes, los antidisturbios me sacan a rastras bajo el unánime abucheo de mis alumnos, que con sus índices acusatorios

7. Israel Baal Shem Jr. ha puntualizado que esta última frase hace referencia al ser de Parménides. Con memorable energía, Nils von Runeberg ha rebatido esta suposición esgrimiendo el «ser o no ser» de Shakespeare.

me señalan y me llenan de escupitajos. Veo a Llopart, el primero de la clase, subido en su pupitre para enfatizar un claro corte de mangas que me dedica. Veo a Valdés, al que siempre creí fiel, orinando sobre mis viejos apuntes y pateando con violencia mi cartera. Veo al estudiante ciego, con su bastón blanco en el suelo, masturbándose en un éxtasis celebratorio. Por fin consigo despertarme acalorado en medio de la noche. Silvia duerme plácidamente a mi lado. Me da miedo volver a dormir y me levanto y pienso que me estoy volviendo loco.

Menos mal que llevo un tiempo sin tener que dar clases. Aquello no podía ser, hombre, no podía ser. Cada vez hablaba más de mí y menos del programa... Mis clases se estaban convirtiendo en un auténtico psicoanálisis en el que yo no paraba de hablar de Silvia, de mi madre, de mi soledad, y al final me emocionaba y organizaba coloquios sobre *mi situación.* Había un tipo pequeño en la primera fila que siempre se lanzaba a hablar, y terminaba metiéndose con mi madre, culpabilizándola de todo. No, aquello no podía seguir... Tal vez ahora me sentiría algo mejor para afrontar una clase. Pero no sé, no sé.

Prólogo, traducción y notas de
FRANCISCO RODRÍGUEZ CACHUENA
Catedrático de literatura.

Prólogo

Hace ya casi treinta años que el recientemente fallecido escritor y ensayista ampurdanés Gustau Horaci Gilabert publicó en catalán, en diciembre de 1997, *En López i jo (López y yo),* novela que iniciaba la trilogía que luego continuara *Tota la realitat del meu somni (Toda la realidad de mi sueño)* (1999) y *El mirall de la meva cara (El espejo de mi cara)* (2002). Este tiempo nos permite situar a *López y yo* como la novela pionera de lo que luego se llamará «la generación interactiva», cuyo desarrollo tuvo su origen en España extendiéndose posteriormente al continente americano y al resto de Europa.

En *López y yo* aparece por primera vez el personaje de Antonio López Daneri, nombre que utiliza Gilabert como seudónimo para firmar la novela y que años después volverá a renacer felizmente en otras no menos memorables obras del autor. López permite a

Gilabert encontrar la voz de un delirio que salta, sin aparente justificación narrativa, del tono ensayístico y académico —no en vano se trata de un profesor de literatura— a la confesión personal más dramática y subjetiva; del barroco ejercicio egocentrista a la automiserabilización más incisiva e hiriente, del sadismo espectacular al masoquismo de sangre. Se ubica así el protagonista en el centro de un universo paródico-existencial que impulsa al lector a practicar una suerte de interacción ritualizada con su propia identidad. Este juego recorre toda la obra gilabertiana, pues en todas sus novelas hallamos un mismo fingimiento que nos obliga a leer como si lo leído fuera escribiéndose por sí mismo, como si nosotros nos transfiguráramos en escritores que escribimos junto con los otros personajes del texto, como si soñáramos sus vidas y participáramos en sus pequeñas ceremonias. En este puente de interacción que se adivina entre el autor y el lector, la publicación de *López y yo* en CD ROM —fue la primera novela que apareció simultáneamente en los dos formatos—, supuso una verdadera revolución en la narrativa mundial, sobre todo al romper con aquella concepción que limitaba las novelas a la tipografía convencional. Ya en la primera versión interactiva diseñada por el propio Gilabert, se abrían más de dos mil ventanas (unas se convertían en racimos de nuevas ventanas, otras en espejos en los que el propio lector podía ver su cara) que hacían de la novela un texto que en ocasiones se leía y, en otras, se escribía.[8]

8. El profesor Toshiro Fukuyama, recordando tal vez la influencia nefasta de *Las desventuras del joven Werther* de Goethe, ha señalado que la versión en CD ROM de la novela causó graves crisis de identidad entre algunos jóvenes japoneses, que se desdoblaron y se perdieron en ventanas sin saber luego regresar a su «yo» real. De forma mucho más arriesgada,

En el personaje de Antonio López se encuentra, tal vez, uno de los mayores hallazgos —algunos autores han hablado incluso de *el lopecismo* como un fenómeno literario propiciado a partir de este relato— de toda la obra de Gilabert en su conjunto. Este hallazgo consiste en sumirnos en la desesperante angustia del personaje, un triste profesor de literatura que, sin tener las mínimas aptitudes literarias, sueña con escribir una novela que le haga universal. Terco y patético empeño que desconoce que el proceso por el cual un «soñador» pasa a convertirse en un «narrador» supone una transformación iniciática, de desdoblamiento, en la que debe desarrollarse y superarse el principal problema que impide la creación: el abandono del «yo» y su desplazamiento hacia el «él». En su incapacidad para cumplir esta trascendencia, López nos muestra su abatimiento, su tormento metafísico, su angustia, su soledad. Además, nos presenta una lucha encarnizada consigo mismo y el consecuente fracaso como escritor, sobre todo al no alcanzar nunca la nueva perspectiva desde la que le sería posible encontrar un mundo ficcional autónomo, definitivamente despegado de la realidad que lo circunda.

Desde un punto de vista puramente formal y estilístico, la novela se desarrolla en un abanico que alterna zonas de claro afán literario «ilustre» con momentos de severa aspereza «cómica», en donde abundan los pasajes destacadamente elegíacos, bajos y triviliza-

Fukuyama atribuye también a la lectura de la novela algunas reacciones violentas como las protagonizadas por Inoco Tuhatsi y sus seguidores, que se sacaron los ojos para recitar de memoria a Homero y a Borges en público. Estas hipótesis impulsaron al gobierno japonés a prohibir *López y yo* considerando su lectura perniciosa para la salud mental. Toshiro Fukuyama, *El síndrome Gilabert*. Tokio, 2013.

dos. Ello contribuye a crear un conjunto riquísimo de posibilidades escriturales, así como también de perspectivas éticas, en las que el protagonista no permanece inmóvil sino que va perfeccionándose cada vez más hasta llegar al supremo momento en que se le permitirá, guiado de la mano de Borges (en clara relación paródica al Virgilio de la *Divina Comedia*), la contemplación alucinatoria de su Universalidad. Por otra parte, al lado de este ensimismamiento de índole estética y filosófica que sufre el protagonista, *López y yo* nos hace circular por una galería poblada de caracteres —eventualmente personas reales— que reúnen tanto la más compleja humanidad como el aire de muñecos, máscaras o caricaturas.[9] La novela, verdadera protagonista de la obra, se nos presenta así como un conglomerado aparentemente absurdo de distintos autores y textos empeñados en participar en un mismo palimpsesto recurrente que, sin embargo, nunca llegará a dejarse entrever en su verdadera función literario-dramática. Ello hace que el marco en el que se encuadra este relato innovador no sea otro que el de la perisología, vicio de la elocución que consiste en repetir y amplificar inútilmente los conceptos o en expresarlos con caprichosa prolijidad. Esa adscripción terminológica, no impide, sin embargo, que sea también la ironía, la parodia y la sátira, así como la recuperación de la tradición narrativa que va desde la novela bizantina, la picaresca y los libros de caballería, hasta el moderno relato de Poe, Chesterton y Borges, lo que convierte esta novela emblemática en un texto inteligente y divertido, que habrá de seguir reclamando tanto la atención de críti-

9. John Turner, en una página demasiado famosa, destaca el patente paralelismo entre esta novela de Gilabert y el seminal drama de Pirandello *Seis personajes en busca de un autor*.

cos y estudiosos —son ya innumerables los trabajos publicados en todo el mundo sobre esta obra— como de todo lector que aspire a *revivir* la emoción y la aventura.

Francisco Rodríguez Cachuena,
Madrid, septiembre de 2026.

—Apretamos aquí y nuestras conversaciones se graban. Pero, señor Gilabert, no creo que sea bueno que tenga en cuenta el magnetófono, ni que piense mucho las frases; creo que debe olvidarse de la grabación y soltarse, porque lo que le puede servir a usted es precisamente su espontaneidad, la frescura de su propia reflexión. Yo luego lo escucharé todo y le pasaré una transcripción de lo que me parezca más constructivo para su novela. ¿Por qué no comienza por el principio, por lo que me comentó la semana pasada cuando me dijo que podríamos reunirnos usted y yo para hablar de lo que está pensando escribir?

—Bueno, Beatriz, vayamos por partes. Puedo decirte que a mis setenta y dos años, yo, que como editor he tenido en mis manos incontables manuscritos, he decidido, medio en broma medio en serio, escribir una novela. Como aventura que ya no me compromete —a mis años, qué puede comprometerme— he pensado en un personaje que, como yo, intenta por primera vez escribir una novela. Como yo, Antonio López Daneri, mi personaje, comienza escribiendo un cuaderno de notas que le ayudará a definir la estructura narrativa de su historia. El texto que él comienza, que podría ser a imagen y semejanza del que yo comienzo ahora al pensar contigo en ese personaje, sería una de las voces en primera persona que estaría dentro de mi novela. Ésta, sintéticamente, hoy la imagino así: Antonio es un profesor de literatura clásica de unos cuarenta años, casado con Silvia, una mujer algo más joven que él que trabaja en una agencia de publicidad. Con el tiempo, Antonio y Silvia han desarrollado una forma de cariño que, sin embargo, no les convierte en una pareja feliz.

—*¿Por qué?*

—Son muchas las ocasiones en las que su relación no parece presidida por la sinceridad. Antonio está tratando de dar forma a su novela en un apartamento que heredó de su abuela. La escribe allí, refugiado, porque, entre otras razones, no quiere que Silvia se entere de su proyecto. Ella ha mostrado siempre una falta de fe absoluta en su talento literario y piensa que más le valdría concentrarse en publicar artículos académicos que le llevaran algún día a la cátedra. Antonio escribió la tesis doctoral sobre los cuentos de Borges, convertida después en el libro *La morfología de los cuentos de Borges*, pero no ha conseguido, desde entonces, y de esto hace más de una década, publicar ni escribir un solo texto sobre nada más. La novela que ha comenzado a imaginar tiene como protagonista a un viejo editor que, a pesar de llamarse como yo y de ser un viejo editor como yo, poco tendrá que ver conmigo. Un día, en la universidad —aunque esto podría ocurrir más allá de la mitad de la novela—, Antonio conoce a Teresa Gálvez, una estudiante que quiere escribir su tesis sobre el concepto de la máscara en Borges y Pessoa. Antonio no sólo no le oculta —como a Silvia— sus pretensiones literarias, sino que al poco tiempo se enamora de ella y la hace copartícipe. Comienzan entonces a hablar y a imaginar —al igual que nosotros ahora— muchas cosas juntos: cómo serán los personajes y qué agitadas vicisitudes tendrá su destino, qué relación se establecerá entre Gilabert —ese personaje que se llama como yo sin ser yo— y los otros personajes de la obra, cuál será el estilo que logre imponerse sobre los demás, etcétera. Después de un año, el proyecto está acabado y perfilado hasta en sus más mínimos detalles. Con la ayuda de Teresa Gálvez, Antonio ha logrado escribir cientos de páginas que configuran la futura novela, caracterizan su caprichosa oscilación, describen las distintas tramas y subtramas y agotan un número considerable de finales descartados: Gilabert muriendo en un accidente de coche, Gilabert saludando animosamente en una playa de Río, Gilabert tocando el violín con sus nietos, Gilabert disfrazado de Borges en el lavabo de un prostíbulo, Gilabert cantando borracho sobre unos esquís en Montserrat, Gilabert golpeando y rompiendo con la cabeza un espejo que de tan sucio no le duplica, Gilabert soñando que es capaz de concluir su novela y despertándose en el capítulo sexto, Gilabert conociendo personalmente a López y desapareciendo fulminado por un rayo... Gilabert tocándose los cojones.[10]

Por fin, todo está ya listo y calculado y nada parece

10. Unos días después de la muerte de Gustavo Horacio Gilabert, Jaume Palau, escritor y amigo personal del autor, publicó un artículo en el diario *Avui* en el que contaba que en una primera versión que su amigo le dio a leer de la novela, estos «finales descartados» se dilataban en cientos de páginas; así, los que aparecen: «sólo son la representación tipológica de una serie mucho mayor de ejemplos concretos que el autor decidió eliminar» (la traducción es mía). «Plorant al meu amic», Jaume Palau, *Avui,* 23 de abril de 2025.

el resultado de la improvisación. Sólo falta algo fundamental: escribir la novela. Pero el tiempo pasa y López apenas consigue alumbrar fatigosamente unas débiles páginas. Harta ya de tan sospechosa postergación, Teresa Gálvez urde un plan: sin que Antonio se entere buscará un título cualquiera y presentará a un certamen literario el «proyecto» de novela como si ya fuera una novela. Toda esa absurda multiplicación de fárragos verbales, todas esas disparatadas ideas sin sentido ni conexión, pasan, por el capricho de la maquiavélica estudiante, a convertirse en una novela. Antonio, que asistirá con su mujer a la cena del certamen, morirá del infarto que le produce escuchar el nombre del ganador; es decir, el suyo. De esta forma rigurosamente extraña, al leer la «novela» ganadora —que dadas las luctuosas circunstancias que rodearon la noche del premio se convertirá en un morboso *best seller*—, Silvia descubre la existencia de la estudiante y amante de su marido.

—Me contó también algo de un hermano de Antonio que trabaja en un banco en Valencia.

—Sí, Luis se queda muy impresionado tras leer la novela (o proyecto de novela) de su hermano y descubrir facetas insospechadas en él. En el texto, a Luis le parece descubrir a un nuevo hermano, a una nueva persona cuyos sentimientos e ideas son un mensaje del que lentamente se convierte en destinatario. Esa lectura obsesiva de la novela de Antonio transformará mucho a Luis, que abandonará el banco y dejará de ser el ejecutivo de traje y corbata que había sido hasta entonces. Para intentar la búsqueda de una explicación que dé sentido a su vida, Luis decide trasladarse a vivir a Barcelona, donde comienza la enloquecedora tarea de leer, releer e interpretar las páginas que

Antonio dejó escritas. La resolución del argumento no es más que la historia de una suplantación entre hermanos: Luis termina trabajando con Teresa en un nuevo texto literario que resulta ser la continuación de la novela anterior. Algo parecido al amor irá naciendo entre ellos.

—En torno a este argumento básico, me dijo usted que su intención era la de articular un juego literario que llegase a ofrecer tramas y subtramas alternativas, dejando siempre abierta la significación última que pueda darle el lector.

—En efecto, me gustaría que fuera posible hacer participar al lector en las propias reflexiones que al autor le llevan a definir sus personajes; a tantear y a decidir entre diferentes opciones, a deducir que cada alternativa no anulará la existencia de las otras, a entender que la novela será un abanico sin fin que se abre en otros abanicos posibles.

—Se produciría así una simetría lúdica entre su protagonista y usted: López es el protagonista de la novela que usted escribe y usted es el protagonista de ficción de la novela que escribe López; los dos se escriben mutuamente como protagonistas de sus respectivas novelas.

—Sí, pero ya he dicho que el hecho de que el protagonista de la novela de López se llame como yo, no implica que sea como yo; porque, si esa equivalencia se produjera, mi novela sería autobiográfica y ello, tanto mi pudor natural como mi timidez, no me lo permitirían.

—Entonces tendrá que inventarse un personaje que, llamándose como usted, sea distinto a usted.

—En realidad, López lo intenta con desesperación; todo el día se esfuerza en trazar ese rostro; su vida casi depende de dar forma a ese personaje, de conferirle un alma que lo haga creíble. Además disfruta de un año sabático que podría ser trascendental para su vida; un año sabático que Antonio solicitó a la universidad después de sufrir un colapso psicológico que le impedía dar las clases. Él está convencido de que escribir una buena novela le convertirá en un hombre de éxito, posibilitándole abandonar las clases que tanto le abruman.

—*Pero ¿consigue progresar López en su novela, consigue definir y tramar una historia para su personaje, o todo se queda en el simple delirio circular al que le somete su febril y estéril imaginación?*

—A duras penas, porque nunca llega a encontrar una estructura narrativa capaz de articular, con mínima coherencia, la inevitable dispersión de sus pensamientos; una estructura narrativa que le lleve a la definición de su personaje. Por ello, las supuestas reflexiones que escribe para acercarse a la novela, no dejan de ser una empanada mental, un aleatorio mosaico de sentimientos y anécdotas que nunca adquirirán demasiado sentido.

—*¿En qué consiste esa tendencia dispersiva de López?*

—En creerse capaz de escribir una novela tan extraordinaria, imaginativa y compleja, tan universal, enrevesada y sorprendente, que la epopeya del protagonista coincida finalmente con la del heroico lector que consiga recorrerla sin desfallecer.

—*Me está usted hablando de un verdadero delirio.*

—Así es. De hecho, López se trastornó hace algunos años al tener que terminar su tesis doctoral a plazo fijo; ya sabes, esas *deadlines* que la administración impone a los doctorandos que se resisten a crecer... Entonces se encerró con los personajes de Borges (especialmente con Funes, Hladik y Dalhmann) y creó un mundo propio del que, obviamente, ya no conseguiría salir. Es decir, que el muy imbécil se pasó seis meses con una fecha límite marcada en rojo en el calendario. No te parezca extraño; sin ir más lejos, mi sobrinita Cuca invirtió diez años en terminar su *master* de enfermería. Pero déjame volver a López: el muy infeliz apenas comía, ni paseaba, ni hablaba. Se imaginó miles de veces frente al implacable tribunal, profiriendo un monólogo indeciso sobre el símbolo del laberinto y las manchas del tigre. Sentía entonces en su piel la recriminación severa de los profesores, el escándalo de convocarles para eso... (Para un acto ritual en el que un candidato alterado, realmente un enfermo, se somete a las humillaciones públicas de un grupo de supuestas eminencias de indiscutible carácter sádico.) Antonio se pasó esos seis últimos meses tomando anfetaminas para no dormir y, cuando caía rendido, soñaba invariablemente que se encontraba desnudo frente a los cinco expectantes catedráticos, y que su madre se esforzaba en hacerle llegar una manta y una taza de café con leche desde la ventana de un aula tan gélida como inhóspita.

Llovía ahora con intensidad y el ritmo acompasado del limpiaparabrisas sonaba, en su mecánica oscilación, como un metrónomo que dividiera el tiempo en perfectas partes iguales. Las mismas líneas paralelas, las mismas simetrías prolongadas hasta perderse en la luz blanca de los faros, agravaban de algún modo los sentimientos de opresión y soledad. Prendió un cigarrillo que castigó todavía más sus ojos dañados por el sueño y el llanto. No podía creer la noticia de que Antonio hubiera fallecido. Como cada viernes, había salido de copas hasta muy tarde y al volver se había encontrado las tres insistentes llamadas de Víctor en el contestador. Repetían casi con las mismas palabras el mismo mensaje: «Luis, soy Víctor, llámame inmediatamente a casa aunque llegues tarde; tengo que darte una mala noticia». Cuando le llamó, Víctor le dijo que Antonio había fallecido —de lo que parecía un ataque al corazón— justo después de habérsele concedido el premio Gracián de novela. Luis había notado un vuelco en el estómago y las piernas le flaquearon obligándole a sentarse. Lloró y sintió la necesidad de abrazar a alguien que no encontró. Víctor le había dicho que su madre y Silvia estaban en el Hospital Clínico; que la pobre señora estaba destrozada y que le habían tenido que suministrar un potente sedante.

Todavía llevaba en la sangre el alcohol de los bares nocturnos de Valencia, y el sabor del café que se había tomado antes de salir le subía a la boca en una amargura espesa y sin límites. Quería abandonar esa noche. Por un momento le pareció que conducía en el interior de una pesadilla, pero la conciencia de una realidad enteramente física le repetía, con la misma insistencia de la lluvia en la chapa del coche, que ya nunca podría despertar, que ya nunca más volvería a sentir la vida junto a su hermano. Puso la radio en el momento en que emitían las señales horarias del boletín informativo de las cuatro de la madrugada. La primera noticia hablaba de Antonio. Escuchó perplejo el tono y la voz del locutor de siempre; le parecía increíble que estuviera hablando de él y cada vez que lo nombraba con sus dos apellidos sentía una desconcertante extrañeza interior: «La vigesimoquinta edición del premio Gracián de novela se ha visto envuelta por la tragedia y por la insólita y lamentable muerte de su ganador, Antonio López Daneri, quien con la novela titulada *Proyecto de monólogo para la soledad de G. H. Gilabert,* se adjudicó el galardón minutos antes de sufrir lo que los médicos no dudan en considerar un infarto de miocardio. Los restos mortales de este joven profesor, titular de literatura en la Universidad de Barcelona, se encuentran en el Hospital Clínico a la espera de que mañana le sea realizada la autopsia. Desde Barcelona, Mireia Colomer nos amplía la noticia».

De nuevo le pareció insólita esa confluencia íntima y pública de su nombre: «Minutos después de cenar, cuando el jurado daba a conocer su veredicto por la megafonía del gran salón del hotel Lluna Palace, Antonio López Daneri le dijo a su mujer, Silvia Peroliu, que notaba un fuerte dolor en el pecho. Según testigos presenciales y su propia mujer, el ganador, instantes antes de caer al suelo fulminado, se mostró contrariado por la noticia que anunciaba públicamente su galardón, llegando incluso a decir que él no se había presentado al premio y que sin duda se trataba de una broma de mal gusto. Estas últimas y enigmáticas palabras del fallecido ganador han añadido todavía mayor confusión a lo que es ya una luctuosa y dramática edición del Gracián».

La noticia sobrepasaba su imaginación. No entendía nada. ¿Antonio? ¿Una novela? Estaba convencido de que a pesar del distanciamiento que habían mantenido durante los últimos años, éste le hubiera contado que andaba en eso. Además, con lo narcisista que era —se dijo—, no hubiera podido evitar sus fabulaciones con la fama.

Hablaban de vez en cuando por teléfono y, a veces, sus conversaciones eran breves y como de cortesía, pero cuando se veían en verano o en Navidad charlaban de sus proyectos, del lugar en donde iban a pasar las vacaciones o de la chica de turno que Luis no conseguía ligarse en Valencia. También se recomendaban novelas e incluso habían llegado a leer en voz alta algunos cuentos y poemas. Le parecía raro que la última vez que se vieron en Barcelona no le hubiera dicho nada de esa novela que, ya por entonces, debería de tener prácticamente terminada. Pensó que si la había escrito en secreto tal vez lo hizo por miedo a tener que compartir con los demás la frustración de un posible fracaso por no terminarla o no poder publicarla. Encendió otro cigarrillo. Pensó que apenas le separaban dos horas del momento de ver el cuerpo de Antonio sin vida. Estaría como dormido y muy pálido. Pero tenía demasiado cerca su expresión y su voz para imaginárselo realmente muerto. Esta noche sería histórica para él, se recordaría el resto de su vida conduciendo en esta autopista lluviosa e iluminada por los faros. Recordó algunos de los acontecimientos que siempre rememoraba al pensar en él. El día en que le golpeó hasta sangrarle la nariz, cuando Antonio apenas tenía diez años. Le había cogido la bicicleta sin permiso y, tras una caída, se la había devuelto con el manillar torcido. Luis, que era dos años mayor, se vengó de forma vergonzosa y cobarde. En la infancia y en la adolescencia, Luis había sido para Antonio la referencia incuestionable que son la mayoría de los hermanos mayores para los más jóvenes. Era uno de los líderes del colegio y gozaba de un innegable prestigio hasta entre los profesores. Jugaba al fútbol como nadie y, sin llegar a ser el más fuerte, sabía hacerse respetar por todos con su simpatía y su carisma personal. Luego, cuando Antonio entró en su mundo idealista de ensoñaciones, cuando comenzó a fumar hachís todo el día y a apasionarse por los primeros discos de rock sinfónico, fue marcando unas diferencias que terminarían convirtiéndose en críticas contra Luis. Su hermano mayor le pareció entonces un personaje insípido y sin interés, un burgués conservador «que le hacía el juego al sistema».

Luis llevaba más de diez años viviendo en Valencia. Había encontrado allí un trabajo en un banco francés, por lo que sólo iba a Barcelona en Navidades y algún que otro fin de semana. Aunque había vivido con varias mujeres, desde que hacía más de un año rompiera con la última, con Clara, parecía decantarse cada vez más por la vida de soltero. En esto, como en tantas otras cosas, los dos hermanos habían desmentido las apariencias y la opinión de todos aquellos que creyeron que Antonio nunca se casaría.

En la radio, con la lluvia de fondo, una mujer hablaba ahora de un problema de impotencia de su marido. Decía que un médico le había dicho que podía ser la ansiedad y el estrés. Pronunciaba esta última palabra con una acentuación incorrecta, lo que delataba en ella un bajo nivel social y cultural. Desde su micrófono falsamente maternal, la locutora se regocijaba con el morbo de sus preguntas.

—Irene, ¿crees que haces todo lo que a él puede excitarle?... ¿sabes si tu marido ha tenido en su vida alguna experiencia homosexual?

Lejano al diálogo radiofónico, sin reparar en esas palabras sin sentido que se perdían en el repiqueteo del agua sobre el coche, Luis recordaba ahora los ilusos reproches de su hermano cuando tenía dieciocho años, su ingenuidad al intentar convencerle de la importancia de luchar para cambiar el mundo y de no convertir sus vidas en la mera reproducción de la de su padre o en el homogéneo resultado de los convencionalismos de un colegio de jesuitas. Antonio llegó a estar seguro de que la única manera de desmarcarse de la forma calvinista de entender el trabajo que tenía su padre era escapándose de casa. Hasta que éste murió, cuando Antonio todavía no había terminado la carrera, Luis había sido por contra el típico hermano responsable que sintoniza con su progenitor. El señor Enrique López, abogado mercantilista pasado al mundo de los negocios, acumuló durante los años prósperos de los planes de desarrollo una fortuna considerable. Abrió varios restaurantes y hoteles, pero su incontrolada ambición por crecer le llevó a apostar demasiado fuerte por una urbanización en Comarruga que no funcionó. Sus empresas se endeudaron y se descapitalizaron hasta que, al no poder hacer frente a las deudas, llegó la quiebra. Los últimos meses de Enrique López fueron sumamente difíciles. A la angustia económica se agregó la angustia existencial motivada por un cáncer de garganta. A pesar de ser sólo un joven estudiante de derecho, Luis estuvo bien informado de los acuciantes problemas de su padre; le hacía pequeñas gestiones y, cuando apenas le quedaron ánimos para ir al despacho, cuando su voz se enronqueció hasta lo incomprensible, su hijo mayor permaneció tardes enteras acompañándole. Por el contrario, algunos años antes, Antonio había ocasionado no pocos disgustos a la familia, como el de su escapada de varios meses de convivencia *hippie* en una masía de Gerona o el pequeño escarceo con la heroína. Frente al firme propósito de Luis de abrirse camino profesional, Antonio era un progre convencido de que su futuro seguiría otros derroteros menos «enajenantes».

Identificado más con su madre, Antonio veía a su padre como la víctima de una religión equivocada. La señora López se sentía atraída por la música. Antonio la había acompañado muchas veces a escuchar conciertos al Palau, lo que creó entre ellos una complicidad de la que no participaban su padre ni su hermano. Ella había cursado estudios de piano, aunque, desde hacía mucho tiempo, sólo se animaba a tocar en contadas ocasiones. Decía que ya lo había perdido todo y que lo hacía muy mal. Sólo cuando Antonio le pedía que tocara algunas piezas de Satie o Mompou, intentaba recordarlas y las interpretaba muy despacio para no equivocarse. Con su madre hablaba de música y de las imágenes y de los climas que sugieren algunas melodías. Escuchaban juntos a compositores españoles como Albéniz, Granados o Falla y compartían también su atracción por Ravel y Debussy. A él le sorprendía que a ella le gustaran compositores como Stravinsky o Schönberg y que incluso apreciara el jazz (sobre todo algunas cantantes como Billie Holiday o Sarah Vaughan). Con su padre, en cambio, Antonio tendía a mostrarse displicente y le contrariaba con frecuencia desde posiciones orgullosas y retadoras. Cuando Enrique López se metía con su pelo largo y su vagancia, le respondía con acritud e insolencia y le recriminaba sin remilgos que sólo pensaba en el dinero y que su vida era vacía y «unidimensional». Fue después de uno de estos enfrentamientos cuando Antonio se marchó por primera vez de casa dando un portazo. Su padre le había reprochado su decisión de estudiar filología en lugar de económicas y habían llegado a insultarse alzando la voz. Estuvo dos días sin llamar y la señora López culpó a su marido por inflexible y duro. Cuando regresó permanecieron más de un mes sin hablarse, con la tensión que eso generaba en las comidas y en las cenas. Luego se reconciliaron y se prometieron que un incidente como el ocurrido nunca más se volvería a repetir. A los pocos días de la reconciliación, incitado por su mujer, Enrique López le propuso a Antonio que le acompañara en un viaje a Nueva York. La idea le pareció muy bien porque, entre otras cosas, no conocía Estados Unidos. En Nueva York se instalaron en el hotel Royalton, esa reliquia de la posmodernidad que una amiga bastante esnob de la familia les había recomendado.

Luis recordaba ahora, mientras conducía bajo la lluvia, la minuciosidad con la que Antonio le contó después ese viaje; la habitación doble en la que se hospedaron, las sábanas que se amontonaban inexplicablemente en el hall como si aguardaran la sangre de una virgen, la inmensa concha-urinario que recibía las gotas doradas con música de violines, mientras surgían en espiral creciente unas cintas de perfumes azulados que espumeaban hasta producir una repugnante ebullición verdosa. Por la noche, siguiendo las recomendaciones de la amiga esnob, fueron a cenar al River's Café, lugar idóneo para el romanticismo urbano desde donde se visualiza la panorámica imagen del Brooklyn Bridge y del *skyline* de Manhattan.

Antonio, en su ingenua juventud, pensaba que al menos en ese viaje debía tratar de compartir con su padre la mayor parte de cosas que le fuera posible. De pronto, una sonrisa se esbozó en sus labios: puestos a compartir, por qué no hacerlo con las drogas que tanto, pensaba, favorecen la comunicación. Le divirtió la idea de que su padre tomara medio ácido lisérgico (más podría ser demasiado para él). Qué extrañas asociaciones produciría en esa mente acostumbrada a los negocios la psicodelia del LSD. Tal vez su existencia se transformaría, se volvería más dulce, le subiría el sueldo al chófer, llevaría a mamá a un concierto en París... Tal vez, por el contrario, imaginara que los balances de la urbanización de Comarruga se agrandaban y le perseguían, mientras que de la concha-urinario salían cifras amenazadoras hasta ahogarle en una estela intratable de números rojos... Naturalmente, lo diluiría en el café con leche de la tarde sin que se diera cuenta.[11]

Después de cenar, Enrique López comenzó a sentirse mareado y se desabrochó la corbata y el primer botón de la camisa. Cuando un poco más tarde se incorporó para ir al lavabo a mojarse la cara, se sintió tan raro que le dijo a su hijo que llamara a una ambulancia. Pero Antonio, sabedor del origen de esas sensaciones, le recomendó que se tranquilizara, que sólo podía ser una bajada de tensión, que irían inmediata-

11. Harold Bloom ha notado aquí un conflicto paterno-filial en el propio autor. Según Bloom, este pasaje refleja la ansiedad de la influencia que siente Gilabert a partir de cobrar conciencia de su propio padre. Harold Bloom, *The Gilabert's Paternities in López and I* (*Yale Literature Review*, New Haven, 2003).

mente al hotel a descansar y que lo único que tenía que hacer era intentar dormir hasta el día siguiente. Al llegar al hotel, Enrique López comenzó a tener alucinaciones, comenzó a decir que la decoración del hall le parecía maravillosa (mucho más maravillosa que la de sus propios hoteles, que ahora rememoraba en la distancia con una tristeza inconsolable) porque conseguía transmitir «algo misterioso y como de encantamiento». Cuando llegó a la habitación y orinó en la concha rosada, se vio preso de una irreprimible melancolía que le hizo llorar y abrazar a Antonio en un gesto que recordaba la emoción y el candor de los héroes antiguos. Hasta su voz no parecía la suya:

—Hijo mío, cómo he podido pasar por alto tantas veces el cariño que te tengo; apenas cierro los ojos y me viene a la memoria aquella tarde en la que te di por primera vez la mano, cuando comenzabas a andar en el jardín del Turó Park.

—No, papá, yo también te he perdido el respeto con frecuencia a pesar de que en el fondo también te quiero mucho.

Entonces se abrazaron y lloraron durante unos entrañables minutos, quedándose luego en silencio hasta que, repentinamente, les entró una risa floja del todo incontrolable. Tal era la calidad extraordinaria de la sustancia alucinatoria compartida, tal fue el soberano colocón contraído en esa especie de regresión a la infancia de Antonio, que durante largas y traviesas horas de júbilo, padre e hijo se pusieron a saltar en pijama sobre el colchón de sus camas, saliendo luego al pasillo para correr como locos por los salones y dejarse deslizar a gran velocidad sobre el bruñido parquet de madera de los corredores. Alguien protestó en la recepción, y el propio director estuvo persiguiéndoles como si fueran dos niños que se burlaban abiertamente de él. Por fin, cuando el máximo responsable del hotel se vio incapaz de atraparles, mandó llamar al servicio de seguridad, servicio que consistía en un negro inmenso cuyas manos redujeron al señor López hasta esposarle. «Déjame jugar con mi hijo, negro de mierda, no ves que es la primera vez que lo hago en mi vida», gritaba fuera de sí y con los ojos desorbitados.

Al día siguiente, el señor López no recordaba nada; sólo le dijo a Antonio que cuando llegó al hotel la noche anterior debía de estar muy cansado y mareado, pues se metió en la cama y tuvo una extraña pesadilla que ya no era capaz de recordar. Por pudor, Antonio no quiso desmentir el equívoco, ni mucho menos contarle la causa que había propiciado su artificial exaltación afectiva. Antonio entendió que esa experiencia, que para él había sido enteramente real, sería del todo ilusoria para su padre, al creerla soñada (aunque ya El Griego sabía que somos sombras de un sueño).

Al llegar a Barcelona, la lluvia había amainado y, con el incipiente claror del día, las luces de las farolas y los semáforos perdían su intensidad cromática en el reflejo brillante del asfalto. A lo lejos se dibujaban las curvas rojas de la caravana de coches que entraba lentamente en la ciudad. Luis pensó que él no era más que una lucecita en esa serpiente de infinitos destinos. En la Diagonal, unos hombres con impermeables de color amarillo barrían y amontonaban las hojas mojadas, mientras que los madrugadores basureros cargaban y volteaban ruidosamente los *containers*. De repente, un gato negro salió detrás de un camión de basura y cruzó a gran velocidad sin que a Luis le diera tiempo ni a poner el pie en el freno. Escuchó el inevitable golpe sordo y lo notó crujir debajo de las ruedas. Se detuvo a más de cincuenta metros del animal, puso el intermitente, bajó y se acercó. El gato se movía dando saltos como un pez recién salido del agua. Era impresionante verlo en esa enloquecida dispersión última de energía. Un basurero dejó su tarea para contemplarlo y Luis se sintió desconcertado, culpable.

—Si lo llevo corriendo a un veterinario, a lo mejor...

—Ése no dura ni un minuto —dijo el basurero con aire de seguridad.

En efecto, el animal siguió dando saltos sobre el asfalto y de golpe se quedó quieto y empezó a sangrar por la boca bien abierta en una mueca de pánico. Luis permaneció durante un rato mirando el cadáver inmóvil del gato, sin saber qué decir.

—Tranquilo, ya lo sacaremos nosotros.

—No me ha dado tiempo ni a tocar el freno.

—Casi cada día hay alguno que se mete debajo de las ruedas de alguien. Los gatos, ya se sabe...

Se despidió y regresó al volante. Qué extraño —se dijo mientras conducía de nuevo—, ¿cómo podía haber cruzado tan decidido hacia su muerte en una avenida tan grande y desierta en la que el ruido del coche habría tenido que ser evidente con bastante antelación? Pensó en las siete vidas de los gatos,[12] en la posibilidad de un suicidio del animal, en la relación y en el significado que esta muerte accidental pudiera tener con la de su hermano. Hasta el día gris y nublado que despuntaba en la ciudad parecía el decorado propicio a una muerte sin fin.

Al llegar a la plaza Francesc Maciá, se situó en el lateral de la Diagonal y torció en Villarroel hasta lle-

12. En la biblioteca de Tübingen se conserva una tesis doctoral, *Die Kabalistiche Bedeutung der Nummer Neun* (La importancia cabalística del número nueve) de Marcelo Yarmolinski, en la que se explica por qué en la cultura anglosajona se eleva de siete a nueve el número de las vidas del gato.

gar al Hospital Clínico. Como no encontró aparcamiento dejó el coche en doble fila, con el intermitente puesto. Al salir, notó el mal cuerpo del frío y del sueño. Se estremeció con ese encogimiento de estómago que provoca el miedo en la fatiga. Se detuvo, encendió un cigarrillo y aspiró con energía el humo como intentando llenar la oquedad que se abría ahora en su mente. La entrada del hospital le recordó el día en que Antonio se tomó su primer ácido lisérgico, a los dieciséis años. Había llamado a casa asustado y le pidió a Luis que no dijera nada a sus padres y que viniera a buscarle al bar Zurich de la Plaza de Cataluña. Luis lo encontró en un estado calamitoso y febril; tiritando, le confesó que le daba miedo volver a casa antes de que se le hubiera pasado el efecto. Hablaba con dificultad, describiendo maravillosas alucinaciones y terribles sensaciones de pánico. Había estado en las Ramblas con una puta y, en el mismo momento del orgasmo, había sentido su cabeza a punto de estallar y su cuerpo, repetido en el espejo del techo, fundiéndose y derritiéndose con el de la mujer, hasta gotear un líquido fluorescente sobre un pavimento ondulante que se movía como un oleaje. Decidió llevarlo al hospital para que le dieran un calmante que le rebajase el efecto de la droga. Ahora, próximo a verle muerto, estaba atravesando el mismo portalón grande de aquella noche, el mismo suelo de tonos oscuros, la misma rocalla con plantas de plástico, la misma fuente incesante que parecía querer paliar los momentos de dolor.

—Buenos días, soy el hermano de Antonio López Daneri; ingresó cadáver anoche.

—¿El del premio? —preguntó una mujer con indiferencia profesional.

—Sí.

—Está en la sala de autopsias, al fondo del pasillo a la derecha.

Desde el otro lado del corredor, un grupo de periodistas le había oído y se abalanzaron sobre él acercándole a la boca sus pequeños magnetófonos. Le preguntaron por la novela, pero él respondió que no sabía nada de ella. Luego le siguieron por el pasillo, agobiándole y casi deteniéndole en ocasiones.

—¿Qué quiso decir su hermano antes de morir?

—Por favor, dejadme tomar un café y luego hablamos. Estoy muy cansado, no he dormido en toda la noche, vengo desde Valencia conduciendo; ahora sólo quiero ver a mi madre. Además, yo no sé nada, ni siquiera que mi hermano hubiera escrito una novela.

No pudo quitárselos de encima ni en la puerta de la sala de espera. Allí estaba su madre vestida de negro, enrojecida y llorosa, con un gran pañuelo mojado y arrugado en las manos. Estaba sentada, como dormida, abrazada a la señora Ródenas. Al ver a Luis, ésta le apretó un poco las manos, despertándola de la sedación.

—María, María, es Luis, tu hijo.

Se abrazó a su madre llorando y ella apenas pudo articular su nombre entre el moqueo y el llanto entrecortado. Irrespetuosos, los periodistas seguían haciendo girar sus cintas como para captar los visajes de una agonía en la que las palabras habían sido sustituidas por gemidos y suspiros de dolor. Uno de ellos hizo una foto y Luis se volvió en un gesto violento.

—Vete a la mierda, hombre, ya está bien, ¿no te parece?

Cerró el acceso a la sala dando un portazo y volvió a abrazarse a su madre. Ella repetía llorando el nombre de su hijo muerto. Lo hacía en diminutivo, como queriendo regresar a una infancia de Antonio que ahora se alejaba a gran velocidad. Una mujer con uniforme verde se acercó a la señora Ródenas y le hizo unas preguntas burocráticas sobre el cadáver. Ésta respondió en voz baja, como cuando al acostarse les contaba cuentos a Antonio y a él en los veranos de Vilassar.

—Beatriz, a mí me gustaría que la novela reflexionara sobre sí misma, doblándose y desdoblándose en múltiples miradas y perspectivas; me gustaría que algunos personajes la percibieran desde distintos ángulos y realidades: un periodista podría criticar la misma novela que el lector tiene enfrente, un personaje estaría intentando crear a otro personaje que tal vez sería más verosímil que él, un prologuista podría cobrar vida propia a través de las notas a pie de página que le convierten progresivamente en un personaje más de la novela. La propia obra se convertiría de esta forma en una monstruosa maquinaria de fagocitación; todo podría estar dentro y fuera, el premio literario, la edición, la publicación, las críticas de prensa, las cartas que distintos personajes se escriben entre sí, las numerosas conversaciones que se refieren a la novela que nadie y todos escriben. El texto sería así un proceso abierto en el que todos los personajes filosofan sobre el artificio de la propia obra, explicitándolo y haciéndolo evidente hasta lograr sugerir la presencia del autor, hasta oírle respirar, hasta verlo en la desdicha de su solitaria frustración.

—A usted le interesaría hacer partícipe al lector de un proceso lúdico.

—Sí, ¿te imaginas? «La primera novela juguete.» Ruedas y muelles que aparecen y desaparecen en el interior de una trama que nadie sabe qué dirección finalmente tomará. Nosotros mismos podríamos ser, con nuestras conversaciones, personajes de la novela, que entraríamos y saldríamos de ella, que expondríamos nuestras dudas y nuestras decisiones, que perteneceríamos y no perteneceríamos al texto.

—El propio lector sería el verdadero protagonista de la novela, ¿no?... usted podría escribir «la primera novela interactiva de la historia...». Por cierto, ¿en qué podría consistir una novela interactiva?

—Pues, por ejemplo, en líneas del tipo: «Hola, lector, ¿estás ahí? Si estás ahí di "sí". Lo has pensado pero no lo has dicho... Sigues sin decirlo. Bien, así me gusta; ahora, tócate el mentón... No, en serio, tócatelo. Si no te tocas el mentón no interactúas y, por lo tanto, no puedes seguir leyendo esta novela (pasan cinco minutos). Lector, sigues sin tocarte el mentón. ¿Pero no te das cuenta de que si esta novela se consagra y se hace universal, si consigue horadar las durísimas barreras del tiempo, pertenecerás al extenso linaje de lectores que se tocaron el mentón, que interactuaron y celebraron el rito milenario que nos justificaría a todos? Lector, imagínate cuántos millones de hombres y mujeres y niños (en los colegios sería sublime...) se hubieran tocado ya el mentón si a Dante, en la Edad Media, se le hubiera ocurrido proponerte esta práctica. ¿Ya te has tocado el mentón? Bien, así me gusta. Ahora frunce el ceño... Y ahora imagínate que estás preso en una cárcel de Marruecos, que acaban de detenerte hace unas horas con un kilo de hachís en el coche. Imagínate rodeado de muchos ojos de presos que hablan en árabe en la oscuridad (casi no entra la luz y la poca que entra desaparecerá cuando llegue la noche) riéndose de ti, de tu miedo, de tus ingenuos tiquismiquis con la comida que no has podido probar, de tu falta de familiaridad con el olor a mierda, de tu inútil mosqueo frente a la trama sexual que preparan contigo a mitad de la noche. Lector, ¿sientes ya el canguelo en el estómago? ¿Consigues situarte en ese infierno al cerrar los ojos? ¿Presientes la mala leche del vigilante y el dolor en la espalda que podría ocasionarte con su famoso barrote de madera de cedro? Lector, haz un esfuerzo por estar allí, en la cárcel de Marruecos, con el olor a mierda y la mirada y los cuchicheos de los presos, para los que tú vas a ser el exquisito manjar soñado desde hace años. No, lector, seguro que no te estás esforzando lo suficiente para estar allí; consigue música árabe y hazla sonar, embadúrnate de mierda, date con un palo de cedro en la espalda hasta que percibas de verdad la mala leche del vigilante, siente las manos sucias y masculinas hurgándote en los bajos; ¿las sientes?; ¿notas ahora cuán lejos está de ti, lector, en este preciso momento de realidad implacable, en este presente de tus ojos cerrados (bueno, no, no los cierres del todo porque de hacerlo dejarías de seguir las instrucciones que yo te estoy escribiendo en otro presente distinto al tuyo), en este presente que se multiplicará sin disminuir su horror durante tres años y un día? ¿Te has dado cuenta ya de que aunque llores desconsoladamente durante horas, aunque asegures en tu francés macarrónico (con ayuda de las manos) que tu abuelo fue embajador en México o que el kilito de hachís era para consumo personal, se van a descojonar de ti? Lector, llora un poco para comprobarlo. Ves, es inútil, porque para que tu voz se filtre entre las jerarquías de la prisión y llegue al cuerpo diplomático, han de acontecer tal cúmulo de....».

—Señor Gilabert, no se lo tome usted mal, pero creo que para avanzar un poco, lo ideal sería que trazáramos un mapa que nos permitiera visualizar con cierta claridad a los personajes, que nos posibilitara definirlos, progresar...

—Desde luego, pero sin que ello nos limitase en la posibilidad de hacer bruscos cambios argumentales. No quiero pensar en unos personajes o en un argumento demasiado definidos, porque ello nos llevaría a algo excesivamente rígido y estático. Prefiero pensar en múltiples caracteres que, en realidad, sean el mismo, en varios argumentos que, en realidad, sean desdoblamientos de un único argumento; es decir, que las formas de la trama superen la propia trama tanto en intensidad como en fuerza literaria, dejando en el lector un efecto de lucidez que le haga dudar de su propia condición de realidad, que le cree una incertidumbre que le implique en la novela, transformándole en un personaje capaz de salir y entrar, de escribir y ser escrito, de tocarse el mentón y fruncir el ceño...

—Usted quiere hacer una novela enteramente metaliteraria, una novela en la que la literatura esté dentro de la literatura el máximo número de veces.

—En efecto, que lleve los posibles desdoblamientos de la ficción y la realidad hasta sus últimas consecuencias. De hecho, inicialmente, yo había pensado en un personaje que escribe sobre otro escritor, que escribe, a su vez, una obra sobre otro escritor. Como en diferentes estratos de realidad, cada uno de esos escritores podría tener una pequeña historia y diferentes motivaciones que le impulsan a escribir pensando en otro escritor. Cada uno sería escrito por el escritor que le antecede, formando una cadena de escritores escritos por otros. El personaje que muriera o dejara de ser escrito daría fin a toda la cadena, porque el segundo dejaría de escribir al tercero y el tercero al cuarto y así sucesivamente.[13]

—Sería como un cuadro que estuviera dentro de otro y de otro, hasta que sólo viéramos los infinitos marcos que se pierden en un centro que terminaría siendo un punto apenas visible y conceptualmente infinito.

—El problema, Beatriz, es que es muy difícil escribir una novela con un argumento en el que se entrecruzan tantas realidades; ese tipo de idea es más sugerible que realizable, es más propicia para un relato breve, para un cuento.

—Bueno, de momento tenemos una historia que reproduce un poco la nuestra, la que tenemos usted y yo, porque la relación que tiene Antonio con Teresa Gálvez —ella ayudándole a plantear una novela a él— refleja un poco la nuestra. ¿No?

—Desde luego, aunque nosotros no tenemos una relación amorosa.

—No, señor Gilabert, eso está claro... por cierto, ¿qué relación tiene Antonio con la estudiante?

13. Para Stéphane Mallarmé, la historia universal es un libro que *escribimos* y en el cual *nos escriben*. Gilabert parece reproducir aquí un eco del gran simbolista francés.

—Creo que podría ser algo clandestina. Podrían reunirse en el despacho de Antonio y dejarse notas en sus respectivos buzones de la facultad, creando nuevos textos que aparecerían como otros textos dentro del texto general de la novela y que, junto a las cartas, los *graffitis* que lee Antonio en los lavabos, las citas de Borges, las pequeñas reseñas de prensa y demás, crearían otros planos metaliterarios, otros textos que participarían en la intertextualidad general. Claro que la idea de que Teresa tuviera un buzón nos obligaría a elevarle el rango a profesora ayudante, porque una simple estudiante de doctorado no tendría un buzón con su nombre en una facultad.

—¿Cómo ve usted a Silvia, la mujer de Antonio?

—Bueno, Silvia tiene una mentalidad de pija. De pija que ha estudiado piano durante años en el salón de su casa sin pasar de primer curso, sin pasar de tocar el piano en las propias clases de piano, frente a resignadas profesoras que escuchan la misma pieza cada semana sin ninguna mejoría. Creo que las pijas de Barcelona han creado una nueva estirpe de profesoras de piano; una estirpe que asume, con una sonrisa cómplice, que en sus alumnas no va a haber ningún progreso, ningún avance; que les pagan para eso, para no enfadarse, para silenciar un verdadero escándalo de ineptitud artística, para guardar las apariencias sociales necesarias y para poder afirmar en el Palau o en una fiesta cualquiera de Pedralbes que la niña toca muy bien y que «pronto nos sorprenderá interpretando a Rachmaninov». Creo que se podría pensar en una novela que reflejase ese ambiente peculiar de la ciudad; una novela que se podría titular *Las alegres comadres de Pedralbes.*[14]

—*«Pija» es una palabra muy local y pasajera que se utiliza en España para referirse a personas en realidad muy diferentes; es preferible caracterizar a Silvia a través de lo que ella diga o haga, ¿no?*

—Tienes razón... Pero ahora no puedo pensar en Silvia ni en su pijez porque se me acaba de ocurrir una idea, y si no te la cuento la olvidaré en cuestión de segundos. Se me ocurre que la novela podría comenzar de tres formas distintas.

—*¿Qué quiere usted decir?*

—Que al principio que cuenta cómo salen Silvia y Antonio de su casa para ir a la cena del premio se podrían añadir otros dos principios en los que ocurren distintos acontecimientos alternativos. Por ejemplo, un segundo principio de la novela podría narrarse desde la perspectiva de Silvia, que es la que se retrasa con sus cosméticos y piensa que Antonio es un hombre del todo insensible a la música y a la buena literatura. También podría ser ella la que muere atropellada por un camión que la arrolla en la acera cuando Antonio ha ido a buscar el coche al parking. En un tercer principio llegarían puntuales y no moriría nadie. El lector podría deducir cuál de los tres principios es el que elige el autor al verlo continuar en el siguiente capítulo. Toda la novela podría articularse

14. Es ésta una alusión a la obra de Shakespeare *Las alegres comadres de Windsor* (*The Merry Wives of Windsor,* 1598), comedia en la que reaparece el famoso personaje Falstaff (figura central de *Enrique IV*, a quien se había declarado muerto en *Enrique V*).

por bloques en los que siempre se presentan tres senderos que se bifurcan. Sólo uno de ellos continuaría en uno de los tres siguientes y así sucesivamente. ¿Se entiende?

—Usted quiere construir un laberinto, quiere rizar el rizo y organizar un bucle que permita entrar y salir en la realidad y en la ficción hasta un punto en el que el lector se pierda y se desoriente.

—Sí, aunque insisto en que en una novela existe el riesgo de que el lector se harte de esa propuesta, de que no esté dispuesto a participar en ese juego que acabaría minimizando el posible y, en todo caso, leve argumento.

—Bueno, no se preocupe ahora, ya lo haremos avanzar. ¿Cómo es Antonio?

—Lo imagino como un hombre patológicamente narcisista, que ha convertido el narcisismo en una forma de vida, en un universo hermético en el que todo gira en torno a su ego insaciable de gloria y de grandeza. Su imaginación se canaliza de forma inconsciente en esa dirección, no cesa nunca en el empeño que le hace soñar con aplausos, con ovaciones multitudinarias, con galardones y reconocimientos de la academia sueca puesta en pie. Sueña que sería el primer joven de la historia en recibir el premio Nobel por una sola novela diestra y definitiva como la luz del sol, por una sola novela que le llevara a estar todo el día recibiendo a reverenciales periodistas de la prensa internacional, que propagarían su foto y su nombre por todos los rincones del planeta, hasta convertirle en un símbolo reconocible parecido a Homero o Shakespeare. Por eso es para él tan importante su novela, porque ha internalizado hasta tal punto el delirio de su megalomanía, que ya no le caben apenas dudas de que su obra se convertirá en una especie de continuación y hasta de superación del *Ulises* de Joyce. Este narcisismo enfermizo podría aparecer solapadamente en su diario, junto a otros momentos en los que duda de sí mismo, en los que se derrumba hasta la desesperación más terrible.

—*Podría fantasear directamente con el Nobel, sin pasar por otros premios anteriores, imaginarse el olor del gran salón de Estocolmo y la música del himno nacional sonando para la Historia y para él. Me parece bastante creíble que alguien que nunca ha publicado una novela pueda caer en ese tipo de demencia; quiero decir que un escritor mínimamente maduro conocería mucho mejor sus límites que uno que se enfrenta por primera vez a un papel en blanco; el hecho de que ni siquiera haya comenzado la novela le convierte en un iluso; nada tan limpio de paja, tan expuesto al delirio de grandeza como un primer proyecto.*

—Se trata de un hombre que alterna estados de depresión y de euforia. Esos altibajos le hacen fumar hachís todo el día, hasta el punto de caer en frecuentes crisis de pánico. En sus reflexiones, en las desordenadas consideraciones que leemos en el libro de notas que ganará el premio, Antonio, viéndose incapaz de configurar sus personajes, podría comenzar a fijarse en los que le rodean, en aquellos que conoce en la vida real; un día, por ejemplo, podría tener la ocurrencia de grabar conversaciones con personas de carne y hueso para luego utilizar esos diálogos en la ficción. Es decir, que plagiaría de la realidad lo que no puede conseguir con su imaginación.

—Quiere usted decir que para conocer mejor al viejo editor, Antonio entrevistaría a un viejo editor como usted; y que para conocer mejor a una directora literaria, vendría aquí y me entrevistaría a mí.

—Hombre, tampoco soy tan viejo...

—Señor Gilabert, es así como usted calificó al protagonista de la novela de Antonio.

—Bueno, pero ya te he dicho que podría llamarse como yo y no por ello ser necesariamente como yo. De hecho, estoy pensando que incluso podríamos buscar un personaje radicalmente opuesto a mí. Desde luego, me incomodaría enormemente que fuera una descripción de mí mismo, una especie de autorretrato literario.

—Estábamos en lo de las grabaciones.

—Sí, es verdad, te decía que Antonio podría pensar en que algunas de estas entrevistas reales podrían aparecer literalmente en su novela. Así, para darle mayor credibilidad a los diálogos, se lanzaría a grabar conversaciones sin que el interlocutor se diese cuenta. Ésa es una idea que yo también podría llevar a cabo.

—¿Cuál?

—La de grabar a gente real.

—Pero luego tendría que inventar un contexto para intercalar esas conversaciones.

—Sí, o al revés, buscar una situación real que se ajuste a la ficción.

—¿Cómo?

—Pues, por ejemplo, si en la novela quiero introducir un diálogo político entre un taxista y un personaje, cojo realmente un taxi y grabo una conversación que yo dirijo hacia lo político. Podríamos pensar en personajes infrecuentes; en un afilador callejero o en un gigoló. ¿Te imaginas a nosotros dos entrevistando a un gigoló real?

—Pues yo conozco a uno, un tipo que se llama Bernardo.

—Ah, sí, y ¿cómo es?

—Es un hombre que vive de las mujeres a cambio de tenerlas contentas.

—Qué interesante, me cuesta mucho imaginarme a un tipo así. Pero ¿actúa como una prostituta, es decir, ve a una mujer con aspecto de tener dinero y se moviliza para conseguirla?

—Sí, pero es más sutil que una prostituta, es menos directo. Es un profesional camuflado, un impostor tolerado.

—Debe de ser un tipo muy atractivo.

—Sí, a mí me lo parece, aunque no es especialmente guapo. Su secreto es que sabe tratar a las mujeres; sabe muy bien qué decirles y en qué momento tiene que hacerles una caricia o en qué otro traerles una copa; tiene una intuición extraordinaria para hacer que una mujer se sienta bien; su secreto consiste en saber adaptarse a los distintos tipos de mujeres; es muy camaleónico,

puede cambiar su tono de voz y su sentido del humor en función de cada caso. Es un tipo muy listo... muy capaz de esconderse detrás de máscaras distintas.

—Pareces conocerlo bien...

—Lo conozco bastante bien porque durante un tiempo fue mi vecino y lo oía actuar a través de la pared; recuerdo el día en que lo vi por primera vez, al poco tiempo de alquilar yo el apartamento donde vivo. Me vino a pedir limones para hacer margaritas. Al día siguiente le vi salir a la calle con una mujer algo mayor que él. Con el tiempo nos hicimos amigos y, desde entonces, entre él y yo ya no hubo secretos.

—¿Intentó seducirte alguna vez?

—No, él sabía que conmigo no había posibilidades; simplemente nos hicimos amigos.

—¿Es culto?

—No, pero le sabe sacar mucho partido a todo lo que ha visto y leído. Sabe no meter la pata, llevar los temas a su terreno de forma simpática y natural.

—Pero, ¿cómo conoce a mujeres dispuestas a financiarle la vida?

—Bueno, él se mueve en ciertos ambientes: algunos bares de postín, el club de golf, el club de bridge. También escoge a mujeres especiales; mayores que él, las ricas cuarentonas y aburridas son su especialidad. Ellas nunca están predispuestas de entrada; pero luego, con el trato, es muy hábil en mover bien las fichas; en eso consiste precisamente su capacidad de seducción, en

saber crearles una cierta dependencia gradual, una cierta necesidad.

—¿Necesidad?

—Sí, me explicó que a un proceso inicial en el que es muy amable y cortés, sucede otro en el que se muestra desinteresado. Yo he visto llorar a muchas mujeres por él. Una le regaló un coche. Otra le invitó a un crucero por el Caribe. Es un hombre que sabe idealizar el presente, dotarlo de un halo mágico que lo privilegia como momento. Sabe convencerte de que cada situación tiene una luz adecuada, una música propicia, un paisaje que es urgente imaginar. Sabe tomar buenas iniciativas y transmitir un peculiar optimismo, una extraña seguridad...

—Sin embargo, yo siempre imaginaría a un hombre así envuelto en una terrible inestabilidad emocional. Esta gente de la noche, como los que se dedican a las relaciones públicas en fiestas y discotecas, o tipos que parecen divertidos y graciosos, esconden luego un aspecto de sí mismos algo patético, ¿no?

—Bueno, en el caso de Bernardo sí hay algo de patético, porque ahora ya debe de rondar los cuarenta y cinco años y seguramente no podrá mantener su éxito por mucho tiempo. Sí, es muy posible que termine quedándose solo y sin un duro. Aunque nunca se sabe, porque es un tipo muy listo y con muchos recursos.

—También podríamos grabar conversaciones con un ama de casa y conducir el diálogo de forma que nos contase lo que hace durante el día, los culebrones que ve, las ventajas y los sorteos que ofrece un detergente, sus excursiones al bingo, la relación con el marido, sus problemas con la comida y el sexo. Creo que una novela en primera persona sobre una «maruja» sería económicamente rompedora (tendría la posibilidad de atraer la atención de millones de «marujas», que comprarían una novela que por primera vez habla de ellas). Tal vez sea ésa mi segunda novela. Ya me veo cada día camuflado en el súper con un pequeño magnetófono. El lanzamiento podría ser como en una campaña electoral, con *roulotte*, altavoces, carteles propagandísticos reivindicando la identidad del marujismo...

—Departamento de Filología Clásica, buenos días.

—¿Podría hablar con el profesor Esteve Puig?

—El profesor estará en Argentina durante tres semanas.

—¿Es usted su secretaria?

—Sí. ¿Con quién hablo, por favor?

—Soy Ángel María González Villanueva, catedrático de veterinaria. Hace unos días envié un paquete con una carta al profesor Esteve, ¿sabe usted si llegó al departamento?

—Sí, el profesor lo tiene todo en su mesa de despacho para cuando regrese.

—¿Habría alguna forma de contactar con el profesor?

—Él me llama de vez en cuando, si quiere puedo decirle que usted ha llamado y sugerirle que trate de localizarlo. ¿Se trata de algo urgente?

—Bueno no, no del todo. Si acaso dígale por favor que me llame tan pronto llegue a Barcelona.

—Muy bien, así lo haré.

—Muchas gracias.

Creo que Silvia y yo en el fondo nos odiamos y que el odio es nuestro verdadero e inconfesable secreto. Los dos compartimos el mismo resentimiento y la misma cobardía que algún día estallarán. Si me dejara llevar por mis impulsos inmediatos y fuese enteramente sincero conmigo mismo, no dudaría en abandonarla. El problema es que cualquier separación que no fuera instantánea, que dejara huellas, abogados y nuevos psiquiatras, sería todavía más horrible que nuestra situación actual. No soporto ver cada día la angustia de su insatisfacción casi tan grande como la mía; esa permanente desazón con la que no deja de mirarme, de culpabilizarme de no sé qué. Las mujeres que cumplen treinta y cinco años sin tener hijos se sumergen en una angustia que tiende a crecer con el tiempo. Es como si se les presentara una anticipación biológica de la muerte, como si el calendario para tener hijos les estuviera marcando un primer fin de la vida. A Silvia, con la operación de riñón, ese fin la pilló desprevenida. Siempre me acusa con su mirada. Pero, ¿qué culpa tengo yo de su operación de riñón? ¡Que me deje en paz!; yo sólo quiero trabajar tranquilamente en mi novela, yo sólo quiero pensar en Gilabert y en tejer una trama para colocarle en una vida que pudiera ser real. Pero lo que llamo alegre e impunemente mi novela, tal vez nunca pase de ser este amasijo de palabras infelices que ahora escribo, esta permanente aproximación a algo que siempre retrocede, esta forma infructuosa de llenar mis horas vacías, este desquiciante proceso irreversible que me aniquilará hasta hacer de mí un perdedor definitivo.

El ordenador que me mira por el ojo grande de su pantalla luminosa es el gran cómplice de este reto que he tramado contra mí mismo. Frente a él imagino todas las cosas; algunas las escribo y otras las olvido. El resto del día me parece invariable, previsible y rutinario. Frente a mi ordenador el mundo cobra un sentido más intenso y yo me sueño convertido en escritor. Sé que mi propósito, por indefinido, por no ser ni siquiera un propósito, puede llevarme a un desinterés todavía mayor por los demás, a una frustración irreparable o a la locura, pero lo siento dentro de mí como una violenta llamarada que me arrastra, como una enorme bola de fuego que me empuja a seguir. Me río a carcajadas de mí mismo: en realidad, yo soy el objeto, el sujeto y el primer personaje de mi gran obra...; porque para pensar en Gilabert tengo antes que pensar en mí; tengo antes que confesar a mi ordenador todo lo que me pasa por la cabeza, por el cuerpo, por la piel. Por cierto, la relación entre el cuerpo y la cabeza plantea ya un problema existencial que yo descubrí a los ocho años seccionando el rabo a una lagartija. Porque, si me cortasen los brazos, sería yo y mis brazos; si me cortasen las piernas, sería yo y mis piernas; pero, si me cortasen la cabeza, ¿sería yo y mi cabeza o yo y mi cuerpo? Vivir es imaginar mediante hipótesis tan absurdas como ésta lo desconocido en base a lo conocido. Imaginamos la muerte y la poblamos de ángeles y demonios que se parecen demasiado a nosotros. Tal vez todo ello sea el resultado inercial del acto primigenio de Dios, que hizo al hombre a su imagen y semejanza, dando continuidad a una infinita cadena de identidades que se imaginan. Me gusta la intimidad que me permite mi ordenador. Escribir en un papel siempre supondría el riesgo de que alguien —como Fátima, la chica marroquí que viene aquí una vez a la semana a limpiar— lo leyera. Mi ordenador retiene todo fielmente en su memoria y sólo me lo muestra a mí (a no ser que yo esté equivocado y presuponga erróneamente a Fátima como incapaz de acceder a la información de mi ordenador). Ese acto introspectivo de escribir lo que se me ocurre sobre Gilabert, ha de fundamentar su personaje, cuya verosimilitud dependerá de la capacidad que yo tenga de verme a mí mismo en él. Supongo que ningún escritor deja en realidad de escribir en primera persona. Los personajes, por muy diferentes que sean de él, equivalen sólo a un mero desplazamiento de la mirada. Pero la transferencia de mi identidad en la de Gilabert sólo debería manifestarse en una primera fase, pues él será un viejo editor y yo no soy ni viejo ni editor. Hacer de Gilabert un personaje demasiado parecido a mí podría ser pasto para engordar a psicoanalistas pero no me serviría para darle consistencia. Tengo que hacer un esfuerzo para imaginarme a un hombre de su edad; tal vez fijándome en los viejos que me rodean, hablando con ellos, logre dar con su voz. Gilabert podría tener algo del viejo que un día me describió una puta cuando le pedí que me hablara del cliente más extraño que hubiera conocido. Ella, después de pensarlo, me dijo: «Un viejo venía con unos bolígrafos Bic y los tiraba al suelo para que yo, desnuda y calzada con unos tacones altos, los pisara y los rompiera mientras él se masturbaba y me llamaba madre. Un día comenzó a llamarme cerda y me pidió que le pegara; más fuerte, más fuerte, eres una cerda asquerosa, hasta que yo le di y él me respondió y yo le dije que allí habíamos terminado. Después de aquello no quise subir más con él a pesar de que me pidió perdón y me dijo que nunca más volvería a repetirse lo ocurrido. Unas semanas después lo vi subir con una chica del Big Ben, con la Lourdes, y me contó que seguía haciendo todo eso de los bolígrafos y yo le dije que tuviera cuidado, que esos tipos son peligrosos y que nadie sabe si un día vienen con un cuchillo y después de llamarte madre van y te matan».

Gilabert podría ocultar ese paréntesis perverso que le sacara de la rutina de su editorial. Podría ser un perfecto padre de familia que conviviera con unas fantasías que, sabiamente restringidas y controladas, serían como pequeñas excursiones a un lado abyecto de su alma. Aunque no sé si un hombre que practicara habitualmente un rito como el de los bolígrafos Bic podría luego llevar una vida enteramente normal de padre de familia, una vida que no se viera salpicada por otros detalles raritos con su mujer o con sus propios hijos. No parece posible ser completamente otro en un solo recinto aislado de nuestra identidad, en un solo momento de verdadera enajenación. Dicen que la mayoría de los asesinos en serie han dado siempre muestras de gran normalidad; los vecinos son los primeros en sorprenderse: «¿Cómo? ¿El señor Brudos es un asesino que ha matado a diecisiete mujeres? ¡No puedo creerlo!».[15] En un cuento del Gran Parodiador,

15. Alain Lamarre ha señalado que Gilabert hace aquí referencia al famoso caso Brudos. El asesino en serie Jerry Brudos jugaba a calzar en su garaje los pies amputados y congelados de sus víctimas femeninas. Nadie, ni su mujer ni sus hijos ni los

el protagonista se imagina a sí mismo multiplicado infinitamente en tiempos distintos, que son las posibles alternativas por las que pudo haber optado y no optó; imagina que todos esos personajes que le duplican (él es todos ellos) cobran existencia simultánea poblando el jardín de la casa de un viejo sinólogo al que ha venido a matar. En otro de sus relatos, un hombre ha sido todos los hombres; en otro, un hombre ha sido El Hombre; en casi todos, un hombre es otro hombre. ¿Por qué no permitirle entonces a Gilabert esa leve incoherencia con su vida; ese pequeño aperitivo carnal de bolígrafos Bic que no le daña ni le pierde? Cioran, ese aristócrata de la duda, sólo tenía relaciones sexuales con prostitutas. A ellas les preguntaba sobre la vida y sobre la muerte, sobre el cielo y el infierno; a ellas consagraba su única sinceridad con el mundo, a ellas consideraba «una academia de lucidez ambulante».

Ayer por la noche, cuando mi insomnio era acompañado por la acompasada respiración de Silvia, pensé que Gilabert y Beatriz, su entregada directora literaria que le ayuda a concretar la novela, podrían comenzar a tener una relación amorosa, una relación que eclipsara sus vidas y les lanzara a viajar compulsivamente por el mundo. Sus conversaciones sobre la novela que no escriben podrían suceder en escenarios muy distintos: la caliente terraza de un restaurante chino sobre la bahía de Hong Kong, la vertiginosa vista giratoria del *cocktail bar* más elevado y panorámi-

---

vecinos, pudieron creer nunca que esa práctica siniestra fuera mantenida por Brudos durante años. Alain Lamarre, *Le démon de López et moi, un monstre normal*. París, 2016.

co de San Francisco, el restaurante en Tahití donde sirven la ensalada afrodisíaca que nubla la vista... Cuando estaba ahora mismo soñando con el restaurante de Tahití, he liado un canuto y he abierto la carta que antes había encontrado en el buzón. Es de la editorial en la que publiqué mi tesis doctoral sobre Borges. ¿Me querrán comunicar alguna buena noticia? ¿Se habrán disparado las ventas de mi libro en Nueva Zelanda? ¿Lo querrán acaso traducir al japonés? ¿Tendré que desplazarme con urgencia a Buenos Aires para ser recibido en olor de multitudes bajo el grito unánime de López, López? Por desgracia, leer la carta ha significado una mala noticia que me ha deprimido y llenado de amargura. El texto dice literalmente así:

Ediciones Héctor S.A.

Sr. Antonio López Barcelona, 16 de enero de 1995
Balmes 323, 4.º 2.ª
08029 BARCELONA

Distinguido señor:

Por motivos de espacio y por el aumento constante de los costes de almacenaje, nos vemos obligados a destruir la mayor parte de las existencias de algunos títulos.

Éste es el caso de su libro *La morfología de los cuentos de Borges*, del que desgraciadamente tenemos que informarle que sólo se han vendido 116 ejemplares desde que se puso en venta hace casi diez años. De acuerdo con el artículo 67 de la Ley de Propiedad Intelectual, se lo comunicamos para que nos diga, antes del día primero de febrero, la cantidad de ejemplares que desea que le reservemos, los cuales no pueden ser destinados en ningún caso a la venta. Quedamos a su disposición y, de no recibir una respuesta en el plazo mencionado, iniciaremos el proceso destructivo correspondiente.

Atentamente,

Jaume Amigo.

Al instante he llamado a la editorial para tener unas palabritas con ese verdugo de mi libro llamado, irónicamente, Amigo. Me ha dicho que si quiero salvar de la destrucción (parece que los descuartizan, los trinchan, los reciclan, quién sabe si para convertirlos en papel higiénico...) los dos mil ejemplares previstos, los puedo pasar a recoger por la editorial donde me los «regalarán». Nostálgico, le he dicho que enviaré a un transportista mañana mismo para que los traiga aquí, junto al ordenador que los vio nacer. Pero luego he pensado: ¿qué haré con ellos? Los podría regalar por la calle compitiendo con esos tristes poetas que me abruman a veces en las terrazas de los bares dándome una página con un poema y pidiendo «la voluntad». Sería como uno de ellos pero de lujo. O sea que en diez años sólo se han vendido 116 ejemplares. Me gustaría conocer a esas ciento dieciséis personas que invirtieron su dinero en mi libro. Tal vez debería disculparme y darles las gracias por lo que hicieron por mí. Pienso en ellas como seres reales, con sus respectivos trabajos, con sus respectivos hijos, con sus respectivas vidas. Si los conociera y les preguntase por qué compraron mi libro, seguramente me dirían que lo hicieron porque aparecía Borges en el título. Es muy posible que tan sólo uno o dos hayan aprendido algo de mi trabajo. Hubiera sido más lógico entonces hacerles llegar unas fotocopias del original. Este fracaso personal y este despilfarro de papel y de tinta se hubieran evitado. No es descartable que la presencia aquí de las cajas termine intimidándome y que decida celebrar, en la chimenea, en una noche de exaltación afectiva, un sacrificio dedicado al «lector desconocido». Me da vergüenza contarle a Silvia el ocioso viaje que emprendió hace diez años mi análisis del Gran Parodiador. Aunque ella es muy práctica y diría que sin esa publicación nunca hubiera llegado a ser profesor titular en la universidad. Siguiendo ese criterio, por un instante pienso en los miles de libros que se habrán destruido para acceder a las miles de plazas universitarias. Gilabert, como editor idealista, podría enterarse y denunciar el holocausto diario de todos esos ejemplares inocentes. Los autores que defraudamos a los editores deberíamos ser multados. Sólo de esta forma se dejarían de escribir libros tan innecesarios: «Usted tiene derecho a publicar su obra, pero piense que si no supera unos mínimos tendrá que pagar una multa y se le retirará la licencia para publicar». Y al que reincidiese en más de dos o tres fracasos se le podría incluso meter en la cárcel, desde la cual, el muy imbécil, posiblemente seguiría escribiendo. Llegar a editar un libro sin lectores es una caprichosa extravagancia que evoca, como el agua en el agua, el olvido.

Hace unos minutos se ha ido Fátima. Me ha dicho que ha comenzado el Ramadán y que no puede comer desde que se levanta hasta la caída del sol. Recuerdo que hace unos días le pregunté si era religiosa y me respondió que no. Es posible que no entienda por religión lo mismo que yo; o considere el concepto tan intrínsecamente ligado a su existencia personal, que ni siquiera haya conseguido distanciarse lo suficiente de él como para entreverlo. Nombrar y definir el marco semántico es una forma de dotarlo de existencia. San Juan comienza su evangelio diciendo: «En el principio existía la Palabra y la Palabra estaba con Dios, y la Palabra era Dios». Es como si la Palabra de Dios pasara a ser realidad física y temporal de forma inmediata. Diciendo «Luz», Dios creó la luz; diciendo «Estrellas», las estrellas y el sol; diciendo «Agua», los mares, los ríos y los lagos. Para la marroquí que ordena y limpia este pequeño santuario de mi soledad, la religión debe de ser algo inseparable de su vida y de sus costumbres y, en consecuencia, no existe como tal. «Religión» es un concepto genérico y relativo que no es comprensible cuando se piensa desde una absoluta y única realidad. Lo más probable es que ella entienda por religión «las otras» religiones y, en ese caso, mi pregunta hubiera sido equivalente a: «¿Eres católica, judía o hindú?». Para ella, la suya no es una religión, porque eso implicaría que hay otras y, para ella, sólo hay Una y está como pegada al Mundo. La idea que relaciona el nombre con la existencia abunda en los textos del Gran Parodiador. Así, al pensar en el ejemplo concreto de Fátima no puedo eludir el patio y los niños jugando a algo que Averroes no es capaz de nombrar. De hecho, anoche, imaginando en la cama el patio de Averroes, se me ocurrió la posibilidad de articular mis pensamientos dentro del sistema de símbolos del Gran Parodiador, de forma que mi novela se construyese en base a sus procedimientos narrativos. Como Almotasim, yo buscaría el alma de Gilabert a través de los delicados reflejos que ha dejado en otras. De *El sur,* podría plagiar la valiente muerte de Juan Dahlmann, con lo que Gilabert, muriendo humillado por los tubos y las inyecciones del hospital de Bellvitge, creería que muere en realidad defendiéndose heroicamente frente a un grupo de navajeros de la calle Escudellers. *Tres versiones de Judas* dotaría a mi personaje de unos valores morales tan diametralmente opuestos a los cristianos, que una obra buena sería para él toda traición bien urdida y perpetrada. Ello llevaría a Gilabert a granjearse innumerables enemigos que, lejos de mostrar interés por asistir a sus sombrías misas de exaltación del cuerpo y la sangre de Judas, planearían su muerte. Entraría así Gilabert en un estado permanente de paranoia que le llevaría a confundirse con el personaje de *La espera*. Más difícil, aunque no imposible, resultaría conciliar a los pacíficos Ireneo Funes y Pierre Menard con toda esta serie de gángsters y compadritos, aunque siempre podrían coexistir dos planos de realidad: el de los soñadores, que como Funes y Menard sólo recuerdan o escriben, y el de los héroes de la acción, que consiguen sobrepasar con el cuchillo su condición de meras apariencias. Escribir una novela que utilizase como marco de referencia la obra del Gran Parodiador es una empresa ardua y tal vez imposible, mucho más ardua que «tejer una cuerda de arena o que amonedar el viento sin cara». Porque mientras el relato breve permite centrar la trama en una situación y en dos o tres símbolos básicos, la novela obliga al desarrollo psicológico de los personajes y a un cambio gradual, historiado. Algunas novelas, como *El extraño caso del doctor Jekyll y Mr Hyde* o *La metamorfosis*, se parecen mucho y hasta podrían ser cuentos alargados del Gran Parodiador. Precisamente por ello son novelas breves, porque no resisten que la trama abandone apenas un instante al protagonista y se desplace hacia otros personajes. En la novela de Stevenson, la posibilidad de que conociéramos a las familias de las víctimas y la relación detallada que los miembros de éstas mantienen entre sí, plantearía una insuperable ruptura narrativa, porque nos alejaría de la pulsión del personaje central; de igual forma, en la de Kafka, ¿qué lector podría regresar a la mirada del protagonista convertido en insecto si alteráramos un momento el ángulo subjetivo de su angustia?[16] La única posibilidad que yo veo de *alargar* los cuentos del Gran Parodiador hasta convertirlos en una novela, estaría en utilizar algunos de sus trucos de prestidigitación: la existencia de la literatura dentro de la literatura (que en nuestro caso podría consistir en que Gilabert se creyera real como yo y que incluso pensara en mí como un personaje de ficción), la idea del doble (dos personajes que parecen diferentes son en realidad el mismo), el juego con la identidad de los protagonistas (sus cambios existenciales frente a situaciones culminantes), las alternancias metafísicas de la realidad (que muestran la condición ilusoria del mundo). Estos procedimientos deberían estar articulados dentro de un argumento no borgeano que los hiciera apenas visibles por secundarios y tenues. Un personaje que quisiera dar forma a esa novela podría ser el protagonista idóneo de la mía. Pero a ese personaje, a ese posible e incierto Gilabert, le tendrían que acontecer las cosas normales de la vida en un mundo concreto, en una casa y en una familia concreta, visible, imaginable, real. Esta secuencia gradual de los hechos, esta minuciosa descripción de lo que *contextualizaría* a Gilabert, le haría pasar de ser un ente abstracto (un mero axioma sobre el que

16. Este breve fragmento, desde «Precisamente por ello» hasta «su angustia», fue literalmente plagiado por Miguel Ángel Ruiz de Villamil en un artículo titulado «La brevedad estructural de algunas novelas de Stevenson y Kafka: narración versus relación discursiva». El artículo, que fue publicado en la revista *Tribuna Literaria* en enero de 2018, motivó que Gilabert denunciase el hecho y obligase a Ruiz de Villamil a dimitir de su cargo de director general de Bibliotecas.

cargar pesadas hipótesis especulativas) a convertirse en un hombre de carne y hueso que hace cosas como los demás; un hombre capaz, por ejemplo, de dormir en sábanas blancas de hilo, de amar el estofado de rabo de toro, de soñar que está cazando en el campo ataviado con un chaleco de cuero y un sombrero tirolés, de recordar con nostalgia «las formas de las nubes australes del amanecer del treinta de abril de mil ochocientos ochenta y dos» o «las líneas de la espuma que un remo levantó en el Río Negro la víspera de la acción del Quebracho». No menos ímproba sería la tarea de incorporar en mi novela los *símbolos* del Gran Parodiador: ¿qué inextricable yuxtaposición de sucesos imprevistos justificaría un desierto en la monótona vida de mi viejo editor catalán? ¿Qué perplejas curvas tendría que deparar su destino para que un día se encontrara con el tigre que «marcará su rastro en la limosa margen de un río cuyo nombre ignora»?

Los símbolos complementan la insuficiencia verbal de la palabra; son imágenes saturadas de autoridad espiritual que sugieren la totalidad a través de un complejo proceso de analogías y correspondencias. Los símbolos contienen algo de la atemporalidad que hallaremos en el otro mundo: los entendemos de forma simultánea, sin la torpe sucesión cronológica a la que está sujeta toda forma de escritura. Explicar con palabras, por ejemplo, todo lo que contiene el símbolo de la Cruz implicaría a muchas generaciones de hombres afanados en un propósito tan enloquecedor como eternamente inconcluso; porque los símbolos, como decía El Griego, son pequeños escarceos hacia la eternidad, hacia aquel lejano instante de plenitud en el que las cosas serán todo para todos los hombres. De esta excelsa región de formas quietas y esenciales participa también el Gran Parodiador. A Él le fue revelado el Secreto que nos aguarda después de la vida, cuando la última trompeta aniquile para siempre las sentencias de los hombres. Y es que los símbolos del Gran Parodiador viven en el mismo libro en el que escribieron Homero, Virgilio y Dante. Parece mentira que toda esa cantidad de églogas y silogismos afortunados haya podido ser escrita por la misma persona. Recuerdo la tarde en la que lo conocí en Sitges. Lo primero que pensé cuando pude enfrentarme sin miedo a sus ojos luminosos y muertos fue que todos esos mares convexos, todos esos desiertos, tigres, cuchillos y sombras, todos esos laberintos, tropos literarios y bibliotecas, habían surgido de la cabeza de ese viejecito cuya res extensa no ocupaba frente a mí más que una partícula ínfima del universo. Tantas veces lo había visto en fotos con idéntico traje oscuro y bastón, que cuando llegó en su silla de ruedas más me pareció un símbolo de sí mismo que una persona real.

Tan pronto me enteré de su llegada a Sitges me desplacé al hotel Calípolis y pregunté en la recepción si me podían dar una habitación cercana a la suya. Después de mirar en una hoja grande, el recepcionista sonrió y me dijo que por una recientísima anulación, la única libre de todo el hotel era precisamente la habitación contigua a la de él. Entendí aquello como un signo premonitorio que allanaba mi camino hacia el maestro. Subí en el ascensor al segundo piso y entré en la habitación 235 con un paso lento pero firme. Todo en ella me pareció enormemente familiar, como en esos sueños en los que creemos reconocer algo que ya hemos vivido. Era una estancia amplia en la que predominaba el color blanco. La persiana estaba bajada, pero entre sus listones de madera, los rayos de la tarde se colaban dividiendo en líneas anaranjadas los muebles y la pared. Una mosca revoloteaba y se iluminaba de forma intermitente en los rectilíneos haces de luz y polvo. Cuando me quedé solo, cerré las puertas del balcón para evitar el ruido del paseo marítimo y pegué mi oído al tabique que nos separaba. Sobre el leve murmullo de los bañistas y el mar, pude escuchar —en una lejanía que contradecía mi proximidad física— la voz femenina de María Kodama. En algunos de sus silencios, otra voz mucho más tenue y ronca me pareció la de un balbuceante monstruo de ultratumba. Tardé unos minutos en deducir (tal era su levedad y distorsión a través de la pared) que aquellos graves timbres ininteligibles procedían del Gran Parodiador. Tan sólo pude percibir su musicalidad, su cadencia argentina, tan sólo pude adivinar alguna palabra que, descontextualizada, me pareció lejana a sus textos. Entonces, guiado por la irrepetibilidad del momento, sentí ganas de acercarme más, de franquear esa barrera que ahora nos distanciaba más que nunca. Me senté en la cama de espaldas a la oscuridad del fondo. Un mueble demasiado grande para ser una mesilla de noche corría, paralelo a mi mirada, hacia la luz. Decidí llamar por teléfono. Tras el enladrillado, los pasos de María Kodama llegaron hasta el auricular.

—Buenos días, supongo que usted es María —dije, animado por una familiaridad del todo injustificable.

—Sí, ¿con quién hablo?

—Me llamo Antonio López; soy profesor de la Universidad de Barcelona, especializado en la obra de su marido, y he pensado que tal vez podría aprovechar su estancia en Sitges para conocerle personalmente.

El haberme referido a él como «su marido» acentuó el carácter insólito de la situación. La voz de María Kodama me llegaba ahora al teléfono acompañada por su propio eco de la pared, como si dos personas distintas me estuvieran hablando a la vez.[17]

—Borges está muy fatigado por el viaje y necesita descansar. Tal vez si usted hablara con el profesor Emir Rodríguez Monegal, que es la persona que organiza conmigo el programa en España, pudiera encontrarle un hueco.

Estuve tentado de decirle que yo me encontraba ya en el hotel (en el otro lado de la pared) y que ese hueco lo podríamos encontrar allí mismo, pero creí que podría resultar una presión algo intimidatoria y me despedí y colgué. Al cabo de unos minutos, los pasos de María Kodama se dirigieron hacia la pared donde yo volví a poner mi oreja. Hubo un silencio. Parecía como si ella me estuviera ahora espiando a mí. Entonces escuché el ruido de las puertas de su balcón y yo abrí y salí también al mío. Borges estaba allí, a mi izquierda, a menos de dos metros. Sus ojos, que parecían fijarse en algún punto de la gran franja azul del mar, se orientaron de repente hacia los míos.

—Qué linda ciudad y qué linda tarde —escuché sin que su mirada se mantuviera ya en la mía.

Atribuí a la magia del momento y a los canutos que me había fumado para la ocasión, el hecho de que el Gran Parodiador me estuviera hablando a mí. Sorprendido, permanecí unos instantes sin contestar. Tantas veces lo había conocido en mis sueños, tantas veces había imaginado una conversación con él, que

17. María Kodama —aunque la erudita M. E. Vázquez ha desvelado la presencia de una auténtica Ulrica von Külhmann— señaló que en este pasaje Gilabert hace referencia al cuento *Ulrica*, por lo que Borges y ella serían aquí otra vez Javier Otálora y la joven Ulrica justo antes de que aquél la poseyera en la posada de *Northern Inn* «por primera y última vez». (*Conversaciones sobre Borges,* Carlos Cañeque. Ediciones Destino, Barcelona, 1996.)

ahora sus palabras me parecieron del todo falaces. Por fin, me animé a decir algo.

—Gran Parodiador, soy yo, el Borges joven que conoce usted en sus cuentos; el azar ha hecho que nos volvamos a encontrar en un hotel lejano de Adrogué.[18]

Se produjo una pausa larguísima. Luego, su sonrisa fue un alivio para mí.

—Azar, palabra persa que significa dados.

Un soplo de viento marino hizo bailar algunos de sus finísimos y largos cabellos blancos. Siguió hablando.

—El hotel de Adrogué fue demolido ya hace muchos años, sólo quedan las palabras de un sueño. Borges y yo nos hemos reconciliado: su sonrisa refleja ya de algún modo la mía.

Aquella respuesta a mi frase era un guiño que entraba en complicidad con los textos que yo había leído tantas veces. Por un momento me sentí depositario de ese guiño que me convertía en un elegido. Como una música lejana recordé las últimas frases de *El inmortal*. Las releí de memoria, en voz alta.

—Cuando se acerca el fin, ya no quedan imágenes del recuerdo; sólo quedan palabras.

Después de otro inquietante silencio, una sonrisa enigmática iluminó durante un segundo su cara. Luego tuve una sensación que oscilaba entre la ansiedad y la plenitud y, como para intensificar el caracter onírico de la situación, lié un nuevo cigarrillo de cannabis que cargué con entusiasmo compulsivo. Reparé en que no tenía más cerillas, y pedirle lumbre a un ciego ascético me pareció una ironía excesiva... Entonces recordé lo que me dijo un médico que conocí en Marruecos en una noche de exaltación y lujuria: el

18. Referencia al cuento de Borges «Veinticinco de agosto, 1983».

cannabis ingerido produce un efecto mucho más intenso que el fumado. Sin dudarlo, extraje del fondo de la caja de cigarrillos la gran china que me quedaba y, tras masticarla trabajosamente, me la tragué.

El Gran Parodiador permanecía quieto en una sonrisa interior, como en esas fotos que mi memoria había fijado para siempre. El silencio de antes se dilataba ahora entre nosotros, pero ya no nos molestaba. Pasaron unos minutos sin que ninguno de los dos dijera nada. Participé entonces de una múltiple alucinación cuyo nítido recuerdo no han erosionado los años. Ebrio de felicidad, Borges comenzó a levitar salmodiando en arameo las Verdades del Arca. Yo le vi ascender encantado y absorto con la lentitud ingrávida de los zepelines, saboreando cada instante, cada palmo que iba ganándole al cielo. Con un fondo de violines que creí de Arriba, se detuvo a unos ocho metros por encima de mi cabeza (lo que significaba más de veinte sobre el nivel de la playa). En el paseo marítimo, todos se detenían para escucharle y señalarle en lo alto. Juiciosos padres y solícitas madres intentaban en vano explicar el prodigio a sus hijos. Nadie parecía entender el idioma en que hablaba. Un viejo bañista con larga barba de sabio hindú aventuró unos alejandrinos en latín. Desde su balcón, María Kodama le reñía con dulzura: «Ven, Georgie, no me hagas enfadar». Pero el Gran Parodiador seguía salmodiando traviesamente en el aire. Su cara se había rejuvenecido muchos años y su voz, chulesca y autoritaria, había dejado de ser la suya. Sentí algo en la mano y, al fijarme, vi un fino hililillo cristalino que me unía a él; parecía ahora una cometa que yo mantenía. Abajo, la multitud se quedó repentinamente muda; hasta los niños y los perros guardaban silencio. Entonces se produjo un milagro inefable: vi una gran luz superior a las luces; vi varias lunas persiguiéndose en lo alto; vi al psiquiatra que se mató en las costas de Garraf haciéndome señas con las manos desde la playa; vi el sol poniéndose en el mar y volviendo a salir; vi una enorme sombra en el agua que se propagaba a gran velocidad hacia el horizonte. Decidido, comencé a tirar del hilo hasta que me detuvo el paso de sus plegarias en arameo a un desgañitado grito de dolor. Un cansancio insuperable me nubla la vista cada vez que intento recordar todo lo que ocurrió después. Parece que permanecí varias horas inconsciente en el balcón, sin que nadie se diera cuenta de mi eufórico estado alucinatorio.

Me despertó la frescura de la noche y fui a dar una vuelta por la playa. Comprendí que toda la escena de la levitación había sido el resultado de la sobredosis de cannabis. Luego vi al Gran Parodiador cenando en un restaurante del pueblo. Estaba rodeado de un grupo de admiradores entre los cuales distinguí con fastidio la cara de Llorens. Opté primero por alejarme, pero luego pensé que tal vez no tendría otra oportunidad para hablar con el Gran Parodiador. Volví. Tan pronto como Llorens me vio en la acera detrás del cristal, comenzó a gesticular, con su característica energía infantil, unas salutaciones completamente exageradas. Entré para que no se prodigara más en ellas y me senté en una silla que yo mismo acerqué al único hueco que quedaba. El Gran Parodiador se encontraba justo al otro lado de la mesa. Pedí un solo plato que Llorens no pudo abstenerse de desbaratarme con el tentáculo inevitable de su tenedor.

—Te hemos estado buscando, ¿dónde estabas?, es muy simpático, ¿quieres que te lo presente?

Sólo me faltaba ser presentado por el idiota de Llorens. Además, yo ya lo había conocido desde mi balcón del hotel. Aunque esa experiencia había sido enteramente anónima. ¿Qué pensaría él de aquel loco del balcón? Maldije el cannabis y me juré dejarlo para siempre.

En el restaurante, una serie de trepas encorbatados que no creo que nunca hubieran llegado a leerle —y mucho menos a comprenderle—, parecían ser sus propietarios (tan seguros de su inmortalidad como del momento que estaban ocupando en el tiempo). Daba la sensación de que lo estuvieran manoseando: le ponían un vaso de vino en la mano, le volvían la cabeza para que su oreja estuviera más cerca de una pregunta, le hablaban de uno de sus relatos confundiéndolo con otro. En un momento en que María Kodama había ido al lavabo, un periodista se lo llevó unos metros con la silla de ruedas para hacerle una entrevista en directo. Al instante saltó uno de sus «propietarios», se abalanzó sobre el periodista y le empujó. Casi se pegan a menos de un metro de él. Aquello era como darles perlas a los cerdos.

—Como vuelvas a tocar a José Luis Borges —se confundió y le llamó José Luis— te parto la cara.

Después, absurdamente animados por un vino local, los propietarios del Gran Parodiador se empeñaron en hacerle probar el famoso pan de payés catalán. A consecuencia de su lucha encarnizada con este rústico derivado del trigo, y de la rozadura que la prótesis dental le ocasionó en la boca, el maestro se quejó de unas llagas que precisaban inmediata asistencia médica. En el hotel intentaron con desesperación encontrar un dentista en Barcelona, pero eso, en pleno mes de agosto, era casi imposible. Por fin localizaron a uno en Sitges que, a pesar de su ya dilatada jubilación, se atrevió a limar con un artefacto eléctrico la dolorosa prótesis del maestro. Según me contó alguien después, parece que cuando el viejo dentista terminó su operación, le pidió a Borges que le firmara un autógrafo en un libro en el que aparecían unos dibujos con el nombre de Forges, el dibujante y humorista español. Borges firmó un libro de Forges creyendo que firmaba uno suyo; por su parte, el viejo dentista se fue convencido de guardar el autógrafo del dibujante. Luego, con el tiempo, lo he pensado muchas veces y no deja de parecerme extraña la simetría de la confusión: Borges, que ha llevado al máximo de la elaboración estética el arte de las falsas atribuciones, había firmado un libro a un hombre que también lo tomaba por otro...[19]

Al día siguiente me desperté con un dolor de cabeza que casi me retuvo en la cama. Las imágenes de la noche anterior revoloteaban y se superponían en mi mente en forma de recuerdos increíbles. En vano me esforcé en rememorar las imprecisas palabras de nuestra insólita charla. Desayuné en la habitación. Como siempre en los hoteles, el zumo de naranja no estaba recién exprimido a pesar de que así lo pedí. No había nadie en el balcón de Borges. Me duché, me vestí y bajé. En la recepción me dijeron que el matrimonio había salido a dar un paseo. Llegué andando hasta el centro del pueblo y, recordando que era el cumpleaños de Silvia, me dirigí a la librería Puig para comprarle *Ficciones* (entonces, yo acababa de conocerla, entonces, todavía era un iluso enamorado que ignoraba la opinión de Borges sobre la incapacidad femenina para la metafísica...). Al entrar en la librería, reconocí la voz de María Kodama. No tenían el libro de Pascal que él necesitaba con urgencia. Una dependienta se dirigió a mí y yo le pedí *Ficciones*. Tan pronto me oyó, el Gran Parodiador se interesó por conocer a la persona que estaba comprando un libro

19. Esta anécdota está copiada casi literalmente de la introducción del libro de Carlos Cañeque *Conversaciones sobre Borges,* Ediciones Destino, 1996.

suyo. Yo me abstuve de identificarme y me hice pasar por un simple lector. Curioso, tanteó mis conocimientos acerca de su obra preguntándome con aparente inocencia.

—Pues los cuentos que más me gustan de usted tal vez sean «El sur», «La busca de Averroes», «La muerte y la brújula» y «La biblioteca de Babel». Aunque no sé, todos me gustan.

—Sabe —me dijo risueño el Gran Parodiador—, en «La biblioteca de Babel», hay algo que yo cambiaría ahora si pudiera. Cuando en una nota a pie de página dice: «Memoria de indecible melancolía; a veces he viajado muchas noches por corredores y escaleras pulidas sin hallar un solo bibliotecario». Eso de «a veces» no combina bien con «muchas noches»; es un poco raro, ¿no?

—¿Cómo lo cambiaría?

—Simplemente, eliminaría «muchas noches».

—Aquí tengo su libro en la mano, voy a corregirlo ahora mismo.

—No, hombre, ¿qué va a hacer? —me dijo entonces alzando los brazos—, déjelo así, sería el único ejemplar corregido en el mundo y eso nos haría a todos ciudadanos de Tlön. Los errores hay que asumirlos para siempre, ya no se pueden modificar. Mire, también, en «La muerte y la brújula»... ¿lo ha leído?, ¿sí? pues a mí me parece que al final, cuando va a morir Lönnrot, no queda suficientemente claro que, en realidad, se trata de un suicidio. Creo que añadiendo dos o tres detalles hubiera quedado más claro.

—Pero usted es el autor, usted todavía puede cambiarlo.

—No —dijo, apoyándose pesadamente en su bastón—, porque entonces cambiaría cada día muchas cosas y sería muy fatigoso para todos. Además, el texto definitivo sólo pertenece a la religión o al cansancio.

Se acercó su mujer y nos advirtió que había concertado una cita con unos periodistas y que se hacía tarde. Por la noche debían volar a Ginebra. Nos despedimos con efusión. Sabía que nunca más le volvería a ver. Me dirigí inmediatamente hacia el bar más próximo.

Observo que, en estas anécdotas relacionadas con el Gran Parodiador —que seguramente habré distorsionado con algún énfasis subjetivo—, he introducido diálogos por primera vez. Sin duda, el ansia por comenzar mi novela me lleva a experimentar estas primarias formas narrativas; a salir del tono de reflexión íntima de esta especie de diario para introducirme en la verdadera escritura, en aquella que situaría a Gilabert en un auténtico contexto literario. ¿Cómo lo diría Homero? «*Como las garzas aprisionadas anhelan el aire para poder volar y escapar, así anhelaba López el papel blanco para dar vida a Gilabert.*» ¿Cómo lo diría el Gran Parodiador? «*Lo mismo que los hombres de otras naciones veneran y presienten el mar, así López (también el hombre que entreteje estos símbolos) ansiaba la llanura inagotable que resuena bajo los rasgos de la pluma.*»

El estar escribiendo así, como sin pensar, en este monólogo inconexo que confieso a mi ordenador, me permitirá luego separar la paja de la simiente, la miel de la putrefacta carne de Penteo.[20] Nunca me atrevo a leer lo que escribo; presintiendo que nada tendrá sentido, temiendo que Gilabert apenas sea la sombra de

20. El autor confunde aquí a Penteo con Aristeo: fue Aristeo quien, cumpliendo puntualmente el mandato de su madre, consiguió producir incontables nubes de abejas con las vísceras corrompidas de sus víctimas.

una figura enteramente transparente. Escribo todo lo que se me pasa por la mente; todo lo que siento y pienso en la fracción del día en la que estoy sentado frente a mi ordenador. ¿Debería alterar esta costumbre para escribir lo que pienso durante el resto del día? Podría llevar conmigo una libretita en la que anotar cualquier ocurrencia por insignificante que me pareciera. Pero escribir en la calle es incómodo; sería mejor grabarme con un magnetófono. Sí, me compraré un magnetófono y narraré en directo, entre la multitud de los metros y las avenidas, la crónica sentimental de mis emociones. Me tomarán por loco, aunque ahora mucha gente habla con su teléfono móvil. Ah, ¡ya está!: diseñaré un teléfono móvil que pueda grabar mi voz; así podré hablar conmigo mismo en cualquier lugar; así, incluso, cuando al caer la tarde el último sol me venza y, cansado por el esfuerzo realizado a lo largo de la jornada, mi cuerpo y mi mente requieran el lecho y el reposo, podré también dejar grabando el aparatito en la mesilla de noche, por si en medio de un sueño me asalta la inspiración y canto dormido las aladas palabras de los viejos poetas...

Ayer, en un momento de incontrolable entusiasmo, se me ocurrió una idea para comenzar mi segunda novela: un hombre sueña que su mujer planea matarle en compañía de su amante y, cuando se despierta, ella no está durmiendo a su lado. Inmediatamente va a la cocina y toma un cuchillo, pero su mujer y su amante aparecen y, disparándole con una pistola, lo matan. Sólo el lector sabrá que, antes de morir, el hombre tuvo un sueño que prefiguraba su muerte. Además, el lector también sabrá, algunas páginas más adelante, que otra noche la mujer sueña con el fantasma de su marido que viene a hacer justicia.

Cuando sobresaltada se despierta y alerta a su amante, que duerme ahora a su lado, éste tiene la cara de su marido. Todo ha sido un mismo sueño articulado en varios subsueños.

Mi tercera novela podría comenzar con un hombre que gana un premio literario y muere de un ataque cardíaco al conocer el fallo del jurado. En ella se alternaría la historia de la novela ganadora con la historia de todo lo que ocurre después de la muerte del protagonista. El lector leería dos novelas, aunque la que escribió el ganador del certamen implicaría un plano de ficción mayor al ser la ficción de una ficción. Estas dos novelas confluirían al final al mezclarse los personajes y las propias tramas. Un título podría ser *Indicios de realidad postergada.*

Intuyo que mi cuarta obra literaria será una pieza teatral con tres personajes y en tres actos. En el primero, un actor (que para hacer más baratos los costes de producción podría ser el mismo actor para los tres personajes) representa tres casos sucesivos de pacientes que filosofan sobre su vida en un diván. Los tres transmiten al espectador un clima pesimista *in extremis*. En el segundo acto, en sus casas (que para hacer más baratos los costes de producción podría ser la misma casa del psiquiatra con el diván anterior convertido ahora en aburguesado sofá para ver la televisión), los tres personajes se suicidan después de tres sucesivos monólogos que prolongan asfixiantemente los tres monólogos del primer acto. De forma sorprendente, unos minutos antes de morir —yaciendo ya en el suelo ensangrentados con las venas abiertas— sus voces se ven enmarcadas en férreos endecasílabos. El tercer acto transcurre en La Arcadia —tierra de pastores poetas—, donde los tres personajes despiertan, se conocen, se abrazan y lloran. La escena final reproduce una conversación que, en torno a un asado de cordero, mantienen riendo los tres protagonistas (el olor del asado debería inundar la sala hasta la última fila de espectadores). Liberados del peso de toda métrica, han pasado ahora a la vulgaridad de un lenguaje obsceno y agresivo contra el autor, al que consideran responsable de su propia naturaleza de personajes confusos e ilusorios. También hablan mal de Dios, renegando desdeñosamente de Él y culpándole de haber creado al idiota que los creó. Un título provisional que se me ocurre es *El cordero de los giros*. Otro, *La secularización del bucolismo*.

A veces me pregunto por qué quiero escribir una novela —empecemos por una y luego ya vendrán las demás—. ¿Por un afán de notoriedad? Miro mi cara ansiosa en el espejo y mi respuesta es afirmativa: tengo necesidad de reconocimiento por parte de los demás, quiero que ellos me aplaudan y me consideren, quiero aparecer en los periódicos porque cuando los leo nunca hablan de mí, porque ya no soporto por más tiempo este doloroso anonimato, esta carencia humillante de gloria e inmortalidad. Silvia dice que soy un caso extremo de egocentrismo. Por ello no le he hablado nunca de mi proyecto literario, para no implicarla más en «mis cosas» y para no contaminarme de su falta de fe en mí. Por lo demás, creo que todo el mundo es egocéntrico. El egocentrismo es consubstancial al ser humano. ¿Quién no desea secretamente ser halagado? Hasta Jesús de Nazaret, en su fastidiosa humildad, vino al mundo para ser cubierto de piropos (también el propio Dios se autofelicitó las seis noches de la semana en que tardó en crear el mundo). El que dice que no le gustaría ser incluso vitoreado por los demás es un tipo sospechoso. Todos somos infinitamente jactanciosos y vanidosos. Exigimos el homenaje y el aplauso y, si pudiéramos, obligaríamos a los demás a calibrar nuestro genio con palabras de admiración. Nunca nos resultarían ridículas o excesivas porque, para nosotros, el adulador sería el único juez razonable y justo. Toda opinión tímida u objetiva nos parecería siempre una debilidad de carácter; y es que nadie puede escapar a la tentación de imaginar la experiencia fisiológica del halago, ese calor que se impone en las vísceras y en las glándulas. Hasta el amor y el matrimonio son pactos entre dos personas para piropearse (sin méritos demostrables) durante un tiempo... Los divorcios se producen precisamente cuando la esencia del pacto se olvida y uno de los dos miembros deja de ser cursi con el otro. Además, sólo la represión impide al discreto no seguir sus impulsos naturales y salir pregonando sus virtudes. De hecho, si un drástico cambio cultural introdujera la chulada como un nuevo valor universal, las calles de las ciudades se llenarían de liberados hablando solos a gritos y los millonarios invertirían faraónicas sumas de dinero para autopublicitarse en la televisión. La diferencia entre los hombres estriba sólo en que algunos, hartos de esperar oír nuestros logros en boca de los demás, nos lanzamos a una autoadulación que proclama con rotundidad nuestro talento. Estamos enfermos porque creemos seriamente que hemos sido iluminados (con una lucecita apenas visible que tenemos en la frente). Los demás todavía no lo creen —porque no ven aún esa lucecita— y por eso es preciso cogerlos de las solapas y convencerlos a escupitajos: «Entérate bien, pasmado ciudadano medio: si cuando me leas no transformo tu vida, si no consigo horadar en tu alma un agujero tan grande como el universo que te lleve a postrarte ante mí para llorar mi grandeza, tomaré la sal y el fuego y escribiré mi nombre en tu frente. Ya verás cómo así me irás recordando».

Creo que el nacionalismo, que Einstein consideró

una enfermedad de la infancia, existe porque sólo algunos nos atrevemos a proclamar nuestro orgullo individual. El nacionalismo es el aullido de todos para crear la ilusión del orgullo de cada uno. Pero el verdadero orgullo no se comparte, porque al hacerlo sólo alcanza a convertirse en simulacro pueril y primario. Enfatizado por los ritos, los himnos y las ceremonias, el nacionalismo es el desgañitado vociferío de las hordas sin identidad. Aunque sentirse español no está del todo mal, teniendo en cuenta que supone pertenecer a un incierto país cuyo mayor personaje literario es un loco lector que decide aventurarse a salir con su caballo y su escudero por el mundo... Sentirse miembro de una comunidad religiosa me parece algo todavía mucho más grave y peligroso. El hombre de fe se hace en la medida en que decrece en él su sentido común. Cualquier persona un poco perspicaz y observadora podría darse cuenta del innegable parecido entre el *pithecantropus erectus* y un gorila. Ello debería considerarse una prueba definitiva en favor del evolucionismo y en contra de cualquier tipo de creacionismo genesíaco. Pero la inconsistencia de las religiones es también de índole moral: ¿qué sentido ético tiene que una lujuriosa pareja, una tarde en un jardín, condene a todo el género humano, y que el sufrimiento de un judío clavado en una cruz baste para salvarlo? ¿Qué responsabilidad tengo yo en un acto o en el otro si ni siquiera había nacido cuando ocurrieron? Sólo una ética de la humillación y del resentimiento puede inventar semejantes culpabilidades y salvaciones absurdas. Y con el hinduismo, pasa tres cuartos de lo mismo: tener que penar en el fango de las castas inferiores por algo que hicieron otros en encarnaciones anteriores a la mía es una disparatada hipótesis absolutamente inaceptable para cualquiera que conserve un mínimo orgullo individual. Por su parte,

Nietzsche, que personalmente debía de ser un tipo al que sin duda yo habría abofeteado a los diez minutos de conocerle, creó, con el superhombre, la utopía más ingenua de la historia de la humanidad: ¿a qué viene, después de haberse mostrado lúcido hablando del cristianismo, esa profecía en la que sólo debió de creer en una noche de borrachera y vómito?

De repente, en este día gris en el que me encuentro muy deprimido y pesimista, ha resurgido en mí, con la hostilidad de una bala certera en el pecho, una inquietante pregunta: ¿quiero escribir mi novela —como dicen tópicamente algunos escritores— para responder a una necesidad compulsiva parecida a la sexual? Desde luego, si he de ser sincero conmigo mismo (y tengo que serlo: si no, ¿qué sentido tendrían estas reflexiones preparatorias que escribo para mí?) creo que no pienso en mi novela como en algo placentero; por el contrario, me produce más bien un sentimiento doloroso que tal vez se incremente cuando comience (si algún día comienzo) a escribirla de verdad. Es posible que este sentimiento negativo hacia el acto mismo de escribir sea ya una prueba suficiente para saber que no soy un escritor. Pero ¿realmente habrá escritores que escriban con el mismo placer inmediato del sexo? ¡Qué dilatado polvazo hubiera pegado entonces Tolstoi con Ana Karenina! ¡Qué ignoradas noches sodomitas hubieran entrelazado al gran Manco con la tosca cadera del gobernador de la ínsula de Barataria! No, desgraciadamente, no creo que los dioses tengan reservados para mí ese tipo de felicidades onanistas... Por otra parte, pienso que hay mucha hipocresía entre los escritores que comparan el acto de la escritura con el sexual, porque, mientras que el único destinatario inmediato del sexo es uno mismo, no hay escritor que escriba sin la mínima pretensión de ser leído, y, eso, ya de por sí, equivale a otras aspiraciones más mundanas como las de ser publicitado, comprado, aplaudido o premiado. De hecho, hasta en el sexo (aparentemente tan íntimo, tan sincero, tan antimetafísico, tan en sí y para sí), encontramos constantes casos de donjuanes que darían la vida para que sus conquistas fueran convertidas en seriales televisivos...

Muchas noches sueño que me conceden el premio Nobel de literatura, pero cuando estoy en Estocolmo, en el mismísimo momento de mi discurso, veo entre el público al psiquiatra que se mató en las costas de Garraf y me despierto otra vez en esta cruda realidad a la que me condena mi anonimato. Abatido, me desplazo hasta llegar al espejo y ensayo posibles fotos de mi cara. Me dilato entonces en muecas favorecedoras tras las que imagino un estadio abarrotado por una multitud enfervorecida que me aplaude, que aplaude mi cara multiplicada hasta el vértigo en inmensas pantallas luminosas, que aplaude mi carisma apabullante, mi mensaje cifrado, mi heroicidad. Durante un rato soy un extraordinario jugador de fútbol. Luego me convierto en un bello actor de cine o en un cantante definitivo. Algunas veces, cuando me emociono hasta llorar, he llegado a ser un astronauta, un héroe que ha salvado a miles de niños o un enviado de Dios. Entonces tengo alucinaciones acústicas y escucho con claridad el himno nacional. También, organizando ritos que yo mismo invento como para jugar, he sabido que me encanta leer mi nombre, que me encanta ser el que Soy. Ello me hace fantasear con la imagen de una portada de diario en la que sobresalen esos dos grupos de letras que tanto se refieren a mí:

Antonio López. El mero hecho de escribirlas —de pulsar las teclas precisas en mi ordenador— me produce ya una felicidad casi palpable. Algunas tardes enloquezco y me entrego a mi nombre con una devoción de jaculatoria: Antonio López, Antonio López, Antonio López, Antonio López, Antonio López, Antonio López, Antonio López, Antonio López, Antonio López, Antonio López, Antonio López, Antonio López, Antonio López.

Si algún día me envalentono y consigo domeñar el tenue pudor que sobrevive en mí, tal vez incluya en mi novela algún personaje que se llame como yo. Dante tuvo la osadía de alzarse a sí mismo como protagonista de su obra maestra, situándose, además, al lado de Virgilio, que era para él el dios de la poesía. Me pregunto en qué ignorada arena podría yo iniciar un periplo semejante de la mano del Gran Parodiador. Pero sería difícil hallar esa senda excelsa, porque nada puede alcanzar el refinamiento del florentino. Nadie ha sido capaz de crear, en toda la historia de la literatura, un personaje tan potente como el de Beatriz. Es una invención espectacular, un escándalo de la imaginación. Sólo el Yahvé de la Torah o el Cristo humanizado de Marcos consiguen ser representaciones tan insólitas de Dios. A diferencia de estos ejemplos, sin embargo, Dante consigue hacer de Beatriz una divinidad femenina y erótica al mismo tiempo, cuya última función es nada menos que la de salvarle (o lo que es muy parecido, conducirle hasta la visión inefable de Dios con la que termina el poema). En esto consiste precisamente el escándalo de Dante, en haber erotizado y parodiado las *Confesiones* de san Agustín. (Como Dante, el Gran Parodiador es también un teólogo que lee y escribe al servicio de la literatura; por ello, la Beatriz Viterbo de *El Aleph* es un guiño que le envía un parodiador al otro.) Creo que el segundo gran escándalo de Dante es haberse autoproclamado el gran héroe del amor; porque si la *Divina Comedia* es un viaje que tiene mucho de épico (parecido al que se emprende en la *Odisea*) su héroe no tiene nada que ver con un guerrero como Ulises. El móvil de Dante no es la violencia y el valor sino la poesía, la poesía que conduce al amor. Por eso veo a Dante como una mezcla de *hippie* y don Juan. De hecho, de no ser porque es muy cursi —ya se sabe la mariconería del italiano moderno—, él podría haber dicho perfectamente aquello de *fare l'amore e non la guerra.*

A lo mejor, como Dante, algún día, yo seré consciente de mi grandeza y podré situarme en el centro de una mirada poética afirmativa y sublime. Entonces, como Joyce con su *Ulises*, no dudaré en hacer referencias a los clásicos desde el mismísimo título. En el título podemos medir ya el valor que le echa un autor a su obra. Titulando mi novela *La Lopeceida* me emparentaría un poco con Virgilio; titulándola *Don Lopezote de la Mancha*, con Cervantes. En *El gran López,* todo dios vería en mí al menos una huella de Fitzgerald, mientras que con *López y yo* nadie dudaría en situarme en la misma onda del Gran Parodiador.[21]

Se me acaba de ocurrir un improbable cuento. Un joven estudiante es tan narcisista, tan narcisista, tan narcisista, que decide escribir su tesis doctoral sobre sí mismo. El día de la lectura sorprende al tribunal diciendo que la única bibliografía de la tesis es la propia tesis. El objeto y el método de la investigación

21. Gilabert hace referencia al ensayo de Borges titulado «Borges y yo» (*Otras inquisiciones,* 1952).

coinciden también en ese voluminoso texto que versa sobre sí mismo. A veces, la tesis discrepa con partes de la propia tesis. Por ejemplo, el capítulo tres no coincide con «las preconciliares asunciones teológicas» del capítulo siete. Por su parte, el uno acusa de «peligroso esoterismo» las alegrías dialécticas del dos. Otra grave discrepancia interna se produce en las conclusiones finales, en las que se insinúa que en el capítulo noveno —temerariamente titulado «La metáfora del ojo de la caverna»— se ha tomado a Platón por lo que en realidad es una secta de heresiarcas judíos llamados *los infiltrados*. Finalmente, la introducción es tal semillero de símbolos, ambivalencias y concesiones que más parece una constitución política que un acervo de principios coherentes. Con la gravedad propia de este tipo de ceremonias y tras sus respectivas intervenciones, los cinco miembros del tribunal deciden suspender al joven narcisista que, en su último turno de defensa y con toda la razón del mundo, acusa a los catedráticos de saber mucho menos de la materia de la tesis que él. Luego se produce un intercambio de insultos y agresiones físicas y tiene que intervenir la policía y el cuerpo general de psiquiatras del Valle de Hebrón. Irreprimiblemente vanidoso y retador, el joven narcisista convoca una rueda de prensa a la que acuden los más cualificados periodistas y las más importantes cámaras de televisión. Encantado con el poder que le concede el escándalo, el doctorando comienza a besar —en directo y delante de todo el país— a una hermosa periodista que «me miraba con los ojos del deseo». El relato termina con un plano del presidente de los Estados Unidos viendo en la televisión las imágenes de ese beso. La noticia ha recorrido el mundo y el joven narcisista es ya un hombre famoso del que se escribirán libros y se imprimirán pósters.

Hoy he llegado a la firme conclusión de que soy extraordinariamente vago. Por ello estoy dilatando demasiado este proceso preparatorio para escribir mi novela. Silvia me odia también por esta especie de enfermedad congénita que me acompaña desde que nací, y por tender a reclinarme todo el día en el único mueble para mí entrañable —junto con la bañera— de la casa que compartimos: el sofá. La cama me parece algo intimidatoria al ser un espacio en el que también duerme ella. El sofá, en cambio, es un territorio que conquisté hace muchos años. Silvia no suele sentarse en él, pero cuando lo hace durante demasiado tiempo sufro un desequilibrio psicológico y emocional que sólo consigo apaciguar zambulléndome en un baño de agua bien caliente. Llego a casa, como siempre cansado, y me desplomo sobre mi sofá. Si la vanidad es la esencia de mi espíritu intranquilo, la horizontalidad es mi único estado natural. Tiendo cada vez más al decúbito supino, a tumbarme y a dejar pasar el tiempo para olvidar cualquier compromiso o actividad. Sólo el impulso para tantear estas reflexiones preparatorias de mi novela me anima a levantarme y a venir cada día aquí frente a mi ordenador. Me regocijo en mi vagancia y no entiendo cómo cuesta tanto a los hombres reconocer la indignidad del trabajo. Casi todos los trabajos son mecánicos y, en esencia, rutinarios. Me pregunto si el mío también lo es. Con el paso de los días estoy consiguiendo superar el sentimiento de culpabilidad que me produce no hacer nada productivo. Cualquier intromisión u obligación representa un acontecimiento insufrible que sólo termina cuando regreso a la inactividad absoluta de mi sofá. Pero incluso entonces mi mente fluye y me fatiga en su inquieto devenir. Supongo que sería enteramente feliz si además pudiera detener mi mente, si pudiera anularla en su frenético recorrido, si pudiera incluso sacudirme de los hombros el pasado (esa fastidiosa memoria de todo lo que nos identifica y define). Aunque entonces ya no podría escribir la novela que me sacará algún día de mi doloroso anonimato. A lo mejor, deteniendo mi mente, borrando todo mi pasado, el anonimato ya no me resultaría tan doloroso. ¿Conseguiría detener mi mente mediante la liberación que proponen las filosofías orientales? Pero me daría una pereza enorme levantarme de mi sofá para aprender esas filosofías. Oriente queda demasiado lejos de mi perturbado espíritu sin remedio.

Me pregunto por qué me prodigo en esta crónica de mi tragedia interior. Probablemente lo haga para eludir una prueba que no me atrevo a afrontar: escribir realmente la novela. Pero ¿escribo estas notas para mí o para que las lea alguien? Si las escribo para mí, entonces las leeré dentro de un par de meses y pensaré que me he vuelto definitivamente loco. Es posible que las escriba como un viaje hacia mi interior; como una experiencia —y me río de la idea— que me permitirá encontrarme «a mí mismo». Por cierto, un día, un joven del barrio en el que vivían mis padres me dijo que quería viajar a la India para encontrarse consigo mismo. Según me contó un hermano suyo unos meses después, el joven murió al beberse un cubo de agua del Ganges. ¿Qué debió de creer ese idiota que le aportaría el agua del Ganges? Tener miedo a la enajenación es tenerse miedo a uno mismo. Por ello, buscarse en el propio interior supone querer ser otro.

Haber dejado de trabajar (quiero decir haber dejado de dar clases gracias a este año sabático que la administración me ha concedido) ha aumentado mucho mi sensación de soledad. Ayer leí un artículo sobre las afecciones psicológicas que comporta el paro. La jubilación debe de ser otra cosa, debe de ser como salir de la vida para contemplarla por última vez. En cambio, el parado contempla la vida desde un paréntesis que finalizará el día de su reincorporación laboral. Mientras que el jubilado puede asumir su inactividad laboral como un hecho biológico, el parado vive en la angustia de su humillante inutilidad. Pero, como se pregunta Cioran, ¿qué sería de la humanidad si se declarase la prohibición del trabajo, si se obligase oficialmente a una dilación indefinida del ocio? Sería un desastre porque el hombre ha sido históricamente manufacturado de acuerdo a una justificación laboral, a una justificación que da sentido ético a su identidad. Si los fines de semana se prolongasen para siempre, asistiríamos a un aumento incontrolable de los suicidios y de los crímenes. Los bañistas se ahogarían entre ellos y el desenfreno parecería candor, el sollozo, música y la burla, ternura. A nadie le faltaría ya tiempo para nada, y, precisamente por ello, cada instante sería un calvario, cada hora, una postergación penosa y enteramente vacía, cada día, un caprichoso castigo del tiempo. En tal festividad sin límites, los padres de familia sólo serían ejemplos de decadencia y alcoholismo, y las religiones se multiplicarían en proporción geométrica a los gritos de dolor. En un mundo convertido en una perpetua festividad, las iglesias y los burdeles estarían abarrotados. Los psicólogos se convertirían en gobernantes y los poetas practicarían impunemente el canibalismo. ¡Cómo se derrumbarían entonces los sueños del Progreso y de la Historia! ¡Con qué agria verdad estaríamos obligados a mirarnos en el espejo! Lejos del Jardín, cerca de una caída mucho más seria y definitiva, el hombre recobraría entonces su primigenia condición animal.

¿Un lema que sintonice realmente con la naturaleza humana? «Inactividad, inactividad, e inactividad.» Sólo el inactivo puede ver las cosas tal como son. Todo proyecto laborioso tiene algo de enajenación, de distracción. Mientras que el atareado se sumerge en la concreción de su trabajo, ningún objetivo limita el amplio horizonte del verdadero desocupado. Los escritores y los filósofos dejarían de serlo si no se les permitieran esos tiempos libres de auténtico ocio, esos paseítos por la nada, esas tardes enteras rascándose la barriga sin tener que dar cuenta de nada a ningún jefe...

Desde la horizontalidad de mi existencia contemplo el mundo. Y mi mundo es inevitablemente lo que pienso y siento, las ilusiones y los miedos que me asaltan sin que pueda controlarlos ni dirigirlos, como si yo fuera un mero espectador sufriente de las circularidades mentales que un perturbado programa en mi cerebro. Pero ¿soy acaso lo que pienso? No, no puedo ser lo que pienso porque pienso muchas cosas y yo no podría ser todas esas cosas. ¿Tal vez la síntesis de ellas? De nuevo una abstracción. Estos circuitos de mi cabeza terminan agotándome, desesperándome. Con frecuencia, esta descontrolada sucesión de imágenes dispersas se apodera de mí en situaciones en las que debería prestar máxima atención. Por ello, para hablar con la mayoría de mis interlocutores, he tenido que desarrollar técnicas faciales con las que consigo simular un alto nivel de concentración. Un día, en un pasillo de la facultad, Llorens me asaltó durante más de una hora sin que yo apenas acertara a escucharle medio minuto. De vez en cuando le decía «sí, desde luego» o «claro, la cosa ya no tiene remedio», y eso bastaba para que animosamente siguiera articulando unas palabras del todo incomprensibles para mí. Yo estaba pensando en Gilabert y en su penoso viaje a la realidad y Llorens me hablaba de las becas de un banco de Sabadell. Esta progresiva desconexión con el mundo, sin embargo, no me preocupa demasiado. Pienso que debe de ser un estado de catarsis por el que tengo que pasar antes de comenzar mi novela. Incluso he llegado a pensar que las interminables reuniones del departamento de literatura son una especie de impuesto que tengo que pagar al ayuntamiento de la gloria; y los violentos silencios con los que nos castigamos cada noche Silvia y yo, un peaje a la inmortalidad. Si mi ordenador me permitiera escribir en posición horizontal comenzaría la novela ahora mismo, y, si fuera ministro de Cultura, propondría el reposo absoluto como deporte nacional (en una reunión a la que yo mismo acudiría con riguroso pijama de hilo finísimo).

Ayer por la tarde, como hago cuando ya no soporto por más tiempo la abstinencia sexual a la que me condena la vida, me puse a leer los anuncios que, bajo el epígrafe «relax», aparecen en los periódicos que casi nunca leo. Con un lápiz comencé a señalar las ofertas más tentadoras: *Jacqueline,* aniñadas señoritas, sexo de arriba abajo, fetichismo, transformismo, humillación, bondage, spanking, aberraciones. *Tenista,* mis pechos son de verdad, francés a pelo, beso negro, lluvia dorada, me gusta hacer amigos, Visa, 24 h. *Silvia,* sumisa, me inicio, sí a todo. *Diana,* gordita muy pícara, labios calientes, pecho 105, rasurada S.D., copro, jacuzzi, precios especiales enero. *Ama Marlene,* sadomaso a todos los niveles, la mejor luchadora, hab. preparada.

Después de varias llamadas de teléfono y de verificar otros servicios personales que yo considero imprescindibles, al final me decidí por *Jacqueline,* sobre todo porque me dijeron que habría ocho chicas entre las que yo podría elegir. Tomé un taxi que me acercó a la plaza Narciso Oller. Cuando entré en el coche, me llamó la atención que no hubiera una radio (acostumbrado al populismo altisonante de «Directamente García», aquel silencio resultaba casi intimidatorio).

Al comunicarle mi sorpresa por la ausencia del «aparato de compañía», el taxista me dijo que en treinta años de profesión nunca se había sentido atraído por comprar uno. De forma absurda, sus razones me recordaron a Funes el memorioso.

—La realidad que veo en las calles es tan rica en matices, ¿para qué quiero más distracciones?

Al llegar al número 14, subí al entresuelo y pulsé un botón de color verde. Me abrió una mujer bien entradita en años con pinta de ser la dueña. Me condujo a una minúscula habitación, casi un armario, y me indicó que esperara allí. Desapareció al correr una cortina de plástico y se alejó sobre sus pasos hasta el fondo del pasillo. Entonces escuché el sonido de una puerta y otros pasos que siguieron a la mujer hasta la salida. Al pasar junto a mí, pude ver, debajo de la cortina, los zapatos Lotuse de un hombre, y, luego, escuchar su voz cortés y grave diciendo «buenas tardes». Traté de imaginar al hombre de la voz y los zapatos Lotuse, de ajustarle una cara conocida, pero el rostro que me sugería la mente me resultó impracticable, disparatado e incómodo. ¿Cómo iba a ser el psiquiatra que se mató en las costas de Garraf si, efectivamente, se mató en las costas de Garraf? Comenzaba a distraerme en la delirante tarea de inventarle un hermano gemelo, una prodigiosa duplicación de la naturaleza, cuando los pasos de la *madame* volvieron a mí y la cortina de plástico se transformó en su cara.

—¿Conoce usted ya nuestros diferentes servicios? —preguntó con solicitud, al tiempo que introducía las manos en los bolsillos de su batín.

—No.

—Pues mire, le cuento un poco cómo funcionamos. Son siete mil por media hora y doce por una. También tenemos la oferta de quince mil por hora y media y, en ese caso, lo puede hacer dos veces.

—¿Y si no me gusta ninguna chica?
—No hay compromiso, no pasa nada.
—Muy bien.
Me condujo a una habitación más amplia y, cuando se retiró, me detuve a observar la decoración. Sobre una mesa camilla había una figura de porcelana de un mal gusto parecido al que irradiaban unas cortinas de tonos anaranjados y verdes. Un cuadro reproducía un ambiente bucólico en el que bailaban querubines al lado de un manantial liláceo y cristalino. Era cursi hasta lo irritante. Imaginé al pintor de ese cuadro pintando durante toda su vida cientos de horteradas parecidas, que luego reposarían en paredes de lugares tan horribles como aquél. En las marisquerías baratas y en los prostíbulos es donde he visto las estridencias cromáticas más vomitivas, las combinaciones más incompatibles, los barroquismos más disparatados y mareantes. Sobre un alegre sillón de color verde loro, me llamó la atención otro cuadro que representaba algo que creí reconocer. Era el escudo forjado por Vulcano que admira Eneas en el canto VIII de la *Eneida*. Allí estaba el círculo de brillantes delfines argénteos barriendo las aguas con sus colas, el mar holgado de las naos herradas y la naumaquia de Accio. También, encaramado en la alta popa, bajo un cielo negro custodiado por la estrella de su padre, Augusto César parecía un bañista de la Costa del Azahar, y los penates que se dirigen a la nao principal, un colegio de subnormales subiendo a un autocar. En tierra, un Agripa parecido a Pinocho no mostraba en absoluto su soberbia insignia de la victoria: la brillante frente ceñida de espolones con la corona naval, era más bien un sombrero de fin de año en un hotel de carretera de Nevada. Por su parte, Antonio, que retorna vencedor de los pueblos de la Aurora y del litoral bermejo, era allí un irreconocible monigote fallero.

Cuando estaba imaginando al piadoso Eneas frente a esa desgracia del arte, una joven entró en la salita, se acercó, me besó en la mejilla y me dijo: «Hola, soy Katia». Luego fueron pasando otras que hicieron lo mismo que la anterior. Entre las cuatro primeras, Úrsula me pareció con diferencia la más atractiva. Intenté retener su nombre, hasta que pasó a competir con la última de todas, con Amaya. Me esforcé en comparar a Úrsula con Amaya, pero sus caras y sus curvas se superponían y ya no era capaz de decidirme por una de las dos.

—¿Qué? ¿Qué le ha parecido? —dijo la mujer insinuando una leve sonrisa de complicidad.

—Dudo entre Úrsula y Amaya. ¿Podría volver a verlas un momento a las dos?

—Bueno, pero luego no se me vaya.

—No... Ah, una pregunta —me apresuré a añadir señalando el presunto escudo de Vulcano—: ¿Sabe usted dónde compraron ese cuadro?

—Me lo regaló un cliente que murió el año pasado, pobrecito; un cliente que estuvo viniendo aquí más de quince años, todas las semanas. Era profesor de literatura en un colegio. Muy buena persona.

Sonreí al pensar en la posibilidad de que yo también me convirtiese en un cliente asiduo del local y que terminase incluso aportando un cuadrito que diera paso a una larga saga de profesores de literatura puteros. Al volver a pasar, Úrsula me pareció más joven y sensual que la otra. También más inocente. Comuniqué mi decisión final a la *madame* y en pocos segundos reapareció la chica. Con una sonrisa, me indicó que la siguiera. Atravesamos un pasillo en el que volvían a dañar la vista otras tantas pinturas que, sobre el estridente papel de la pared, producían un efecto directamente psicodélico. En las puertas cerradas que dejábamos a los lados, se escucharon unas risas y luego unos exagerados y comerciales jadeos femeninos. Por fin llegamos a una habitación cuyas paredes eran espejos. Multiplicada incontables veces, vi a la muchacha cerrando la puerta y desnudándose.

—Ven que te lave. Estás muy serio, ¿cómo te llamas?

Le respondí con el nombre completo del personaje de mi novela y luego me giré para observar su reacción.

—¿Gustavo Horacio Gilabert? Suena bien. ¿Cómo está el agua? ¿Caliente? Espera, ¿así está mejor?... ¿Y a qué te dedicas, Gustavo Horacio?

—Soy novelista —respondí con súbita seguridad en mí mismo.

—¿Ah, sí?... Pues yo soy estudiante, hago filosofía.

—¿En la universidad?

—Sí, en la Pompeu Fabra, estoy en tercero. Yo quería estudiar para relaciones públicas, porque soy muy buena tratando con la gente, ¿sabes?, pero en la selectividad exigían una nota muy alta y yo sólo saqué un 5,6. Entonces cogí filosofía que, aunque no me gusta, al menos es un título.

Me pareció un poco increíble que aquella joven pizpireta estuviese cursando el tercer curso de filosofía. Sentí una cierta curiosidad por examinarla.

—Y ¿vas a clase?

—Bueno, a primero sí que iba, por las mañanas, pero luego empecé a trabajar en esto todo el día y ahora ya sólo voy a los exámenes. Apruebo con los apuntes que me dejan.

—A ver —le dije con absurda autoridad profesoral—, dime tres obras de Platón.

—Ah, me quieres examinar, ¿eh?... Pues... Platón es el de la caverna, el que escribió *El banquete, La metafísica...*

—No, esa última es de Aristóteles —corregí, no sin algo de vanidad.

—Ah, sí, es verdad, es del otro, de Aristóteles, pero lo sabía, ha sido un despiste, en el examen lo puse bien, te lo prometo... Platón también escribió *El príncipe*, ¿verdad?

—No, eso también es de otro.

Me dio una toalla pequeña y me dijo que la esperara en la cama.

—Así que escribes novelas —murmuró sobre el sonido del agua—, y ¿te las publican y todo? A lo mejor eres un escritor famoso y yo aquí como una idiota sin saberlo.

—Sí, soy bastante famoso.

—Pues ahora que lo dices, tu cara me suena. ¿Has salido alguna vez en la televisión?

—Sí, muchas veces.

—Y las novelas, ¿te las inventas?

—No, casi todo lo saco de la realidad.

Cuando volvió me fijé en sus pechos perfectamente dibujados hacia arriba, como los cuernos de un toro. Su sonrisa era muy ingenua, y sus ademanes transmitían una extraña sensación que oscilaba entre la inocencia y la perversión aprendida. Tanto su pelo, que con soltura se ajustaba a uno y otro lado de las orejas, como sus facciones y su piel, le conferían un cierto aire exótico. Ello me hizo pensar un instante en la niña Chole y, animado por el mismo impulso del marqués de Bradomín, así sus voluptuosos senos con mis manos doctorales y me dispuse a consagrar el sacrificio.

—¿Te importa que me fume un canuto? —le dije mientras se acomodaba en mis bajos.

—No, pero espera a que abra un poco la ventana, porque luego viene la jefa y se enfada conmigo.

El abigarrado pasillo está repleto de libros hasta el techo.[22] Son colecciones obsoletas que al editor le gusta conservar perfectamente colocadas por temas y autores. Sólo un exiguo espacio al final de las estanterías de hierro deja ver unas fotos colgadas en la pared, que reproducen rancios retratos de Kafka, Poe y Joyce. Un joven de barba muy oscura y gafas de anchos lentes descuelga el auricular y marca un número en un teléfono que apenas sobresale entre los innumerables libros amontonados y las cajas.

—¿Puedo hablar con Gustavo Horacio Gilabert?

Le dicen que espere un momento y que no cuelgue. Ese tiempo es aprovechado por otro joven menudo que aparece sacando la cabeza detrás de una puerta del pasillo.

—Dile que tendrá las galeradas la semana que viene, y de paso —aquí baja la voz y pone cara de pillo— pregúntale cuántos López y Gilabert hay en su maldita novela.

El joven de barba oscura se lleva el dedo índice a los labios pidiéndole que se calle.

—¿Señor Gilabert? Hola, buenas tardes, soy Laureano Viñas de aquí de Galaxia; le llamo porque ya estamos componiendo las galeradas y dudamos de algunas cosas... Si, por ejemplo, en las conversaciones que el personaje de Gilabert mantiene con la directora literaria, podríamos poner una de las voces en cursiva para destacarla de la otra o tal vez...

—Sí, me parece bien, porque como sólo aparece la conversación y no hay un narrador que permita dife-

22. Nótese que el tiempo verbal en presente acompañará los pasajes en los que, en lo sucesivo, aparezca el Gilabert persona, es decir, no el editor y novelista primerizo, sino el autor ya consagrado que escribió la novela que tenemos entre las manos.

renciar, hay que pensar en algo que clarifique. La cursiva está bien, mejor que la negrita, aunque también podríamos escribir sus nombres enteros al principio y luego sus iniciales, como en una entrevista de prensa.

—Bueno, sí, ésta sería otra posibilidad, pero yo creo que tratándose de una novela es preferible marcar una voz en cursiva y dejar la otra en redonda. ¿No?

—Me parece bien, dejemos la cursiva... Ah, otra cosa, ¿habéis resuelto el tema de la portada?

Como lo de portadas lo lleva Lucía Fuertes, Laureano Viñas le dice a Gilabert que espere un momento. Luego deposita el auricular sobre el montón de libros y comienza un peregrinaje por los despachos. ¿Está Lucía? ¿Habéis visto a la Fuertes? «Está en el lavabo», responde su compañera de despacho sin desatender un dibujo en la pantalla del ordenador. Después, aparece la Fuertes y una voz la apremia para que corra al teléfono.

—Hola, señor Gilabert, he pensado que la mejor forma de dar la sensación de espejo, de duplicación de su persona en su personaje, estaría en invertir el fotolito de una foto suya en la que aparezca de perfil. Así, usted estaría mirándose a sí mismo.

—Bueno, lo que ocurre es que hemos cambiado de opinión... veo que no te ha dicho nada Laureano... Bueno, te lo cuento, aunque es un secreto; no lo digas a nadie porque entonces se desbarataría todo. Resulta que al final vamos a montar una pequeña operación de lanzamiento que supone que el que firmará la novela será López, es decir, mi personaje de ficción.

—No entiendo nada —dice la joven, contrariada.

—Yo voy a firmar mi novela con el seudónimo de López. Él será el que tendrá que bregar con la prensa y con todo lo demás.

—Pero López no existe.

—Por eso hemos buscado a un actor que se hará pasar durante un tiempo por él. Pero, sobre todo, insisto, no se lo digas a nadie.

—Pues no me habían dicho nada. Y... entonces, ¿cómo será la portada?

—Haremos lo del fotolito invertido con una foto de López, es decir, con la foto de ese actor que se hará pasar por él.

—¡Qué lío, señor Gilabert!... Bueno, mientras lo entienda usted.

Laureano Viñas se acerca a Lucía Fuertes y le hace un gesto indicándole que quiere volver a hablar con Gilabert.

—Señor Gilabert, le paso otra vez a Viñas.

—Hola, sí, es que me preguntan aquí si ya tiene la solapa... Se acuerda de que pensamos que como la novela era un poco complicada, lo mejor era que la escribiera usted.

—Sí, precisamente la he terminado esta mañana. Te la envío en cinco minutos por fax...

fax 4536042
Para Laureano Viñas
de Gustavo Horacio Gilabert.

Laureano, esto te puede servir al menos para utilizar algunas frases. Creo que explica bastante bien la novela, aunque no sé si la hace suficientemente atractiva para el lector. Ya verás que no tengo mucha experiencia en solapas...

(Solapa para *López y yo*.)
Con un estilo cincelado, preciso, lírico, de una deslumbrante eficacia en el análisis de los sentimientos y las situaciones, Antonio López es a un mismo tiempo

el autor y el protagonista de un relato que comienza con su propia muerte en la noche en que gana un premio literario. La novela es un prodigio de alternancias de voces, parodias y citas. Desde las reflexiones personales que el protagonista —un profesor de literatura que se doctoró con una tesis sobre Borges— escribe en su «querido ordenador», hasta las charlas que mantiene el viejo editor Gustavo Horacio Gilabert con su directora literaria, todo en *López y yo* parece articularse en favor de una sola dirección: la de convertir la novela que nadie escribe (pero que el lector está leyendo) en la verdadera protagonista de la historia.

Se detuvo un momento frente al restaurante Amaya. Una prostituta de aspecto lamentable le sonrió enseñándole una boca en la que faltaba algún diente. Entró, se quitó la gabardina y la dobló con cuidado. Miró su reloj; era la una y media, por lo que el restaurante estaba todavía casi vacío. Un camarero de pelo blanco se acercó y le preguntó si comería solo.

—Tengo una reserva para dos a nombre de Luis López.

Le siguió por el pasillo que dejaban las mesas alineadas a un lado y a otro hasta llegar a una habitación contigua y a una mesa en la que se leía, escrito en rotulador rojo: «Reservado».

—¿Deseará el señor un aperitivo o algo para picar mientras espera?

Pidió una cerveza que le trajeron a los pocos minutos acompañada por unas aceitunas. Poco después apareció Silvia y él se levantó y le dio un beso cariñoso. Llevaba la melena recogida en una coleta. Sin apenas maquillaje, sus ojos parecían brillar en simétrica combinación con unos diminutos pendientes. Un suéter oscuro, que no llegaba al luto, marcaba sus senos prominentes y la línea de sus caderas ligeramente ensanchadas. Antes de sentarse, en un rápido gesto casi violento, se estiró para alcanzar un cenicero de la mesa más próxima. Su forma algo desgarbada de sentarse transmitió a Luis una ambigua sensación que oscilaba entre la incitación erótica y la ordinariez.

—A lo mejor no tienes mucha hambre, es muy pronto —dijo Silvia contemplando la hilera de mesas vacías.

—No te preocupes, yo siempre tengo hambre.

El placer de la comida, el erotismo y las sonrisas eran todavía elementos algo vedados a la conversación. En ninguno de los dos estaba el ánimo, sin embargo, de imponer un tono demasiado grave, aunque fuera la primera vez que se veían a solas para charlar después de la muerte de Antonio. Ella pidió otra cerveza a un camarero que dejó sobre la mesa una extensa carta donde destacaban los platos vascos. Más todavía que su hermano, Luis era un claro engullidor que odiaba los afeminados esteticismos de la *nouvelle cuisine*. Le gustaba fantasear con cada plato de la carta imaginándose los distintos sabores. Para ello se concentraba hasta reproducir cada sensación precisa en la lengua y en el paladar; el olor y la textura de una salsa, la temperatura y el color de un vino de crianza, la combinación perfecta entre un primer y un segundo plato. Pensó que, para empezar, los puerros a la vinagreta y las habas tiernas salteadas con ajetes, no estaban nada mal, pero qué decir de las angulas de Aguinaga, los cogollos de Tudela con anchoas de Cadaqués o las coles de Bruselas con salchichas. Aguinaga, Tudela, Cadaqués, Bruselas; asoció mentalmente cada uno de esos lugares a los diferentes sabores, como si éstos fueran el resultado cultural de un clima, una fertilidad determinada o un mar concreto. Los segundos platos indicarían la opción del vino; un Pesquera le iría de maravilla al muslo de cabrito asado con patatas, mientras que un Faustino del 87 no decepcionaría acompañando al conejo salteado al ajillo o al solomillo de buey con aceitunas a la mignonet. Los vinos blancos del Penedés se trabajarían bien unas cocochas a la vasca, y no harían menos con unos salmonetes de la costa, o con el besugo (pieza) del norte asado al limón.

—A Antonio le gustaba mucho venir a comer aquí —recordó Silvia mientras encendía un cigarrillo con la colilla del anterior.

—Sí, siempre pedía angulas. Le encantaba el picante; decía que le pusieran doble ración de guindillas.

Vino el camarero dispuesto a tomar nota y Luis se adelantó a pedir las angulas de Aguinaga, uno de los platos más caros de la carta. Le pareció que con su cuñada se debía mostrar espléndido y por ello la invitó a que ella pidiera lo mismo.

—Bueno —dijo Silvia en un tono en el que cabía la ironía tanto como la tristeza—, lo pediremos en honor de Antonio; pero las angulas —le dijo al camarero—, no las hagan muy picantes, que a mí luego me da ardor de estómago.

De segundo, ella pidió una merluza en salsa verde con espárragos, mientras que Luis optó por el besugo (pieza) del norte asado al limón. Para beber eligió un *Blanc de blancs* y el camarero tomó nota con rapidez en su pequeño bloc.

—Ayer encontré a tu madre un poco mejor —comentó Silvia aspirando el humo del cigarrillo.

—No te creas, tiene momentos. Han pasado ya dos meses y todavía la oigo llorar por las noches. Ahora es cuando se lo empieza a creer, cuando comienza a ser consciente de que nunca más volverá a ver a Antonio. —Bebió un sorbo de vino y emitió un leve sonido aprobatorio—. Y tú, ¿cómo estás?

—Me siento muy confusa. He leído varias veces la novela, si a eso se le puede llamar novela, y no sé si no entiendo nada o no quiero entender nada. Todo me parece tan extraño. No reconozco a Antonio en esas páginas, a veces me parece un loco. Tengo la sensación de haber estado viviendo con un impostor, con un personaje que él había inventado para convivir conmigo. Además, está claro que el Antonio de la novela es el real, el que yo nunca llegué a conocer. Es muy duro darse cuenta de esto cuando ya ni siquiera puedo hablar con él. Es evidente que llevaba una segunda vida en la que yo no participaba en absoluto... Me siento muy mal y muy triste, humillada, traicionada, inútil...

Indiferente a la comida, parecía demasiado ensimismada como para dejar de fumar el cigarrillo que levantaba ahora, frente a sus ojos, una informe nube de humo.

—La verdad es que la novela —dijo Luis mientras servía vino en las copas—, me dejó también a mí muy impresionado. Todo eso del narcisismo, es una verdadera locura...

—Es horrible, horrible; es como si alguien, de repente, hubiera destapado la máscara del hombre con el que yo he estado viviendo más de diez años. Hay tantas frases hirientes para mí... Además, representa una humillación añadida el hecho de que yo me haya enterado a través de lo que ya se ha convertido en un morboso *best seller*. Dice el editor, para consolarme, que hay mucho de ficción, que todo son fantasías, que nadie tiene por qué enterarse de nada, pero eso no es verdad, porque todos los periodistas han hablado ya de lo que es muy evidente: esto no es una novela, las novelas están hechas con personajes de ficción y aquí el único personaje de ficción es ese tal Gilabert que apenas tiene importancia.

Luis notó que las palabras de Silvia contenían rabia e indignación. Entendía que se sintiera muy mal. En la novela, quedaba claro que Antonio había estado engañándola con la joven estudiante, pero lo peor no era eso, lo peor eran los duros sentimientos que él había dejado escritos sobre ella. Cada una de esas opiniones, cada uno de esos pensamientos referidos a su mujer, eran verdaderas puñaladas al corazón. Esas frases desvelaban una crueldad que ella nunca hubiera llegado a imaginar. Al sentimiento de pena que sentía por la desaparición del Antonio de los buenos momentos, por la desaparición de aquel hombre que había llegado a amar, se superponía otro no menos intenso que le presionaba con una agria sensación de estafa. Ella no merecía un engaño de tal magnitud.

—Se te van a enfriar las angulas —le advirtió Luis con dulzura.

—Es que es muy bestia, es muy fuerte... Luis, tu hermano se portó muy mal conmigo.

Comenzó a llorar y se acercó la servilleta a los ojos. Luis le cogió la mano y se la apretó, como intentando atenuar una falta irreparable de la que se sentía, como hermano del que la cometiera, algo culpable. Al verla llorar, un camarero que permanecía erguido junto a la puerta, se alejó dejándoles solos.

—Yo también he descubierto a otro Antonio —dijo Luis—, la verdad es que nunca creí conocer tan mal a mi hermano. Dice cosas que me han dejado con muy mal sabor de boca, como lo que cuenta de cuando éramos muy pequeños, cuando estuvo a punto de empujarme por un acantilado...

Le mantuvo la mano apretada durante unos minutos y luego se la soltó. Ella volvió a dar una calada al cigarrillo a pesar de haber comenzado ya a masticar las angulas. El moqueo, el humo y la desazón no le permitían comer con apetito.

Volvió a dejar el tenedor de madera sobre el recipiente de barro y lo apartó. Luego echó un largo trago de vino y, en un tono que contenía más cansancio que odio, dijo:

—Yo, que siempre he considerado estúpida a la gente que permite que se publiquen sus vidas y sus desgracias en la prensa del corazón, me he convertido en el principal pasto del morbo nacional, en la desgraciada más cornuda y apaleada del reino. Han salido fotos mías que yo no sé ni dónde ni cuándo me las han hecho. Hasta me han llamado de un programa de televisión para hacerme una entrevista. ¿Qué esperan que haga, que vaya y que me ponga a llorar delante de todos, y luego diga que Antonio era un hijo de puta?

Enseguida se dio cuenta de que lo último que había dicho era un poco excesivo delante de Luis. Pero no se disculpó, porque la ira y la vergüenza que sentía eran ahora superiores a cualquier formalidad familiar.

En el fondo de la sala, dos ejecutivos ocuparon una de las mesas próximas y, al percatarse de la gravedad de la conversación y de las lágrimas en los ojos de ella, se quedaron en un silencio expectante e incómodo. La llegada del camarero y sus comentarios sobre la carta disminuyeron esa tensión, permitiendo a los ejecutivos comenzar una conversacion rutinaria y fluida. Silvia apagó el cigarrillo y encendió inmediatamente otro. Dio una calada profunda. El humo tenía el sabor rancio de las noches demasiado largas.

Luis fijó su mirada en la forma sensual en que ella fumaba el cigarrillo, sus curvas prietas en el interior del suéter, sus ojos verdes. Pensó que ahora, en ausencia de su hermano, tal vez fuera el momento para que ellos tuvieran una relación; una relación que —por otra parte— se había insinuado muchas veces antes. Se imaginó por un momento desnudo en casa de Silvia, rodeado de fotos de su hermano que presidían desde la mesilla de noche un acto del todo inmoral. Se recriminó esos pensamientos perversos y trató de alejarlos de sí. Pero ella estaba tan atractiva llorando que hasta el brillo de sus pupilas parecía un aditivo más a su encanto. Animados por el vino, los ejecutivos consiguieron meterse en el problema comercial que planteaba algún inepto del escalafón inmediatamente inferior al suyo. El elevado tono de su voz les distanciaba ahora, lo que permitió a Silvia y a Luis volver a conversar con comodidad.

—¿Qué vas a hacer? —preguntó ella.

—No lo sé, mañana tendré que volver a Valencia, aunque a lo mejor dentro de un tiempo vengo a vivir aquí.

—¿A Barcelona? —exclamó ella con incredulidad.

—Sí, hace unas semanas me dijeron en el banco que a lo mejor les interesa que me instale aquí. Si me lo confirman, es posible que venga dentro de uno o dos meses. La verdad es que me gustaría mucho volver, estoy un poco harto de Valencia, de ver siempre a la misma gente. Además, estaría más cerca de mamá. Si vengo, viviría un tiempo con ella y luego me buscaría algo.

—Podrías vivir en el apartamento de tu abuela, en el que se encerraba Antonio para escribir —pronunció esta última palabra con un soniquete irónico.

—Lo he pensado, aunque no sé si me gusta la idea. El otro día pasé por allí. Todo está como él lo dejó: el ordenador, su querido ordenador, la raqueta de tenis, los montones de libros por el suelo, el que escribió sobre Borges; por cierto, había cuatro cajas enormes con ejemplares de ese libro.

—¿Y qué hacen allí?

—No sé, tal vez la editorial se los devolvió. ¿Pero tú nunca ibas a verle?

—No le gustaba nada que fuera allí, era su refugio. Ahora entiendo el principal motivo, esa Teresa que me sustituye en la novela; bueno, en la novela y en la realidad. La semana pasada me llamó la tía esa y yo, claro, la mandé a freír espárragos, ¿qué tengo yo que hablar con esa puta?

Esa Teresa Gálvez de la que la prensa hablaba por haber sido la amante de su marido, se había convertido para Silvia en un personaje enigmático, en alguien que conoció mucho mejor a Antonio que ella. Teresa Gálvez, Teresa Gálvez; era un nombre que llevaba rebotando dentro de su cabeza desde la misma noche del premio en la que Antonio murió en sus brazos.

—Yo creo que lo que hizo esa chica es ilegal —dijo Luis, mientras volvía a llenar las copas—, incluso lo han dicho algunos periodistas. Uno no puede presentar un texto de alguien a un premio sin que el otro lo sepa. Imagínate que yo voy a tu casa, estoy allí una tarde, cojo todas tus cartas, las junto y las envío a un premio de novela.

Silvia dio una nueva calada y sonrió por primera vez. Lo que Luis acababa de decir le trajo a la memoria el montón de cartas que todavía guardaba en un cajón. La mayoría eran cartas de amor, de novios adolescentes que había conocido en una etapa muy anterior a la de Antonio. Durante unos instantes pudo avivar el recuerdo de esos jóvenes. Uno se le aparecía con granos en la cara, otro subido en una ruidosa moto de trial. Luego se entristeció al pensar en las cartas que le enviaba Antonio cuando estaba estudiando en Buenos Aires. Eran cartas de una ingenuidad maravillosa que la sumergían ahora en recuerdos tan dulces como remotos.

—De hecho, la novela estuvo a punto de no publicarse —dijo ella cuando dejó de evocar ese epistolario de imágenes—. Ojalá no se hubiera publicado, ojalá no me viera yo ahora convertida en esta pieza apetitosa para la prensa del corazón.

—La verdad es que como novela —dijo Luis bajando un poco la voz— yo no entiendo qué le vieron los del jurado del premio. Me parece un texto literariamente malísimo; de haberse muerto Antonio un día antes, todo el mundo hubiera creído que el tribunal, presionado por la editorial, aprovechaba la muerte de uno de los concursantes para premiar y lanzar una novela insólita. Esto es lo que decía el que escribió la crítica en *La Vanguardia*. Yo creo que el único interés de ese texto, que para nada es una novela, está en el hecho de que se trata de un testimonio de una autenticidad angustiante en el que se puede apreciar un gradual proceso de enloquecimiento.

—Yo lo notaba cada vez más angustiado —dijo Silvia—, más abstraído, más indiferente conmigo, más abatido; algunas noches nos metíamos en la cama sin apenas haber intercambiado unas palabras de cortesía... Un día le hablé y le dije que ya no podíamos seguir así; me contestó que no pasaba nada, que sólo estaba muy concentrado en un artículo sobre Borges que pronto terminaría. Claro..., luego hemos visto en qué estaba tan concentrado... (el soniquete irónico de Silvia empezaba a instalarse en su forma de hablar de Antonio).

Cuando trajeron la cuenta, Luis reparó en que el restaurante se había ido llenando. Pagó con tarjeta de crédito y, después de firmar y dejar la propina en metálico, pasó primero, abriéndose camino entre las mesas repletas de hombres y mujeres cuya única voz se había convertido en un murmullo animoso y compacto. Fuera, en las Ramblas, el viento de mar hacía vibrar las hojas de los plátanos y sobre la estatua de Colón se cernían unas nubes oscuras que amenazaban lluvia. A la desdentada prostituta de antes se le habían añadido otras de aspecto no menos lamentable: recostadas contra la pared y pintarrajeadas hasta lo grotesco de sus escotes, amedrentaban a los turistas con fellinianas provocaciones. Un vendedor de rosas de tez muy morena hizo el gesto de ofrecer una a Silvia, y Luis, sin pensarlo, la pagó y se la entregó con una sonrisa.

—Gracias —dijo, algo desconcertada—, me encantan las rosas.

Silvia había venido en taxi, por lo que él la acompañaría (una vez consiguiera sacar su coche del cavernoso aparcamiento de enfrente) hasta la misma puerta de su casa. En el trayecto —como para liberarse de conversaciones más trascendentes— ambos se sintieron cómodos hablando de trivialidades; de la lluvia inminente, del tráfico de Barcelona, de Valencia.

—¿Qué vas a hacer esta tarde? —preguntó Luis, mirándola, cuando el coche se detuvo en un semáforo rojo.

—No lo sé; a lo mejor voy al cine, me gustaría distraerme un poco, ¿y tú?

—Creo que voy a ir a ver a mi madre —improvisó él como alejando una absurda tentación.

Ángel María González Villanueva
Departamento de Veterinaria
Universidad de Barcelona.

14 de enero de 1996

Andrés Miguel Esteve Puig
Facultad de Filología Clásica
Universidad de Barcelona.

Querido Andrés:

Tu secretaria me ha dicho que estarás tres semanas de viaje y que intentará enviarte esta carta —que yo mismo le he entregado en mano— por fax. Verás, el pasado 14 de diciembre te envié un paquete abierto que contenía unas páginas que, como te decía en otra carta adjunta, parecían una novela. Movido por la curiosidad, te confieso ahora que cometí la indiscreción de leerlas. También te confieso que esta curiosidad se desató en mí al leer en la prensa que el argumento de la novela que ganó el pasado premio Gracián correspondía a las partes que, dentro de la novela que te envié, escribe supuestamente Antonio López en forma de diario personal. Pero esta curiosidad de la que te hablo, se convirtió en estupefacción cuando leí, también en la prensa, que López no es un personaje sino la persona real que murió en la noche del premio (ya sabes, este pobre chico, filólogo como tú, que no pudo resistir la emoción que le causó saberse ganador). Al leer con ansiedad la novela de este pobre chico, comprobé que, efectivamente, algunas partes de ella estaban en las páginas que te envié. Es decir, que fragmentos del diario que ganó el premio forman parte de «nuestra» novela, la que tú tienes o deberías tener ahora. Allí aparecen intercaladas entre unas conversaciones que mantiene el personaje Gilabert con el personaje de su directora literaria. Lo raro es que, en estas conversaciones, Gilabert parece estar creando al personaje de López, como si éste hubiera sido tanteado y corregido hasta dar con la persona real, con la que murió en la ceremonia del premio. Para aclarar este dilema, pensé en volver a leer «nuestras» páginas, pero como te las envié sin hacer copia, no pude hacerlo. Aquí, en el laboratorio, la vida parece fluir con una desesperante lentitud; el silencio y la rutina rigen la investigación de las nuevas generaciones —tan ajenas a las efusiones de antes—, por lo que estas cosas que se salen de lo cotidiano, por un lado me estimulan y por otro me inquietan. Tal vez deberíamos dar cuenta a la prensa o a la policía de la existencia de «nuestra» novela (ya sabes la confusión que reinó aquella noche sobre la verdadera autoría del ganador, al decir éste que no se había presentado al certamen). He llegado a pensar que todo podría tratarse de un montaje —con crimen incluido— y que ese hombre que murió podría haber sido víctima de un complot. No intuyo ahora el sentido de ese incierto complot, pero es posible que las páginas que te envié alberguen alguna pista que nos lleve al verdadero autor de la novela. He hecho algunas investigaciones y he averiguado, por ejemplo, que no existe un editor en Barcelona que se llame Gustavo Horacio Gilabert, lo que me hace pensar que lo que te envié, sí era una novela con personajes imaginarios, en la que alguien habría intercalado fragmentos del diario real de López. Como ves, es todo un lío...

Andrés, creo que algo muy serio se podría estar cociendo detrás de todo esto. Esperando que me digas algo lo antes posible, me despido con un saludo cordial,

Ángel María

—Yo había pensado que la secuencia de ideas que le viene a la cabeza a partir de conocer a Teresa fuera eclipsando su propósito inicial de escribir la novela. Su texto se vería así transformado en otro en el que apenas se habla ya de Gilabert, en el que todo parece orientado a hablar de Teresa y del amor que siente por ella.

—No sé, creo que entonces la historia perdería la escasa coherencia que tiene.

—Pero no pretendo coherencia en ella. La novela que se propone López es sólo un pretexto para que yo pueda escribir su diario, un diario que no ha de ser necesariamente coherente.

—Pero sí ha de ser obsesivo, ¿no?, y lo obsesivo suele tener coherencia, la coherencia reiterativa que supone la propia obsesión. Creo que un cambio de objetivos tan drástico, es decir, que López dejara de escribir pensando en Gilabert y lo hiciera pensando en Teresa, desorientaría demasiado al lector; equivaldría a una transformación excesiva del personaje de López: de un

hombre que está intentando convertirse en escritor pasaríamos a una especie de Romeo inverosímil.

—Bueno, pero no está mal que López sea progresivamente inverosímil.

—*Entonces conviértalo una mañana en cazador de mariposas o en excursionista de Vallecas.*

—Eso no sería un cambio progresivo... En las novelas, normalmente, los personajes mejoran; el personaje no empieza siendo un imbécil y continúa siéndolo al final: cuando leo una novela así nunca la publico. Si López deja de hablar de Gilabert para hablar de Teresa podría parecer que López fuera a salvarse por el amor. Como don Juan. Es decir, que López pasaría de ser un imbécil a secas a ser un imbécil enamorado. Por lo tanto hay que evitar estas tentaciones fáciles: López carece de grandeza incluso para el amor. Teresa es simplemente un azar favorable, un poco de oxígeno, una ilusión que sirve de lenitivo a una vida desdichada...

—*Bueno, siempre podríamos pensar en un cambio brusco, dejarlo ciego de repente, por ejemplo, a causa de un accidente; o incluso, que fuera ciego de nacimiento.*

—No, porque entonces no podría escribir; entonces, además, tendríamos que cambiar totalmente el principio en el que va conduciendo con el coche al premio; entonces, la novela comenzaría con un ciego en una bañera al que tienen que afeitar y vestir.[23]

23. Kathy Ross ha sugerido que Gilabert está pensando aquí en el cónsul de *Bajo el volcán.* «Kathy Ross, Some Encounters beetwen Lowry and Gilabert», *The Philadelphia Review,* 2008.

—Pero el hecho de que se quedara ciego lo haría todo un poco más trágico, le dotaría de un tono de melodrama barato que podría hacerlo más comercial. Además, la ceguera es un tema interesante: podría ser visto incluso como una metáfora del narcisismo. Narciso sólo puede verse a sí mismo...

—Sería una metáfora demasiado obvia. Por otra parte, López está ciego para la vida, es incapaz de pensar en algo que no sea él mismo, de tener un proyecto, no consigue salir del reducto de su cuarto donde intenta escribir para apagar las dolorosas punzadas de su mediocridad, encendiendo su «querido ordenador» para salir del «doloroso anonimato» al que se cree condenado. Me gusta, es representativo de mucha gente... En mi vida de editor he conocido muchos López, gente sin destino que se acercaban a mí buscando la palabra verdadera... Pero su falta de talento se hacía evidente a las primeras frases; quiero escribir un libro sobre la mediocridad sin esperanza, sobre la vida en el pozo del eterno anonimato.

—Y entonces, lo del narcisismo...

—Narciso es un ejemplo claro de mediocridad sin esperanza, el descubrimiento de su belleza, la repentina seguridad que eso le proporciona le aterroriza, sabe que es un mediocre y que no será capaz de sobrellevar esa carga con dignidad, de continuar su vida sabiéndose bello y sin saber qué demonios hacer con esa belleza...

—Pero tal vez López debería mejorar, usted lo dijo antes, creo...

—Sí, y ya mejora, al ganar el premio consigue salir del anonimato, aunque sólo sea por un instante, consigue una victoria final, pírrica, pero una victoria... Consigue su objetivo pero sin ser artífice de su destino. En ese sentido es un personaje clásico, tiene algo de prometeico; recuerda, Beatriz, ciegos sin luz en cárcel tenebrosa...

—Pero el texto de López es una apuesta difícil porque, por un lado, López no puede escribir bien, pero por otro, si escribiera muy mal nadie leería la novela...

—Sí, eso que dices es cierto, por eso la torpeza de López se hace patente con facilidad, escribe lo que piensa, lo que le pasa; quiero que su delirio atraviese mis páginas como un torrente, pero de vez en cuando se da cuenta de que está escribiendo, y entonces hace extraños collages con frases de alguno de estos pedantuelos que yo mismo publico... Se siente feliz al incluir frases de algunos de ellos en su texto, son como coletillas finales que cualquier lector mínimamente avisado descubrirá sólo leerlas.

—Pero, ¿qué le queda finalmente a López?

—Nada, o tal vez sí, tal vez le quede la eternidad.

—Señor Gilabert, dígame, parece como si usted odiara a López, habla de él con desprecio, como si lo conociera, como si lo hubiera conocido.

—Sí, tal vez lo odio. A veces pienso que los grandes escritores odiaban a sus protagonistas, imagino que Flaubert sentía un odio intenso por Madame Bovary y Dostoyevski por Raskolnikoff, y Tolstoi por Ana Karenina. También Balzac lanzaba sillas y gritaba a sus personajes, como muy bien supo un día su editor, cuando fue a visitarlo creyendo que estaba solo...

Hoy no me ha ocurrido absolutamente nada. Ha sido una jornada tan vacía y absurda que no puedo, por extraordinaria, dejar de registrarla en mi querido ordenador. Tal vez en el infierno todos los días sean así para siempre y tal vez allí pueda yo encontrar una justificación. Ayer, en cambio, me pasó algo realmente insólito. Antes de tomar el metro que me acercaría a casa, a eso de las nueve de la noche, una mujer de considerable belleza estaba insultando a voces a alguien dentro de una cabina telefónica.

—Sé perfectamente que estás con otra y voy a subir para demostrártelo, cerdo, que eres un cerdo. ¡Un auténtico marrano!

Justo cuando yo pasaba al lado de la cabina, la mujer interrumpió su agresivo monólogo y salió fuera tensando el cable del auricular.

—Me puedes dejar una moneda de cien... es que estoy hablando con mi marido, con este hijo de puta de mi marido.

Fue tan inesperada la forma de salir y de referirse a mí, que al principio no pude dejar de pensar que iba a golpearme por estar espiando su conversación. Le di lo que me pedía y volvió a meterse en la cabina, introdujo la moneda en la ranura y, mientras mantenía la puerta entreabierta, me dijo:

—Ahora verás lo que le voy a decir a ese cabrón mentiroso.

Era como si me estuviera invitando a ser cómplice en un momento culminante de su vida, como si esa presencia anónima que yo era equivaliese a un testigo que ella necesitaba. Siguió insultándole en un tono cada vez más elevado hasta que, transcurridos unos minutos, tuvo necesidad de otra moneda que yo me anticipé a ofrecerle. Parecía como si cada moneda me otorgara el derecho a presenciar un poco más de aquel espectáculo. Absurda y alternativamente pensé en las máquinas de autómatas y en las ranuras del «Peep-show» de las Ramblas.

—Mira que subo y si te haces el sueco y no me abres, hijo de puta, si no me abres, te monto un pollo en la escalera que tienen que venir los bomberos; además, yo también estoy aquí con alguien, sí, con un hombre de verdad, y no con un cobarde como tú, con un hombre que te quiere partir la cara, ¿verdad que le quieres partir la cara a este hijo de puta?

Salió y volvió a tensar el cable para acercármelo. De repente, como impulsado por un resorte que me enajenaba, di unos pasos y me aproximé hacia ella, cogí el auricular con las dos manos y dije:

—Sí, tío, te voy a partir la cara, ya está bien de que hagas el payaso; mira que si subo te voy a dejar la cara como un mapa.[24]

Antes de que yo dijera «payaso», la línea volvió a

24. Jaime Alazraki ha señalado aquí el carácter borgeano de las palabras cara y mapa, cuyo valor simbólico adquirirá las más altas cotas en la novela póstuma de Gilabert titulada *En las cimas del lopecismo.* Jaime Alazraki, N. Y. U., Nueva York, 1999.

cortarse. Compulsivamente saqué otra moneda de mi bolsillo (la última que me quedaba), pero cuando se la estaba ofreciendo la mujer me dijo con voz suplicante:

—Por favor, dile que tienes una pistola, sólo quiero asustarle un poco.

Retrocediendo, me negué.

—Oye, ya está bien, no me líes más.

Pero ella se acercó a mí y me agarró muy fuerte del brazo.

—Por favor, no me dejes sola ahora con él, luego si quieres echamos un polvito tú y yo, de verdad; sólo quiero asustarle un poco.

En el forcejeo para zafarme de ella, mi piel notó su piel y, durante un instante, pude ver su hombro desnudo y la línea blanca del sujetador. Había algo de salvaje sexualidad en sus agarrones violentos. La empujé hasta derribarla y me alejé lo más rápido que pude hacia la boca del metro. A los cinco minutos, cuando observaba el oscuro movimiento del túnel en la ventanilla, me pareció que la situación que acababa de vivir se parecía a esos sueños en los que una mujer desconocida nos facilita el placer elemental. Pensé que esa confluencia de erotismo y riesgo dotaba a la situación de un aire tan peligroso como atractivo. Pensé en las muchas personas que habrán muerto atrapadas en encrucijadas tan fortuitas como aquélla. Pensé que sólo la cobardía me impedía regresar a esa cabina —a esa situación— para entregarme a algo que sin duda albergaría insospechadas consecuencias. Pero sabía que no regresaría, que tan sólo me atrevería a pasar por allí, de regreso a casa, para comprobar una vez más que estas situaciones son en mí tan falaces como inconsumables, y que los personajes que las habitan son menos reales que los de los sueños, donde todo se realiza y culmina al confundirse los deseos con los hechos.

Este pequeño incidente (aunque ahora deseo a esa mujer) me hace reparar en que siempre he tenido una extraña curiosidad por espiar a los demás. Desde los jadeos que atraviesan las paredes de un apartamento alquilado en un lugar de veraneo, hasta las conversaciones más anodinas que la vida me ha permitido sintonizar, siempre me he visto como implicado en esa sustancia fugitiva de lo ajeno, en esa ventana indiscreta que da al lado oculto del vecino. Si yo pudiera ser invisible nada más que por unos días, me pregunto cuántas oscuras habitaciones me perderían y me hallarían en el fondo de los prostíbulos más recónditos, cuántos inusitados secretos me revelarían las más privadas voces. Sería como asistir a la crónica de una oculta realidad en el otro lado de las cosas, como traspasar las máscaras de las apariencias para descubrir lo que siempre habría sido un espacio reservado al misterio de la intimidad. Si fuera invisible podría presenciar las mayores conspiraciones políticas y las más *evidentes* (con pelos y señales) traiciones amorosas. Podría abofetear y escupir a todos mis enemigos (por un momento imagino a Llorens cayendo sobre la tarima a causa de un diestro puñetazo mío) sin que éstos acertaran a descubrirme. Podría comprobar, en definitiva, que los demás se parecen a mí al ser tan mezquinos, falsos y sufrientes como yo. Y es que la naturaleza humana se reconforta viendo en los demás la misma podredumbre que ve en sí misma, los mismos anhelos, la misma ansiedad sin propósito, los mismos vacíos de tardes de domingo. Por eso tienen tanto éxito los culebrones de televisión, porque en ellos el ama de casa contempla su vida desde fuera, sin compromiso, aliviada de las presiones rutinarias y sazonada con la pasión del sufrimiento ajeno. Por eso también se producen los tumultos en torno a los heridos de un accidente automovilístico. La sangre de los telediarios resulta ya demasiado falsa y es necesario curiosear el olor de la sangre real. Nada tan atractivo para los humanos como un verdadero espectáculo sanguinario: incinerar a un hombre vivo, ahogarlo en una pecera panorámica, arrancarle de cuajo los brazos y luego la cabeza. De niño practicaba este instinto natural del ser humano destrozando mis juguetes. Tan pronto como llegaban envueltos en sus papeles y cuerdas, tan pronto como los sacaba de sus cajas de cartón y olisqueaba el perfume del precinto, ya estaba imaginando su interior: aquellos diminutos mecanismos metálicos que conseguirían dar movimiento a los brazos de un muñeco o que harían girar los caballitos de un pequeño tiovivo. Mis padres se desesperaban y me reñían, pero la curiosidad que sentía por conocer los entresijos del mundo era superior a mis fuerzas e insistía en taladrar el vientre del muñeco meón o en buscar el artefacto eléctrico que accionaría la voz de la Caperucita cantarina.

Pero de esta inofensiva tendencia infantil pasé a la irreprimible curiosidad por presenciar el sufrimiento de los animales. Me preguntaba cómo se movería un hamster al cortarle las dos patas delanteras, cuántos segundos de vida tendría cada una de las partes de un gusano de seda seccionado con un implacable hachazo de cólera, o en qué momento perdería la vida un caracol cuyo caparazón fuera recalentado al fuego lento de mi mechero. Había incluso fabricado guillotinas casi profesionales para trabajar con gatos y perros abandonados, y en verano, en una pequeña chabola cercana a la vía del tren, había sometido a indecibles horrores a lagartijas, sapos y ranas. Los suplicios de algunos animales duraban un día entero. Los de otros, no llegaban al instante. Una tarde sofocante de agosto llegué a retener en mis manos el corazón de un conejo de indias moviéndose todavía en su caliente palpitar inercial.[25]

Todas estas prácticas las realizaba siempre al margen de Luis. Él las hubiera censurado y se habría chivado a mis padres. Por eso, siempre iba solo a las Ramblas a comprar las víctimas de mis reprobables investigaciones; las ocultaba en el garaje o en el trastero para que pasaran inadvertidas tanto a Luis como a mis padres. Pero de todas estas vergonzantes actividades del que seguramente era un niño enfermo, ninguna recuerdo con tanta congoja como la de aquella mañana en la que estuve a punto de asesinar al propio Luis. Estábamos pasando el verano en Menorca, en casa de mis tíos. Era una casa blanca, de puertas y ventanas verdes, situada en un valle pedregoso y árido en el que solíamos perdernos por las tardes hasta que oscurecía. Entonces, la casa se convertía en un faro que nos orientaba entre las laderas rocosas y los acantilados escasamente cubiertos de matorrales resecos y espinosos. El día anterior, Luis había abusado de mí golpeándome la cara hasta ensangrentarme la nariz. Total, porque me había caído con su bicicleta y le había torcido un poco el eje del manillar. Nos detuvimos en el precipicio desde donde siempre contemplábamos los embates del mar contra las rocas. Luis se acercaba hasta el borde mismo y yo, con un incon-

25. Este último pasaje ha sido relacionado con John Baxter, el famoso asesino de «la prostituta de los senos amputados». El alto ejecutivo norteamericano John Baxter, reconoció a la policía haber estado leyendo esta precisa página unas horas antes de emprender su crimen en una habitación del hotel Palace de Madrid. Al conocer el hecho, el profesor Toshiro Fukuyama se apresuró en señalar la validez universal de su estudio sobre el carácter perturbador de *López y yo* entre la juventud japonesa. Toshiro Fukuyama, *El síndrome Gilabert*. Tokio, 2013.

trolable vértigo que aún hoy me hace temblar las piernas, me alejaba conforme él se aproximaba. Pero aquel día estuve a punto de vencer el vértigo, de llegar hasta él y de empujarle. Hubiera sido tan fácil. Me estremezco al pensar en las consecuencias que aquel acto de un segundo hubiera acarreado en mi vida. Recuerdo que llegué a dar unos pasos hacia él con intención de empujarle, pero, cuando ya estaba preparando mis manos sobre su espalda, algo, no sé qué, me detuvo. Me había acercado y detenido frente a una realidad tan prohibida, frente a un acto tan intenso y simple... Abajo, los ronquidos del mar me animaban a una irresponsabilidad sin límites. Pero me detuve. Sí, me detuve. Tan sólo unos minutos más tarde me horroricé por lo que estuve a punto de hacer. Durante meses soñé que ya lo había empujado; lo soñé destrozado en el fondo del acantilado, inerte, subiendo y bajando con fuerza entre la espuma de las olas. Yo volvía temblando y mentía al contarles a mis padres que Luis se acercó y tropezó con el saliente de una piedra, y que en su caída intentó agarrarse a una rama que cedió hasta romperse. Pero luego corríamos todos allí y no encontrábamos ni el saliente ni la rama y mis padres me internaban en un correccional y yo moría de soledad y de tristeza.

Hoy pienso en mí como en un amigo al que no se le ha prestado nunca la debida atención y al que ya es totalmente imposible ayudar. Es preferible no escribir nada en días así.

Acabo de conocer al inquilino que desde la semana pasada ha ocupado el apartamento colindante a éste. Es un apartamento que había permanecido vacío más de tres años. Se trata de un hombre de buena planta que se ha presentado en la escalera con una sonrisa muy abierta.

—Hola, soy Bernardo, tú debes de ser el profesor; la portera me ha hablado un poco de ti. Verás que algunas noches pongo un poco de música; si la pongo demasiado fuerte, dímelo y la bajo.

Por la tarde le he oído hablar con una mujer y, sin poder reprimir mi tendencia al espionaje, he acercado la oreja a una pequeña grieta de la cocina que permite escuchar casi perfectamente lo que se dice al otro lado. Bernardo ha estado hablando de un hotel en una playa de Venezuela y de los cócteles —según él, los mejores del mundo— que sirven por las tardes en una de las terrazas que dan al calor y a la humedad del Caribe. Luego ha estado hablando de lo barato que es Venezuela para un europeo.

—Por diez mil pesetas alquilas un yate con capitán, camarero y con dos tíos que te ponen la sardina en el anzuelo y que te ayudan a sacar las piezas.

Luego ha puesto una ópera italiana y ya no he podido seguir curioseando sobre la playa de Venezuela ni sobre los cócteles ni sobre los tíos que te ponen la sardina para sacar las piezas, porque sus palabras han sido eclipsadas por Puccini y por la Caballé. Sólo a lo lejos, en uno de los momentos de mayor exaltación melodramática de la diva, me ha parecido escuchar los entrecortados jadeos del placer. Después, cuando el disco ha terminado, he vuelto a escuchar la voz de la mujer preguntando a Bernardo:

—¿Te has enamorado alguna vez?

—Sí, sólo una, pero fue hace muchos años.

—¿Cómo se llamaba?

—Beatriz.

—Y ¿qué pasó?

—Me dejó por un profesor de literatura mucho más guapo e interesante que yo.

—¿Por qué dices eso?
—Porque es verdad.

He sonreído al pensar en las irónicas coincidencias que existen entre esta conversación de mis vecinos y mis personajes imaginados (imaginados pero no escritos). Sus palabras me han hecho pensar que Beatriz Lobato podría ser una mujer enamorada de una especie de gigoló y que, en las conversaciones con su jefe, podría irle narrando una historia de amor que Gilabert incluyera en su novela. Gigoló, *Play Boy, latin lover,* don Juan, Casanova, caballero galante, ¡cuántos nombres para los distintos personajes del amor! Recuerdo que uno de los libros que siempre me leía mi abuela se titulaba *El caballero galante*. Consistía en las diferentes actitudes cívicas y corteses que un caballero debía adoptar en distintas ocasiones con las mujeres. Por ejemplo, el caballero galante al subir a un taxi debía pasar primero, porque le ahorraba a ella el corrimiento de culo hasta el fondo del asiento. También, el caballero galante, al entrar en un restaurante, debía adelantarse por si dentro se había producido una batalla campal y los platos y los vasos volaban por los aires. Asimismo, si pasaba junto a alguien que estuviera comiendo, el caballero galante no debía decir «que aproveche» ni mucho menos, de ser él el comensal, «si gusta», porque eso denotaba inmediatamente una cuna muy provinciana. No aparecía nada, sin embargo, acerca de cómo debía comportarse el caballero galante en las relaciónes eróticas. ¿Qué anticipación o postergación debería cumplimentar en cada postura para no ser tachado de patán o zafio? ¿Qué preciso culeo sería el aceptado por Oxford? ¿Cuál la forma perfecta y más elegante de palpar el monte de Venus? ¿Debería acaso pedir por favor algunos servicios? ¿Satisfacer algunas urgencias ajenas antes que las propias? Me fatiga la sucesión de ideas inconexas que infructuosamente me llevan cada día más lejos de Gilabert. Pero no debo desalentarme, porque este texto que voy ampliando en mi ordenador terminará por formar algún día un mosaico con el que podré articular la trama que tanto se resiste.

Yo creo que este Lloveras es un poco tonto. Anoche le conté un sueño que tuve anteayer y me dio una explicación tan estúpida que estoy por cambiar de cocólogo mañana mismo. Sí, creo que voy a buscarme un psicoanalista argentino; uno de estos judíos porteños tan espabilados, de estos que se enrollan como una persiana sobre cualquier atisbo onírico que se les cuente. Lloveras es un tipo muy soso, no le saca punta a nada de lo que le digo. En el sueño yo estaba en una ventanilla de la Caixa de Cataluña con un palo de golf en la mano. Una cola de individuos detrás de mí esperaban impacientes a que yo jugara una bola situada justo debajo de la ventanilla. Los clavos de mis zapatos repicaban al mínimo movimiento sobre el brillante pavimento de mármol. Alguien protestaba por mi prolongada indecisión.

—Venga, hombre, juegue o retírese, los demás estamos esperando.

—¿Pero dónde está la bandera? No veo la bandera —decía yo, resistiéndome a ensayar mi *swing* en aquel contexto financiero—. ¿Seguro que no estoy fuera de límites? ¿Seguro que no puedo cogerla con la mano y droparla en otro sitio? Es que darle sin nada de césped, sobre este suelo tan duro, y sin ver la bandera...

—El campo es el mismo para todos; o juega o nos deja jugar a los demás —me increpaba un hombre muy menudo.

—Tiene razón este joven —dijo una señora gorda solidarizándose conmigo—, con lo que pagamos y ya no queda césped ni en el banco. Hay que hablar con Eduardito; es que no hay derecho, hombre, no hay derecho; esto que pasa aquí no lo he visto en ningún otro club del mundo.

Acabo de descubrir un método para aproximarme a Gilabert. Lo voy a llamar «introspecciones fructíferas». Cierro los ojos y me quedo inmóvil imaginándomelo frente a mí. Estamos en una masía del Ampurdán, junto a una chimenea que él ha avivado en silencio. Hipnotizado, mientras el fuego ondea entre nosotros, siento el calor de las llamas en la cara y en las manos. El fuego sube, se disipa, vuelve a aparecer, baila, iluminando el rostro inclinado de Gilabert y haciendo mover las sombras. Veo su cara brillante y enrojecida, moldeada por la luz, hasta que puedo sentir la forma de sus pómulos, de sus manos, de su nariz, casi tan claramente como si las viera en un espejo, pero de una forma mucho más profunda. Palpando y saboreando cada recoveco de su alma minuciosa, le miro y él me mira. Me sonríe, me sirve café, y yo no le digo que no a pesar de que imagino el insomnio que esta taza me provocará. Lentamente, con el mismo paso cauteloso con el que me acerco a la tarima el primer día de clase, le sigo ahora por un pasadizo que baja y se estrecha hasta un sótano húmedo. Sigue castigándome con su silencio y, al llegar a la bodega, me muestra unas botellas cubiertas de telarañas. Con expresión burlona, me obliga a decidir entre un Antonio V tempranillo o un López Gran Reserva del 75. Opto por el que lleva mi apellido y él, sin que yo apenas me dé cuenta, lo descorcha con habilidad y lo sirve en dos vasos opacos. Bebemos y brindamos junto a la luz vacilante de la vela. Veo entonces su cara llenándose de sangre y las innumerables gotitas de sudor que le brillan en la frente. Escucho su voz, que trata de decirme algo. Finjo haberle entendido y hasta me animo a responderle con una frase que ironiza sobre *nuestra situación*. Luego tensa la cara, se desabrocha los pantalones y me muestra unas piernas cubiertas de lepra. No puedo volver a mirarle y me esfuerzo por interrumpir esta parodia contra mí. Abro los ojos y recompongo con alivio mi rutina. Las inútiles cajas de mi libro inútil, las cortinas de siempre, el murmullo imborrable de la calle... El ordenador sigue encendido, como esperándome...

Esta mañana, cuando he pasado por la facultad para recoger el correo, una estudiante llamada Teresa Gálvez me ha dicho que me había estado buscando para hablar conmigo. Hemos pasado a mi despacho y me ha dicho que quiere comenzar una tesis doctoral sobre el concepto de la máscara en Borges y en Pessoa. Me ha contado que leyó mi libro en la biblioteca (por lo que ella tampoco es una de las 116 personas que lo compraron) y que le pareció muy interesante. He debido de adoptar entonces el tono grave y vanidoso que tanto detesto en otros. Hemos estado hablando más de dos horas de mi libro y del tema de su tesis. A lo largo de nuestra conversación, Teresa Gálvez me ha parecido extraordinariamente inteligente y atractiva. Tiene unos ojos algo achinados, o, mejor, que se achinan haciendo juego con una sonrisa que pone en ella un toque mágico y sensual de colegiala traviesa. Al cabo de un tiempo de estar escuchándola, he sentido algo que no sentía hacía mucho tiempo con ninguna mujer: una sutil excitación, una pululación en la sangre que me ha hecho inmediatamente fantasear. Por un momento, cuando estaba hablando del ensayo «Borges y yo» y de los heterónimos de Pessoa, he notado un impulso animal que me arrastraba hacia ella, que me impedía concentrarme en sus palabras y me inducía a un erotismo animal en el que las palabras estaban de más. Todo el encanto de su cuerpo parecía condensarse en el eje que media entre sus ojos y sus labios. Ese pequeño espacio ambiguo, a la altura de su nariz, era como el desagüe de una bañera en la que yo era el agua que ella absorbía. Cuando Teresa Gálvez, después de mirar su reloj, me ha dicho que tenía que irse a una clase de doctorado con Llorens, he debido despertar de lo que ya era una hipnosis hacia el amor —en la que ella era una cascada y yo un agua torrencial y burbujeante— y he debido mirarla con la cara de idiota absoluto que ahora imagino y me avergüenza. Luego he odiado a Llorens y he sentido celos de él. También me ha dado rabia el hecho de no ofrecer este año un curso de doctorado en el que ella se podría haber matriculado. Pero tal vez sea mejor así, porque podremos vernos en mi despacho o incluso aquí, en este apartamento de mi abuela en el que paso tantas horas con mi ordenador.

Es curioso, desde que estoy casado nunca había deseado a una mujer tanto como hoy he deseado a Teresa Gálvez. Mi instinto siempre me había aconsejado que no simultaneara dos vidas, que no afrontara el peso psicológico de una traición mantenida, de un esfuerzo constante de fingimiento que me obligara a salvar unas mentiras con otras. Cuando se despedía, le he dicho que me interesaba mucho su proyecto de tesis y que teníamos que volver a vernos pronto para seguir hablando de él. Qué falso e hipócrita me resulta ahora mi interés por su tesis cuando pienso que en realidad lo que me lleva a ella es puramente instintivo. Con las mujeres, actuamos como si tuviéramos que inventar constantemente pretextos para salvar las mediaciones sociales, para crear los marcos que nos permitirán, en un momento propicio, darles la mano o besarlas. Siempre con la incertidumbre del posible chasco, de lo dado anticipadamente por hecho, siempre con la inseguridad de no saber cómo sentará un regalo o una declaración ensayada y premeditada ante el espejo, siempre calculando como buitres la dosis exacta de esa gradación que nos conducirá al lecho o nos alejará definitivamente de él. Esas dilaciones, esas pausas que postergan el encuentro de piel, componen una progresión lenta e implacable hacia el objeto del deseo. Los japoneses permanecen horas en silencio contemplando la comida, para poder obtener, con ayuda de la saliva, la buscada sensación de inaccesibilidad indefinida que les hará gozar con plenitud. También, en el tantrismo, se practica un coito pasivo que consigue encender y adormecer el miembro masculino hasta la extenuación. Pero con Teresa Gálvez no he imaginado sólo el lado sexual de nuestra posible relación. Creo que entre esa chica y yo existen tantas afinidades que el sexo pronto dejaría de ser lo más importante. Siento hacia ella algo mucho más ambiguo y espiritual que sólo puedo describir ahora como un intenso azoramiento dulzón.

Cuando Teresa Gálvez se despedía, me ha dicho que tan pronto tenga clara la estructura de su tesis pasará por mi despacho para seguir hablando. No he querido forzar una cita incierta y precipitada que podría desbaratar todas las demás. De inmediato, después de cerrar la puerta, he sido consciente de la importancia que para mí puede tener este encuentro. Ojalá que Teresa Gálvez no tenga un novio que ocupe sus pensamientos y del que esté locamente enamorada. Si sólo estuviera un poco enamorada, yo todavía podría dirigirla en su tesis hasta intentar conquistar un espacio en su corazón. Pero si estuviera locamente enamorada del típico tío más guapo y más joven que yo —la vanidad y el orgullo me hacen ahora imposible imaginar a alguien superior a mí en todo lo demás—, entonces no habría nada que hacer. Lo mejor será aclarar pronto lo del posible contrincante para que no me ilusione con un espejismo más entre los ya muchos que pueblan mi vida. Me arrepiento de no habérselo preguntado en algún momento de la conversación: «Por cierto, ¿tienes un novio del que estás locamente enamorada?».

Teresa Gálvez me ha parecido de un atractivo peligroso (la curva que dibujaba su trasero en el tejano también me lo parece ahora). Cuando hablaba del concepto de la máscara en Borges, sus comentarios y el sentido de éstos eran nuevos elementos al servicio de su belleza. Como si la metafísica se hubiera reconciliado por fin con la física, como si el Gran Parodiador y Pessoa quisieran participar en la incipiente ceremonia que parecía tejerse entre ella y yo. Tengo que planear muy bien mi próximo encuentro con Teresa Gálvez. La invitaré aquí, a este santuario de mi soledad, y le ofreceré una taza de *Darjeeling tea*, o mejor una cerveza. Vodka frío sería demasiado imprudente para la primera vez. Le preguntaré si fuma cannabis y si me dice que sí, liaré un canuto con mi insuperable técnica habitual. Aunque no debería planearlo todo tanto, porque entonces perderé la espontaneidad que requieren los desafíos de Cupido. Espero que no me coja una fobia que me arruine la cita. ¿Cuáles serán sus aficiones y sus gustos? Por la forma de vestir, no tiene nada que ver con Silvia. Es mucho más inteligente y sensible que ella. En realidad, con todo lo que me ha comentado sobre su tesis, conozco ya mucho del interior de Teresa Gálvez. Es muy intuitiva al adivinar el velado sentido del humor que contienen tanto Pessoa como Borges. Me ha puesto dos ejemplos clave: el saludo que Pessoa le hace a Esteve —un hombre «sin metafísica»— en su poema «Tabaquería», y el perro que no es el mismo perro al verse de perfil y a otra hora en «Funes el memorioso». Le comentaré que estoy escribiendo estas notas para mi novela y le hablaré con sinceridad de Gilabert. No descarto la posibilidad de que ella actúe de musa inspiradora para que yo pueda avanzar en mi proyecto literario. Su tesis y mi novela dan para muchas conversaciones... A lo mejor me decepciona algo en ella que no he sido capaz de entrever hoy. He llegado a pensar que tal vez sería mejor que esto ocurriera, como presintiendo que las pasiones siempre preceden a la desdicha y al desconsuelo. Me da un poco de miedo este salto sin retorno hacia el amor.

Hoy ya es domingo y, como casi todos los domingos, el contacto con Silvia se ha hecho inevitable. Los domingos —también los viernes y los sábados por la noche— simulamos compenetrarnos y hacemos algunos planes juntos. Esta mañana hemos ido a comer a casa de mamá. Ella nos cree un matrimonio estable y, naturalmente, se equivoca. Llegar a la casa de mamá es como llegar a un escenario en el que Silvia y yo actuamos poniéndonos las máscaras de la felicidad conyugal. Por la tarde, una siesta demasiado prolongada nos ha llevado a implicarnos sexualmente. Desde un punto de vista objetivo, todo hay que decirlo, el cuerpo de Silvia es casi perfecto para el acto amoroso; su piel todavía se mantiene tersa y firme y sus senos conservan la fijeza de la primera vez. Mientras nuestras piernas se iban entrecruzando, he estado pensando en Teresa Gálvez. Esto ha hecho que, en algunos momentos, mis caricias fueran más afectivas y sentidas de lo habitual. El cannabis y la poca luz que yo suelo imponer con Silvia, facilita esta suerte de fantasías. De hecho, muchas veces —casi todas las veces— me distraigo con otras mujeres. Siento entonces en mis manos los senos de Silvia metamorfoseándose en los de otras: en los de la joven, fiel y previsible Marilyn que veo cada mañana en el póster desde la bañera, en los de la autoritaria prostituta que tanto me marcó aquella tarde en Amsterdam, en los de la tetuda verdulera que perversamente pesa las patatas y las coliflores en la plaza del *mercat*. También rememoro algunas de mis amantes del pasado, como la enfermera que yo obligaba a vestirse de enfermera, la primera noruega del cámping de Vilassar o la guapa camarera de Logroño, tantas horas sacrificada en la ceremonia de la *fellatio*. Entonces la beso con desesperación hasta morderla y ella grita y se queja pellizcándome y apartándome con violencia. A través de estos deslices imaginarios que yo consigo activar a partir del cuerpo de Silvia, he besado a mujeres anónimas que apenas había visto una sola vez en el metro, he acariciado dulces espaldas de presentadoras de televisión y de aniñadas estudiantes que me miraban con la entrega del miedo y he lamido hasta la sequedad de mi boca rostros que compongo a mi antojo en la oscuridad. En el proceso de estos ensimismamientos, con frecuencia profiero frases que, por descontextualizadas, le deben resultar incomprensibles: «Culéame, cerda, te voy a meter la polla hasta que te salga como un tapón de champán por el culo».

Silvia parece entonces confundirse y desconcertarse todavía más.[26]

Después del acto y de yacer un buen rato sin hablarnos, le he dicho que quería trabajar —como siempre— en el artículo sobre «El sur» de Borges, y he venido aquí para tantear estas líneas que ahora escribo. En mi bolsillo he encontrado un esquema que debí de garabatear en algún momento —tal vez en el metro— de los días anteriores. El esquema es el siguiente:

Teresa Gálvez-Silvia	Intensidad-miedo	identidad (el tiempo).
|	|	|
Novela-amor-embobamiento	Muerte de Gilabert	Sacrificios múltiples e inconexos.

Recuerdo haberlo escrito pero no precisamente en esta servilleta de bar manchada de café con leche. Me pregunto si estaré perdiendo la memoria: veo el esquema y reconozco mi letra, pero no soy capaz de articular en la cabeza lo que estaba pensando cuando lo escribí. La única relación que ahora entiendo es la de «amor-embobamiento». Cabe la posibilidad de que la aparición de Teresa Gálvez me haga perder la lucidez y el ritmo de trabajo que estaba empezando a conseguir con estas *notas* para mi novela. Teresa parece ahora distraerme de todo propósito hacia Gilabert. Los días que transcurren sin verla se me hacen interminables. No creo que durante este tiempo pueda escribir nada porque Gilabert se aleja en cuanto dejo de pensar en él. Ahora me acuerdo de las últimas líneas

26. Jesús de Haro nota un parecido sospechoso entre este pasaje y otro de *Al revés,* la novela de J. K. Huysmans en la que el protagonista contrata los servicios de una ventrílocua que cambia repetidamente de voz y personalidad durante el acto sexual, alternando los tímidos jadeos de una niña con los profesionales ronquidos de Pigalle. Jesús de Haro, *La narrativa de Gilabert.* Sur, Madrid, 2007.

del cuento «La busca de Averroes». Qué maravillosa es allí la prosa poética del Gran Parodiador, cuando —cito de memoria— dice: «Sentí en la última página que mi narración era un símbolo del hombre que yo fui mientras la escribía» y, al final, en el inquietante paréntesis: «(En el instante en que yo dejo de creer en él, Averroes desaparece)».

Es también posible que mi experiencia amorosa con Teresa Gálvez pudiera reflejarse en algún personaje de mi novela, pero para eso tendría que pensar en alguien más joven que Gilabert, en alguien de mi edad que se enamorase apasionadamente de una mujer como ella. De hecho, nadie puede hablar del amor sin haberlo vivido con intensidad. Dante pudo escribir su relación con Beatriz (que todos hemos gozado en alguna u otra tarde de relectura hedónica) a partir de enamorarse de una persona real, de una tal Bice di Folco Portinari. Claro que también podría optar por rejuvenecer a Gilabert, pero entonces ya no sería el mismo personaje entrañable que tantas veces he imaginado e intentado perfilar. Sería como volver a comenzar con un forastero y ni mi querido ordenador ni mi orgullo inquebrantable me lo permitirían. Hacer desaparecer a un personaje que ha costado tanto esfuerzo intuir es un sacrificio excesivo para un improbable escritor tan incipiente como yo...

El Heraldo de Asturias, 23 de febrero de 1996
Proyecto de monólogo para la soledad de G. H. Gilabert, Antonio López

La imposibilidad de una ficción

La pasada edición del premio Gracián de novela se vio envuelta hasta tal punto en la excepcionalidad —la muerte del ganador en el mismo momento en que se le nombraba por la megafonía del hotel Lluna Palace de Barcelona—, que el que escribe estas líneas confiesa estar algo confundido a la hora de emprender esta crítica, por otra parte ineludible. El hecho de que Teresa Gálvez, una amiga del escritor, reconociera haber presentado el manuscrito al premio —que incluso tituló según su criterio— sin que el propio ganador estuviera al corriente de ello, parece añadir a la última edición del Gracián un aire de misterio que, de no ser real, todos juzgaríamos inverosímil.

A estas alturas sabemos que el malogrado autor de *Proyecto de monólogo para la soledad de G. H. Gilabert* nunca entendió esta suerte de diario personal como una novela. Por ello, juzgarla como tal sería caer en una evidente y lamentable injusticia. Injusticia, sin embargo, que quedaría algo paliada por el hecho de que un jurado autorizado —compuesto por novelistas y profesores de literatura— no sólo entendió el texto presentado como una novela, sino que incluso le otorgó el principal premio del certamen. El conocimiento de los hechos que rodearon aquella luctuosa noche, hace que cualquier profesional que acometa la crítica de esta «novela» se vea asaltado por una serie de dudas y contradicciones de índole esencialmente moral, pues, cuando leemos el texto, no sabemos nunca si estamos ante el personaje o la persona, ya que éstos no sólo se confunden, sino que tienden a convertirse en el mismo hombre de carne y hueso que nos dejó. ¿Con qué derecho entonces juzgar a López como el autor de un texto literario? Que Antonio López existió sólo como persona, es decir, que no se pretende en el texto una ficción de ningún tipo, parece evidente desde la primera hasta la última línea. La novela —llamémosla así aunque no resultará retórico insistir una vez más en que no lo es— consiste, por lo demás, en una delirante sucesión de pensamientos caóticos abocados a la insólita finalidad de preparar una novela sobre un protagonista —éste sí, personaje— llamado Gilabert. El proyecto parece albergar también el intento de crear una cierta simetría lúdica, porque en esta novela que López proyecta en su «diario», se nos promete la futura existencia de un personaje cuya tarea principal sería la de escribir una novela cuyo protagonista sería, a su vez, López. Así, en esa futura novela que se promete en el diario, ambos (López y Gilabert) se escribirían dándose mutua consistencia existencial en una misma dimensión realístico-ficcional. Desde luego, esta anunciada y pedante pretensión, no consigue nunca llevarse a cabo al no rebasar la mera formulación retórica —repetida hasta la saciedad en constantes e inútiles pronunciamientos— que tendría que llevarnos al siempre remoto y desdibujado personaje de Gilabert. Y es que casi nada sabremos de éste al final del relato, por lo que la simetría apuntada no deja de ser una confusa idea meramente esbozada que no encuentra nunca su realización. Casi nada hay tampoco de estructura narrativa en este texto literariamente mediocre de López, ya que en él sólo leemos las frustrantes relaciones personales que el autor mantiene con su mujer —con lo ruborizante que habrá sido esto para la persona real de Silvia Peroliu—, las desesperantes dificultades para comenzar su novela y las diferentes experiencias mantenidas con las drogas y con el Gran Parodiador (así es como llama constante y reverencialmente a Borges).

Por lo demás, como todo diario, el texto transmite los distintos estados de ánimo de López al enfrentarse a su novela —o proyecto de novela, como reza irónicamente el título fijado por Teresa Gálvez—. Son estados contradictorios y poco orientativos para el lector: del entusiasmo y la prepotencia épica se pasa al sadismo más despiadado y, de éste, a unas visiones del mundo en las que el suicidio parece la única puerta de salida. Así, resultaría imposible hablar de esta supuesta *novela* sin concluir que López debía de ser un maníaco depresivo con delirios de grandeza y, aunque esto también nos duela tener que decirlo, que el texto revela una patente incapacidad literaria en el malogrado profesor. Por todo ello, parece difícil entender qué vio en estas páginas el jurado del Gracián. El morbo y la cantidad de elementos insólitos que rodearon aquella noche, pueden explicar su éxito comercial —se han agotado tres ediciones en tan sólo dos meses—, pero no la calidad de un producto de escasísimo valor literario. Antonio López era, al parecer, un competente profesor de literatura; todo parece indicar, sin embargo, que difícilmente hubiera llegado a ser un buen escritor.

José Luis González García

Gustavo Horacio Gilabert estaba soñando que hablaba con su hermano Miguel —muerto hacía más de quince años de un infarto de miocardio— cuando le despertó el nervioso movimiento de sábanas de su mujer. La señora Gilabert saltó de la cama para socorrer a su nieta, quien, en la habitación de al lado, prorrumpía en un llanto agudo hasta lo inhumano, parecido al de una trompetilla de feria. Tras los pasos descalzos sobre el parquet, el bebé dejó de emitir su ininteligible lamento gutural y el señor Gilabert se incorporó para fijarse en la hora. Encendió la pequeña lamparilla y estiró la mano hasta introducirla en la limitada zona de luz del velador, donde se encontraba el viejo reloj de pulsera que le había regalado su padre muchos lustros atrás. En un movimiento indeciso, al intentar asirlo, el reloj cayó al suelo y Gilabert no pudo evitar proferir una maldición que no por apenas audible sonó menos grave.[27] Lo recogió del suelo y

27. En su artículo publicado en el diario *Avui* a pocos días de la muerte de Gustavo Horacio Gilabert (artículo al que ya nos hemos referido), Jaume Palau sugería que, en este pasaje, el autor parece reflejarse en su personaje de forma muy explícita, ya que, según Palau, «no había nada que irritase más a la persona de Gilabert que la caída de un reloj al suelo». Sobre el

comprobó su marcha acercándoselo al oído. No parecía haber sufrido ningún desperfecto: el tic-tac era el de siempre y la esferilla de cristal no tenía ninguna rotura apreciable. Se lo ajustó en la muñeca izquierda y lo acercó de nuevo hacia la luz. Eran las siete de la mañana, lo que le hizo pensar que era razonable irse levantando.

En los cinco días que hacía que su hija marchara a Londres dejándoles a su nieta, no había podido dormir de una sola tirada, lo que comenzaba a advertirse en sus ojeras hinchadas de cansancio y de sueño atrasado. Se puso las gafas y desconectó el artefacto eléctrico que su mujer había comprado para disminuir la frecuencia de sus ronquidos. Con el pijama arrugado y algunos mechones de pelo cano orientados hacia lo alto, se dirigió al lavabo y se miró en el espejo. Por debajo de sus ojos, contempló un instante la blandura colgante y amarillenta, grotescamente envejecida. Más todavía que otros días, su cara desaliñada y soñolienta le pareció la de otro. Exageró esta sensación con una mueca horrible y le sorprendió hasta qué punto podía llegar a salir de sí mismo con un simple gesto facial. Orinó, se abstuvo de mirar el color del día por la ventana y se atusó un poco el cabello con la provisionalidad de la mano. Tras enjuagarse la boca

---

carácter irascible y sombrío del Gilabert real, se han escrito muchas cosas que, según Palau, no son enteramente ciertas. También se ha dicho que Gilabert era un hombre hosco y seco, que rechazaba los homenajes y los actos públicos, las tertulias y las escuelas, que arremetía contra el oficialismo cultural con una mala leche de francotirador y que sólo concedía entrevistas a «dos o tres amigos íntimos y a algunas mujeres fantasiosas». Jaume Palau no desmiente estas atribuciones de su personalidad, pero añade que junto a esta acidez y estos desplantes, Gilabert era también un hombre «enormemente afectivo y sensible». Jaume Palau, «Plorant al meu amic», *Avui,* 23 de abril de 2025.

con el elixir mentolado para combatir el mal aliento, se colocó la prótesis dental y se mojó un poco los ojos y la cara. Después, bostezando y extendiendo los brazos, se dirigió con paso desigual hacia su despacho. Una vez allí, se sentó sobre la cómoda silla abatible, tratando de no pisar las vías del tren eléctrico con el que todavía regresaba algunos domingos a la infancia. Abrió un cajón, levantó unos folios y extrajo el paquetito que contenía el regalo para Sandra. Como todos los viernes, hoy estaría con ella durante las dos horas convenidas. La última semana, ella le había recordado que un día de éstos se cumplirían diez años del comienzo de su periódica y estable relación. Estaba seguro de que los pendientes quedarían bien sobre su tez mulata. Ya la veía con ellos, desnuda, acariciándole el pecho fláccido y trabajado por los años.

Desordenadas sobre la mesa del despacho, las hojas de papel en las que la noche anterior había estado pergeñando un nuevo esquema para el desenlace de su novela, eran el reflejo irónico de su mente caótica y espesa. Cogió una hoja y observó en ella la compleja articulación de flechitas que arriba y abajo apuntaban a palabras que sólo él podría descifrar. En otra, bajo el rótulo *idea alternativa*, leyó:

«Gilabert, el personaje de la novela de López, piensa en un posible argumento para una posible novela titulada *El texto real*, cuya única trama consiste en reproducir milímetro a milímetro los detalles de un atraco. Tan precisos y pormenorizados serán éstos, que la voz del narrador se perderá en un foco demasiado aumentado y los personajes se diluirán en un sinfín de detalles excesivamente minuciosos e insignificantes. Por ejemplo, las caprichosas manchas de grasa en el pañuelo de uno de los atracadores, serán descritas con múltiples y absurdas mediciones que pretenderán dar cuenta exacta del espacio ocupado, de la precisa intensidad cromática, de la duración cronológica de las manchas, del tipo de grasa, de su correlativo grado de aceitosidad, etc. En otro pasaje de la novela, leeremos también: "Se enciende el interruptor al ser presionado por una mano en cuyos dedos aparecen dos anillos de oro desteñido. La mano es velluda y, bajo su pelaje, se adivinan las venas de un hombre que se desplaza hacia el otoño de su vida. El interruptor es blanco y rectangular (4,3 x 3,6, de la marca Soifenix 62). El dedo sudoroso del atracador deja unas huellas de dos centímetros y ventisiete milímetros de largo por un centímetro y cuarenta y seis milímetros de ancho. Las pestañas del atracador son de dos milímetros y medio de grosor y su iris es apenas visible por escaso contraste cromático. La secreción lacrimógena es de 0,5 de salinidad y la córnea (con película y gelatina exterior normal) lleva a un encuentro interior que, en resonancia magnética, se ve algo desgastado en la frontera corneal"».

Decepcionado, tachó la hoja, la arrugó y la tiró a la papelera. En otra página, con letras muy grandes, se leía: «Luis se enamora de Silvia y le propone adoptar un niño del tercer mundo». Subrayado en rojo, leyó también en la parte inferior de esa misma página: «La novela podría comenzar con la carta de un catedrático de veterinaria que explica a un amigo filólogo que encontró un paquete que contenía una novela; esa novela pródiga, como se sabrá al final, permite intuir los reflejos de la mano huidiza de un prologuista que cifra su misterio en cada una de las notas a pie de página que nos ofrece».[28]

28. Absurdamente, Hans Eckhart ha sugerido que este fragmento implica que mis notas y el mismo prólogo, son en realidad adiciones metaliterarias que Gilabert escribió para la edición en castellano. En esa disparatada hipótesis, yo sería un personaje inventado por Gilabert...

Finalmente, le llamó la atención una hoja que había colgado en el corcho que tenía en una pared. Leyó con escepticismo el encabezamiento de esa nueva ocurrencia nocturna: «Argumento para introducir como un posible sueño de López». Bostezó estirando sus extremidades hasta tensar el tejido del pijama. Luego leyó: «López sueña que entra en la realidad de una novela en la que tiene una clara misión encomendada: reconocer al protagonista. En vano interroga a un viejo taciturno y sombrío que pasea por un jardín cercano a su casa; en vano se esfuerza en urdir tramas imaginarias relacionadas con un puñal que encuentra en el pasadizo de una sinagoga abandonada. Todo regresa a él con una contundencia implacable, a su situación estática e inenarrable, a su mirada carente de labios próximos, a su vacío, a su soledad. Por fin, en el alba mortecina de un domingo lluvioso, y después de prodigarse breves horas frente al espejo, López se da cuenta de que el protagonista de la novela es él. Un minuto antes de morir, se da la vuelta hacia la ventana de siempre y descubre a un encaramado malhechor apuntándole con una pistola. Sólo una leve evocación de su vida tiene tiempo de intuir antes de ser fulminado por dos certeros disparos en el pecho».

Mareado por este vaivén de curvas perplejas, se levantó y se dirigió hacia la cocina para hacer café. La luz del día hacía ya innecesaria la artificial, pero Gilabert accionó el interruptor como buscando la claridad de la que carecían sus ideas. Una cucaracha se apresuró a desaparecer por debajo de la nevera, lo que le hizo pensar que no podrían fumigar hasta devolverle la niña a su hija. Encendió el gas, cargó la cafetera y la puso a calentar.

En ese momento llegó su mujer con la niña y le pidió que la cogiera mientras iba al lavabo. En sus brazos, la pequeña comenzó a llorar, pero Gilabert consiguió apaciguarla dándole una galleta y señalándole el fuego con entusiasmo bobalicón. Mientras la niña chupaba la galleta, se imaginó a sí mismo desde la perspectiva del bebé como un ser extraño y rugoso que la cogía amargándole sus despertares. Intentó unas carantoñas, pero su enronquecida voz produjo un inmediato efecto de terror en su nieta, que comenzó a llorar de nuevo con desesperación. Se sintió aliviado cuando su mujer regresó y consiguió que se callara.

—Todavía nos quedan cinco días. No sé si podré soportarlo. Diez días son muchos días —dijo Gilabert con un nuevo bostezo quejumbroso—. Hay que decirle a Luisa que tampoco se pase, porque...

—No protestes tanto —le reprochó su mujer— porque la que la cuido soy yo. Tú no haces nada. Además, cualquiera diría que no es tu nieta, cualquiera diría que se trata de una niña que nos ha colocado la Unicef.

—Yo lo que sé es que apenas puedo dormir; y hoy tengo un día complicado, muy complicado.

Pensó que, al ser viernes, vería a Beatriz por la mañana y a Sandra por la tarde: dos mujeres que le servían a cambio de dinero en dos aspectos diferentes de su vida. Su mujer conocía a Beatriz, pero no en su nueva función de «ayudante creativa». Le había contado que estaba pensando en escribir una novela pero —tal vez para que no confirmara su sospecha de que se estaba chalando— no le había dicho que ésta era ahora la que ocupaba casi todos sus pensamientos.

—La niña tiene fiebre —dijo la señora Gilabert en un tono que reclamaba indirectamente la responsabilidad de su marido.

—Dale el antitérmico y, si no le baja, llama al médico. Ya sabes que a mí siempre me puedes localizar en el teléfono móvil, aunque hoy es viernes y por la tarde tengo reunión; o sea, que no me llames si no es por algo urgente.

Dos horas después, Gilabert bajaba con su elegante Jaguar de color verde por la avenida de Pedralbes. Cuando se detuvo frente al semáforo anterior a la Diagonal, volvió a abrir su maletín para comprobar que no se había dejado el regalo de Sandra. También encontró algunas de las hojas sueltas en las que había garabateado las notas de la noche anterior. Ahora, al llegar al despacho, las discutiría con su directora literaria. Pensó que la idea de que Luis y Silvia se enamorasen y decidieran adoptar un hijo del tercer mundo no estaba mal, aunque resultaba un poco increíble. Sin embargo, por otra parte, si al final Luis iba a terminar con Teresa Gálvez —para seguir el esquema amoroso de su hermano Antonio—, el hecho de una implicación sentimental y ética con el tercer mundo podría dar consistencia dramática al desenlace.

Al llegar al despacho saludó a su secretaria y le preguntó si ya había llegado Beatriz. La secretaria le respondió que no y le comunicó que Flores quería hablar con él. Ordenó que le avisaran y que le hicieran pasar a su despacho.

A los pocos minutos entró el asesor financiero y, con su habitual gravedad, le comunicó que ya tenía los datos de la cuenta de explotación de febrero.

—Señor Gilabert, en el mes de febrero los resultados arrojan pérdidas considerables. Estoy preocupado y quería decirle que me parece que así no podemos continuar.

Flores desplegó una gran hoja formateada para el ordenador y la extendió sobre la mesa al mismo tiempo que con su dedo oscurecido por el tabaco le indicaba unos números redondeados en rojo.

—En febrero se han perdido cinco millones seiscientas mil. Uno de los conceptos negativos más importantes es el derivado del libro sobre los castillos de Cataluña; el de los excursionistas del Montseny y el del billar también nos han producido pérdidas.

—Pero a mí me dijo Gonzalo Duduar que se estaban vendiendo bien.

—Pues no, señor Gilabert, desgraciadamente no se están vendiendo nada bien. Si me permite mi opinión, creo que tenemos que reducir gastos y la única forma que veo consistiría en despedir a algunos trabajadores improductivos. Con la caída de ventas que hemos sufrido en lo que va de año no podemos hacer frente a los costes fijos de personal. Piense que también tenemos que pagar cada mes la hipoteca que pedimos a la Caixa.

Después de observar los números, Gilabert pensó que la tendencia era, en efecto, algo inquietante pero sin llegar a ser alarmante. Por un momento, se sintió frente a Flores como si estuviera recibiendo una bronca por haber arruinado la empresa. Parecía como si se hubieran intercambiado los papeles, como si Flores fuera ahora el empresario que iba a despedir al empleado Gilabert.

—Señor Gilabert, ya sabe usted que yo siempre le he dicho lo que pienso y, en este caso, no voy a hacer lo contrario. Todos sabemos que usted está escribiendo una novela con la señorita Beatriz.

—Bueno —repuso Gilabert frunciendo el ceño—, ¿y qué tiene que ver eso con los problemas de la empresa? Además, lo que dices no es cierto, el que escribirá la novela soy yo; ella sólo me está ayudando a estructurarla durante unos días.

—¿Y por cuánto tiempo cree usted que va a seguir la señorita Beatriz ayudándole a estructurar? —dijo «estructurar» con un deje irónico.

—Flores, no hace falta que seas sarcástico conmigo, yo...

—No, señor Gilabert, no soy sarcástico, sólo le estoy transmitiendo mi inquietud con toda la sinceridad de la que soy capaz.

—Bueno, van a ser dos semanas más y luego volveremos a lo de siempre. Pero ¿hay algún problema con Gonzalo Duduar? Parece que este chico lo estaba haciendo bien, ¿no?

En ese momento entró la secretaria y anunció que Beatriz Lobato había llegado ya. Gilabert dijo que le comunicaran que estaría con ella al cabo de unos minutos, tiempo que utilizó para explicar a Flores que la deuda tampoco era tan grave, que todavía disponían de reservas y que todo se debía a las fluctuaciones del mercado y al desacierto específico en la elección de tres títulos.

—Flores, ya verás cómo en primavera nos recuperamos —le dijo al final, dándole una palmadita en el hombro como para animarle—, la enciclopedia de Taylor va a ser un avión, y luego vendrá mi novela, que, aunque no te lo creas ahora, verás cómo también funciona.

La reunión con Beatriz fue tan intensa que decidieron comer juntos. Gilabert salió del despacho con una euforia inusual y todos sus empleados pudieron verle pasar diciéndole a su directora literaria:

—Es genial, es genial, es el desenlace que estaba buscando. El tío se va con la otra al Caribe y manda todo a la mierda, es buenísimo.

A Beatriz no le parecía del todo mal la idea de que Luis y Silvia se enamorasen, pero objetó que lo del niño tercermundista metería la novela en un proceso demasiado complicado y que, además, podría resultar un recurso sentimental algo peligroso. Propuso como idea alternativa que Silvia padeciera un cáncer de mama. Gilabert se apresuró a decir que esa solución le parecía algo tópica, aunque no la descartaba como idea complementaria a la de la adopción del niño, para intensificar aún más el proceso dramático del final. Posiblemente, la solución estaría en sintetizar las dos ideas: el niño tercermundista podría contraer una enfermedad mortal.

—Claro —dijo Gilabert en el restaurante, después de restregarse la servilleta por la boca y beber un poco de vino blanco del Penedés—, cuando el niño enferma, Silvia se ve inmersa en un nuevo infierno del que Luis escapa, sólo a veces, con el alcohol y con sus escarceos amorosos con Teresa. Luis termina escribiendo una novela que narra ese infierno y la presenta al premio que ganó su hermano. La novela gana el premio y se convierte en un segundo éxito de ventas descomunal. Las dos novelas de Antonio y de Luis pasan a venderse en un mismo paquete, en *paperback*, con una banda roja en la que se lee algo así como «El doble éxito de los hermanos López en el Gracián (5.ª edición)». ¿Qué te parece? ¿Cojonudo, no?

Después de comer y de beber algo más de la cuenta, Gilabert enfiló su Jaguar hacia el apartamento de Sandra, en la esquina de Consejo de Ciento y Rambla de Cataluña. Como el tráfico no era demasiado denso, llegó unos minutos antes de lo previsto y ella lo recibió vestida con un traje largo de pliegues muy ligeros, y con unos tacones altos que realzaban, todavía más, su esbeltez natural. Al andar, el traje se abría por debajo dejando entrever las piernas que pronto podría abrazar y besar. Sintió ganas de pedirle que se quitara la ropa allí mismo, pero se contuvo para permitir que la ceremonia siguiera su curso habitual.

Poco después de perderse por el pasillo que iba a la cocina, la bella mulata llegó con dos dry martinis, los depositó en una mesilla pequeña del salón y se dirigió hacia el tocadiscos para poner el «Toca mi timbal» de Tito Puente. La música, a pesar de ser latina, tenía también mucho *swing* y, en los solos de trompeta y piano, los fraseados evocaban claramente el jazz. Cuando Gilabert le entregó los pendientes, ella los contempló durante unos instantes y luego comenzó a dibujar con sus brazos unos aspavientos que parecían condensar toda la felicidad del mundo. Se lanzó sobre él y empezó a besarle hasta verter todo su dry martini sobre la alfombra.

—Eres un sol, un encanto, son preciosos... No, no te preocupes por la copa, ahora mismo te traigo otra.

Desapareció hacia la cocina y al poco tiempo volvió —silueteada previamente por su sombra contra la pared del fondo— con los pendientes puestos, portando una nueva copita perfectamente transparente y triangular. Dejó la bebida sobre la mesilla, recogió la copa anterior —que no se había roto por el espesor de la alfombra— y con paso firme, al ritmo de la música, llegó hasta él y se sentó a su lado, cruzando las piernas con un movimiento lento pero sin pausas. Sonrió, estaba preciosa.

—Sandrita, estás realmente guapísima; mucho más todavía que hace diez años.

A continuación Gilabert comenzó a hablarle, como hacía casi siempre, de los progresos de su novela. Ella opinó que la Silvia que él le había descrito otras veces era un personaje demasiado poco atractivo como para que Luis se enamorara de ella.

—Lo más razonable —dijo, con su encantador acento caribeño— es que Luis se vaya directamente con la otra, con la Teresa, que es la que realmente es atractiva y se deje de vainas.

—Sabes, Sandrita, he pensado que uno de los personajes de mi novela podrías ser tú.

—¿Yo?

—Bueno, podría haber una mujer que se dedicara a lo que tú te dedicas y que fuera un encanto como tú.

—Pero ¿y qué pinto yo con todo lo otro del Antonio y la Teresa Gálvez y...?

—Podrías verte, como nosotros, una vez a la semana con alguno de los personajes masculinos. Tengo que pensar con quién.

—Con Antonio.

—Sí, por ejemplo, aunque tendría que ser antes de conocer a Teresa, porque a partir de que la conoce sólo piensa en ella.

—¿Me vas a poner con mi nombre?

—Si tú quieres.

—Preferiría que no.

—Bueno, pues te podría introducir con otro: Mercedes, Esther, Katia; podrías ser, por ejemplo, una amiga de Bernardo, el gigoló vecino de Antonio.

—¿Pero por qué quieres que aparezca yo?

—Porque podrías dar mucho juego; podrías contar tus experiencias con los hombres que vienen por aquí; lo que me contaste del tipo aquel que te hacía romper bolígrafos Bic con los tacones mientras se masturbaba sin apenas tocarte.

—A ése no lo he vuelto a ver más. Estaba mal de la cabeza.

—También podría meter en algún sitio una descripción del efecto que produce en el orgasmo el frasquito que me diste a probar. ¿Cómo se llamaba?

—*Popper.*

—Ah, sí, me parece maravilloso porque aumenta la sensación hasta un punto increíble; es como un tobogán directo hacia el placer. Creo que cualquier persona que lo probase repetiría. Aunque me dijiste que va muy mal para el corazón. Por eso yo no debo abusar.

Sin dejar de escucharle, pero siguiendo el ritmo de la música con un movimiento que implicaba a todo su cuerpo, Sandra se levantó y comenzó a desvestirse y a llevarle hacia la habitación, tirándole levemente de la corbata como a un perrito al que se le conduce a hacer pipí. Al llegar a la cama, ella retiró la colcha de seda haciéndola inflarse y volar hacia el suelo. Luego siguió desvistiéndose sin que su cuerpo cimbreante perdiera un solo contrapunto del ritmo musical.

—Espera —dijo él, en un tono que quería imponer una cierta autoridad—, no te quites todavía el sostén ni las bragas.

Cumplió la orden con dócil sumisión y siguió bailando mientras Gilabert no dejaba de parlotear ni por un instante de su novela.

—He pensado que podríamos ir al Caribe tú y yo —dijo, aflojándose la corbata con lentitud—, así podríamos tomar notas de detalles para que alguna de las parejas pudiera fugarse en romántica peregrinación...

—Claro, podrían ser Antonio y Teresa, o Luis y Silvia.

Le dijo que también se dejara puestos los pendientes. Luego se tendió en la cama y ella hizo lo mismo. Ahora ya estaba como se la había imaginado la noche anterior: reclinada sobre su pecho, luciendo el regalo entre la melena negra, acariciándole y mirándole con sus ojos fulgurantes.

—¿Cuándo nos vamos?

—¿Adónde?

—Al Caribe.

—Ah, ¿pero lo dices en serio?

—Sí, claro.

—Es que como todo el rato hablas de cosas que sólo pasan en la novela, y como dices que hay un personaje que se llama como tú y que me vas a meter a mí también, me hago un lío.

—En este caso me refiero a nosotros, a las personas de carne y hueso que somos nosotros. Si me dices que sí, mañana mismo llamaré a mi agencia de viajes y reservaré los billetes.

—Hombre, así, de repente... Pero bueno, sí, me encantaría; podríamos ir a Puerto Rico, así vería a mi familia; ya hace tres años que no los veo.

—Me parece muy bien, nos podemos ir la semana que viene.

—¿Y qué le dirás a tu mujer?

—Pues nada, que me han invitado a un congreso de editores en Puerto Rico y que tengo que ir.

Gilabert se incorporó y quedó sentado en la cama. Se dio cuenta de que no tenía ganas de seguir ahora hacia el acto sexual; de repente, a la sucesión de imágenes que le había producido la mulata en el Caribe se habían agregado el informe de Flores y la fiebre de su nieta, formando una espesa nube que derivaba hacia la angustia y la ansiedad. Cerró los ojos y apoyó la frente sobre su mano derecha, como restableciéndose de un gran esfuerzo intelectual.

—¿Qué te pasa? —dijo ella, al notar su intranquilidad.

—Estoy muy cansado; esta noche me la he pasado escribiendo y pensando.

Desde el salón comenzó a sonar el pitido agudo del teléfono móvil y Gilabert, en calzoncillos, se apresuró a responder.

—Gustavo, soy yo, la niña tiene casi cuarenta de fiebre. He llamado al médico, a Palacios, y me ha dicho que la lleve a la consulta porque no puede venir; dice que allí la podrán ver con aparatos. Me tendrías que acompañar.

—Bueno, pues termino en diez minutos la reunión y voy para allá...

Al colgar, maldijo esta moda que han impuesto los médicos actuales de no visitar a domicilio a sus pacientes. Luego, mientras se vestía a toda velocidad, le explicó la urgencia y le dijo que la llamaría con los billetes cerrados para el viaje. Sandra, además del de

Gilabert, sólo tenía otros pocos compromisos semanales, con lo que llamando por teléfono los podría cancelar y dejar para más adelante.

—Me parece un sueño que vayamos juntos a Puerto Rico. Te llevaré a la casa donde nací y al colegio donde fui de pequeñita; te enseñaré las mejores playas y te presentaré a mis hermanas y a mis padres, te gustarán.

—*Teresa Gálvez podría tener un novio.*

—Yo había pensado que saliese con alguien, pero sin demasiada convicción; es decir, que Antonio la sedujera realmente y que ella se viera atraída hasta dejar al otro por él.

—*Parecería lógico que si Teresa y Antonio se enamoran y se encuentran bien juntos, él pensase en separarse definitivamente de Silvia.*

—Lo pensará muchas veces pero no terminará de decidirse. Esta permanente indecisión llegará a exasperar a Teresa, que le presionará para que se comprometa más, para que dé el paso de separarse de Silvia. También le sugerirá hacer un viaje, un viaje que les permitiera convivir unos días juntos fuera de Barcelona, pero él, muy paranoico, no se atreverá, temiendo que las sospechas de Silvia o una prueba definitiva acelerasen su separación y le obligasen a cambiar demasiado bruscamente de vida. Esta permanente sensación de ser espiado por Silvia, le introducirá en una angustia que terminará en impotencia sexual.

—Podría incluso desarrollar una cierta paranoia por salir a la calle, una paranoia que le obligase a verla tan sólo en el apartamento donde escribe.

—Sí, la somete así a una reclusión que la lleva a cuestionarse su relación con él, a pensar incluso en dejarle. Pero ella está enamorada y eso la retiene día tras día, tarde tras tarde, aguantando sumisamente sus miedos, sus irrealidades, sus imaginaciones absurdas, su fracaso; hasta cimentar un resentimiento contra la situación, contra ese desequilibrio que la mantiene bloqueada y anónima. Por eso, de forma un tanto inconsciente, cuando ella le robe el disco del ordenador con el diario, cuando ella lo presente al premio y lo titule a su antojo, se estará rebelando, se estará lanzando a publicar su relación a los cuatro vientos, a explicarla, a contarla.

—Pero no resulta razonable que Teresa no cambie al menos los nombres de las personas del diario. Ella no puede aparecer con su nombre real como amante de una persona real. ¿Qué pensarían por ejemplo sus padres, si leyeran esa novela?

—Es un morbo añadido con el que ella puede fantasear.

—Un morbo exhibicionista.

—Sí, Teresa debería ser el personaje más perverso de la novela. Creo que incluso podría entender la relación con Antonio como un reto maquiavélico cuya finalidad consistiría en destruir su matrimonio con Silvia; un reto que equivaliese a su afirmación como mujer, a demostrarse a sí misma su capacidad de seducción, de manipulación, de juego.

—Pero una mujer así no se enamoraría de él.

—¿Por qué no? Además, podría ser un proceso posterior o paralelo al amor, un proceso que se va generando a partir de la insatisfacción que le supone estar relacionada con un paranoico.

—Por cierto, ¿ha pensado qué participación tendrá ella en el texto que presenta al premio?

—Ella sólo le da algunas ideas sueltas e inconexas que matizan (en la medida que podamos hablar de matices en este personaje carente de ellos) el carácter de Gilabert; ideas que Antonio incorpora en sus notas, en su diario; pero, en realidad, su verdadera participación consiste en leer el diario sin que Antonio se entere; es decir, en leerlo de una forma diferente: ella se da cuenta de que ese texto puede ya constituir una novela y lo presenta al premio como tal. Ese simple hecho la convierte en coautora, y no de una forma tan inocente, porque ella está sumergida en las máscaras de Borges, en los heterónimos de Pessoa, en «Pierre Menard, autor del Quijote», y sabe que es el lector el que crea la obra, que no es la misma Biblia la que lee san Agustín y la que lee Marx. Por eso también, cuando presenta el texto al premio de novela, está jugando a un juego que conoce. Al final, incluso, se puede sugerir que ella va a manipular a Antonio, creándole crecientes paranoias, fabricando sádicamente su enfermedad, adueñándose de su vida... y, en cierta medida, hasta de su muerte. Ella podría simular ser su mejor confidente, su único apoyo, sólo para poder destruir así la poca estabilidad que Antonio conservaba.

El tiempo que está transcurriendo ha comenzado a desdibujar su cara. Recuerdo la sensación que me produce su sonrisa, pero ya no soy capaz de retener el color preciso de sus labios, el tono oscuro de sus ojos cuando se achinan hacia la periferia de su cara, el momento hipnótico en el que su sonrisa parece preludiar el orgasmo. Vanidad del amor, narcisismo, cómo me gustaría que Teresa me admirara y se enamorara del talento que yo intuyo en mí. Creo que no podré evitar hablarle de la novela, aunque nunca le permitiré leer estas notas que escribo. Le puedo decir: «Estoy planeando una novela sobre un escritor que crea a otro escritor; los dos se escriben creando una articulación de discursos simultáneos». Y entonces ella me mirará perpleja y me dirá: «Bueno, pero ¿de qué trata tu novela?».

No puedo pensar en otra cosa que en Teresa Gálvez. Cuando la vuelva a ver me pondré una camisa oscura, la negra que me compré en El Corte Inglés estaría bien, porque los tonos oscuros me favorecen, me agitanan y me confieren una sensualidad indiscutible de *latin lover*. Pienso en el primer beso con Teresa Gálvez y siento un adormecimiento, una inquietud dulzona en la sangre que me incapacita para todo lo que no sea imaginar futuras escenas de amor con ella. ¡Oh, el amor, el amor, el amor!

He pensado en enviarle una cinta con una selección de la música que a mí me gusta. Grabaré los momentos clave de *La consagración de la primavera* de Stravinski, como aquel en que, después de una pausa, empieza chan, chan, chan en plan bestia. Aunque tiene pinta de gustarle algo más actual, tipo Tom Waits. Le podría grabar alguna canción de la banda sonora de la película *Corazonada* de Coppola. Pienso que el *Kind of Blue* de Miles Davis podría también funcionar. ¿Y sorprenderla con algún compositor de música contemporánea? ¿Algún chalado como José Santos? Por cierto, me han dicho que Santos, últimamente, tiene que pagar un extra por alquilar los pianos en los conciertos, porque se sube en ellos y pisa las teclas y salta y defeca en el arpa interior (defecar en público debe requerir un alto grado de concentración y desinhibición). Tal vez conseguiría enternecer a Teresa Gálvez con el Frank Sinatra de la primera época, con ese mundo de inocente felicidad que supo crear junto a Tommy Dorsey. Realmente, si Teresa Gálvez tuviera algo de sensibilidad musical tendría que arrodillarse ante discos como *You must belive in Spring* de Bill Evans, *Mi ego lo perdí en Bahía* de Karl Kanekoski o ante cualquier obra de Debussy o Satie. Seguro que tiene algo de sensibilidad musical. ¡Ah!, y luego tengo que pensar en una buena dedicatoria para cuando le regale mi libro sobre Borges. En una que sea sugerente, inteligente y original. ¿Qué tal, por ejemplo: «Para Teresa, para quien secretamente he urdido esta conjunción de símbolos»? Asquerosa, asquerosa, asquerosamente pedante y pretenciosa. No, tal vez: «A Teresa, que con sus ojos...». No, ya está el tópico de los ojos. «A Teresa, la de la sonrisa oriental en el eje.» Ésta no está mal porque resulta rarísima. Aunque ya puestos, una todavía más telegráfica: «A Teresa, eje, sonrisa, Pekín». No, tendré que idear una que lleve algo de coña pero que transmita sin demasiado cinismo el amor.

Ha pasado una semana sin que Teresa Gálvez me haya llamado ni haya venido a verme. La posibilidad de que lo haga decrece en proporción al tiempo que transcurre. Voy a mi despacho todas las mañanas y permanezco allí durante horas de inactividad total. La inactividad total en un despacho de funcionario me precipita vertiginosamente hacia el aburrimiento y la angustia existencial. He pensado en llevar allí mi ordenador, pero he desechado esa posibilidad porque no podría escribir con la excitación permanente que me supondría que cualquier ruido de pasos al otro lado de la puerta pudiera ser ella. Seguiré yendo allí por las mañanas y luego vendré aquí para transcribir la crónica de estos anhelos inevitables a los que me somete su ausencia. Es posible que Teresa no sienta absolutamente nada por mí, y que en nuestro breve y ya lejano encuentro en mi despacho, ni siquiera se fijara en alguno de mis evidentes encantos personales. Claro que tal vez no puedo pretender que se enamore de mí tan rápidamente como yo me he enamorado de ella. Lo raro es que esto no me haya ocurrido con nadie desde que estoy casado. Acaso el amor sea un sentimiento que se atrofia con el desuso. Ahora entiendo a los poetas románticos como nunca. Tienen ese fondo de fatalismo que yo voy a sentir muy pronto si no viene a verme mañana mismo Teresa Gálvez. En el despacho suena el teléfono con mucha frecuencia, pero nunca es ella. Eso me obliga a responder y a hablar con personas que detesto. Una de ellas ha sido esta mañana el pesado de Llorens. Me ha recordado que fue él quien me la envió para hablar conmigo de su tesis y me ha preguntado mi opinión sobre ella. Me hablaba como si Teresa le perteneciese, como si me la hubiera prestado sólo para un par de horas: «Bueno, en realidad lo suyo es más mi tema porque yo hago literatura comparada y ella quiere plantear un discurso...». ¡Qué imbécil! No tiene ni idea de Borges ni de Pessoa y pretende enseñarle algo a una chica tan inteligente como ella. Tal vez ese idiota esté tramando un plan secreto para seducirla. Por un momento no puedo evitar la imagen repugnante del gordo Llorens fornicando con Teresa como un cerdo babeante. Cioran sufrió tal desengaño amoroso a los quince años, que se limitó a tratar exclusivamente con prostitutas el resto de su vida. Parece ser que una jovencita monísima había estado paseando con él una tarde de otoño, cuando los árboles de Bucarest tenían el color del barro. Entonces se dieron la mano y él sintió el calor del amor. Se estuvieron mirando hasta que se hizo de noche, cerca de la puerta del colegio en el que ella estaba interna. Al día siguiente, entre los matorrales de un parque, la vio besando a un gordo asqueroso y fofo (sin duda parecido a Llorens) al que todos llamaban «el Piojo».

He pensado en llamar a Teresa por teléfono. Conseguiré su número en la secretaría de la facultad y la llamaré mañana mismo.

Acabo de hablar con Teresa hace menos de diez minutos. Primero ha cogido el teléfono su madre, con la que me he mostrado muy cortés y educado (las madres son siempre unas aliadas fundamentales en el amor). Luego se ha puesto ella. Su voz en el teléfono me ha parecido extraña.

—Hola, ¿qué tal?, ¿cómo está?

—No, Teresa, por favor, no me trates de usted... Te llamo porque he encontrado un artículo que podría interesarte para tu tesis. Un artículo de Harold Bloom sobre la idea de la máscara.

—¿Ah sí?, qué bien, me lo puede... bueno, me lo puedes dejar en la secretaría del departamento; dáselo a Mercedes, ella me conoce.

—Bueno, yo preferiría entregártelo personalmente, así te lo comentaría y podríamos hablar un poco de...

—Me parece muy bien, ¿dónde quedamos?

La he citado aquí en el apartamento mañana a las seis. Ha estado muy simpática y no ha parecido sorprendida por el hecho de que la llamara a su casa. Ni siquiera por haberla citado aquí. Es increíble, sólo estoy a menos de veinticuatro horas de una cita segura con Teresa Gálvez en mi apartamento. Por un momento temo que el cannabis que me veré obligado a fumar para desinhibirme sea excesivo y que haga que me lance precipitadamente a sus brazos para besarla. Tendré que contenerme porque todo se puede estropear con una caricia torpe o una insinuación a destiempo. Ella podría llegar a denunciarme como un caso claro de acoso sexual; e incluso me podrían quitar la plaza de funcionario que tan penosamente conquisté. Tal vez podría optar por no fumar canutos antes de verla, pero entonces me sentiré rígido y mi fino sentido del humor se verá mermado en los brillos esenciales que lo caracterizan. El sentido del humor es un arma fundamental en el amor. Conseguir la risa y la ironía —ese distanciamiento que nos hace a un mismo tiempo actores y espectadores— supone ya verse inmerso en el fluido resbaladizo de la seducción. Como el sexo, el humor es algo que mejora con la improvisación. Es una complicidad vedada a cualquier premeditación, porque ha de ser espontáneo, natural, como los solos de trompeta en la música de jazz. Es imposible buscarlo porque entonces no viene (nada tiene menos gracia que los alevosos chistes de Llorens). El humor de Jardiel Poncela, por ejemplo, me parece demasiado obvio, suena a astracanada y a chiste (aunque muchos me odiarían sólo por pensar esto), sobre todo si se compara con el del Gran Parodiador. El final de «Tres versiones de Judas» me hace desternillar de risa cada vez que lo leo: Runember errando por las calles de Malmö rogando a voces que le sea deparada la gracia de compartir con el Redentor el Infierno. Tal vez le diga a Teresa Gálvez que llevo varios días errando y gritando su nombre por las calles de Malmö. Las personas sin sentido del humor constituyen una subespecie humana con la que nos vemos obligados a tratar. Pero todavía son mucho más insufribles los «graciosos» (en esto, el pobre Llorens es medalla de oro desde hace muchas olimpíadas) que nos abruman con la pose permanente de su supuesta ironía o de sus chistes (en general, odio los chistes; constituyen un camino idóneo para despojar al humor de toda inteligencia).

A Teresa Gálvez le hablaré de mi proyecto de novela y de Gilabert, pero, tengo que tenerlo claro una vez más, nunca le dejaré leer estas páginas que escribo, ya que son una reflexión personal e intransferible que, por lo demás, seguro que le horripilarían. Voy a comenzar mi novela ahora mismo, así podré decirle sin mentir que ya tengo parte del primer capítulo: «Gustavo Horacio Gilabert estaba soñando que hablaba con su hermano Miguel —muerto hacía más de quince años de un infarto de miocardio— cuando le despertó el nervioso movimiento de sábanas de su mujer. La señora Gilabert saltó de la cama para socorrer a su nieta, quien, en la habitación de al lado, prorrumpía en un llanto agudo hasta lo inhumano, parecido a una trompetilla de feria».

Ya he comenzado mi novela. Es curioso que lo haya hecho en el momento de mayor adversidad, en el momento en que Gilabert parecía haberme abandonado definitivamente. Creo que el amor podría llevarme a la escritura. Sí, es posible que Teresa justifique mi supremo esfuerzo hacia la gloria y que la novela se convierta en una carta de amor que yo le escribo a ella. No concibo otra forma mejor para pasar mis tardes que fumando cannabis, fornicando e imaginando con Teresa Gálvez pequeñas historias para Gilabert. En este sentido, seré mucho menos egocéntrico que los poetas románticos: no la apartaré de mi lado cuando me llegue la inspiración que ya siento próxima (como hicieron los románticos con sus amantes, de las que hablan como si fueran parte decorativa del paisaje), pues quiero compartir con ella el acto mismo de la creación, aquel momento de plenitud que nos hará felices a los dos.

Estoy emocionado porque mañana, a esta hora de la tarde, Teresa Gálvez estará sentada aquí junto a mí. Ya presiento su cuerpo, su mirada. Me levanto, cojo un ejemplar de *La morfología en los cuentos de Borges* de una de las cajas y escribo sin pensar la dedicatoria definitiva: «A Teresa, en cuya cara está contenido el universo». Me vuelvo a levantar y escondo las cajas en un armario para que no tenga que explicarle el fracaso de mi libro. Tendré que ir a comprar algunas bebidas y acordarme de poner agua en las cubiteras de la nevera. Aquí sólo tengo ginebra y un culito de whisky. Es insuficiente, aunque a lo mejor resulta ser abstemia... y hasta vegetariana. No, no tiene pinta de eso, me pareció bastante normal. Tal vez Bernardo, esa especie de semental que tengo por vecino, pudiera aconsejarme alguna estrategia infalible. Pero sus «piezas» (como él las llama) son de otra generación. Además, es mejor no decirle nada porque igual viene y se pone a hablar de la pesca en Venezuela y me la pisa. También tengo que pensar en un restaurante por si se presta a ir a cenar. Incluso debería reservar. Finisterre o Via Veneto la podrían impresionar, aunque son demasiado pretenciosos para una joven tan sencilla como ella. Además, en esos restaurantes habría más posibilidades de que nos encontrásemos con alguien conocido. Por cierto, eso sería horrible: ir allí, sentarnos y en el segundo plato ver llegar a los padres de Silvia o a alguno de sus hermanos. Seguro que no podría resistir la tensión que me produciría pensar en tal eventualidad. No, me pondría muy tenso y no sería capaz ni de seguir la conversación con ella. Lo mejor será reservar en algún lugar a las afueras de la ciudad. Sonrío al pensar que entonces tal vez me encontrase con el padre de Silvia acompañado por una amante... Aunque en ese caso podríamos brindar juntos en complicidad (por un instante recuerdo lo violento que fue el día que me topé cara a cara con un profesor de matemáticas en un bar de putas de las Ramblas).

El murmullo elevado de un grupo de trabajadores de mono azul no era lo que más dificultaba hablar. La televisión y la máquina tragaperras parecían competir por alcanzar ese espacio auditivo que eclipsaría a todos los demás. Luis López pidió un café y una copa de anís, se dirigió a la parte del bar en donde estaba el teléfono, introdujo unas monedas y marcó el número que leyó en un papel arrugado.

—¿Puedo hablar con Teresa Gálvez?

—Sí, soy yo.

—Soy Luis López, el hermano de Antonio.

Se produjo una pausa que en medio del bullicio general no llegaba a ser un silencio. Luego, la voz entrecortada y nerviosa de Luis continuó hablando.

—Quería llamarte hace tiempo, pero como no sabía tu teléfono, no...

—Yo también había pensado llamarte —se apresuró a decir Teresa Gálvez, como para evitar explicaciones innecesarias.

—Mira, creo que sería bueno que nos viéramos. Cuando leí la novela de mi hermano pensé que tú podrías contarme algunas cosas sobre sus últimos meses. Me resulta todo tan extraño que...

—Yo le dije a tu cuñada, a Silvia, que contara conmigo para cualquier cosa, pero ella me colgó el teléfono después de decirme...

—Sí, bueno, ya lo sé, porque se sentía muy dolida y porque cree que tú fuiste la verdadera causa de todo; pero yo quiero hablar en plan distendido, quiero que nos contemos las cosas con sinceridad.

—Por mi parte estaré encantada de hacerlo. Dime dónde y cuándo nos vemos y allí acudiré. Si quieres nos vemos ahora mismo.

Quedaron una hora más tarde en las Granjas Balmoral, ese gran salón de la Diagonal en el que unos camareros injubilables continúan sirviendo cafés con leche con croissants a grupos de ancianas que no se mueren nunca. Allí podrían estar tranquilos. Luis pensó que se esforzaría en ser amable y hasta simpático. La haría sentir cómoda desde el principio. ¿Por qué no? Total, pese a lo que podía creer Silvia, ella no tenía ninguna culpa de haberse convertido en la amante de Antonio y, mucho menos —eso sería un disparate nada más pensarlo— de su inesperada muerte.

Luis llegó un cuarto de hora antes, como previniéndose de una posible impuntualidad. Pensó que la proximidad de Teresa Gálvez le había puesto un poco nervioso. Pidió un Habana 7 con Coca Cola, que el más anciano de los camareros le trajo con senil dificultad. Consultó muchas veces su reloj, y a la hora fijada comenzó a observar —a través de las puertas de cristal— a todas las jóvenes que pudieran ser ella. Pero ninguna hacía ademán de dirigirse a la puerta, ninguna respondía a las facciones que había conocido en las fotos de la prensa. Por fin llegó, con más de quince minutos de retraso. Se sentaron después de darse la mano con cierta frialdad. Ella pidió un dry martini y Luis empezó a comentar las banalidades del tráfico y del frío, como evitando entrar en materia demasiado rápido. Teresa no tardó en sonreír, revelando toda la sensualidad de su boca que tan bien había descrito Antonio en su diario. Efectivamente, cuando reía, sus ojos se entornaban hasta casi cerrarse, como gozando de un clímax erótico. Cuando comenzaron a hablar de Antonio, ella se enfrascó en un largo monólogo que dejó a Luis en una situación curiosa, como si fuera una especie de confesor o psiquiatra de ocasión. Contó las cosas desde el principio, desde que se conocieron en la facultad, cuando ella fue a comentarle, por indicación de Llorens, algunas dudas sobre el esquema de su tesis. El hecho de que gran parte de lo que narraba estuviera ya descrito en la novela de su hermano, convertía el turno de Teresa en una segunda versión que eventualmente difería de la primera. Ella misma se refería con frecuencia al otro texto: «Ese día, como se explica en la novela, bueno, en la novela o en lo que sea, fue la primera vez que hicimos el amor». Lo contaba con una desenvoltura rayana en el orgullo, como sintiéndose bien en ese doble espacio entre lúdico y culpable. Un segundo dry martini acentuó su vehemente espontaneidad: de repente, parecía haber olvidado que estaba hablando con el hermano de Antonio; era como si detrás de sus palabras se ocultara la satisfacción de que los hechos hubieran ocurrido así.

—Antonio era un eterno indeciso, un verdadero campeón de la duda; yo le decía, pero hombre, si tan mal te va con tu mujer, por qué no te separas de ella y vivimos juntos, pero él se perdía entonces en angustias que le atormentaban y le bloqueaban. Los últimos meses se convirtió en un hombre muy temeroso de salir a la calle conmigo, en un hombre incapaz de decidir algo que afectara realmente su vida. Algunas veces se sentía eufórico con su novela y conmigo, pero minutos después se perdía en un pesimismo y en unos miedos atroces; y necesitaba mucho cariño, se ponía como un niño desprotegido y lloraba desconsoladamente. Además, te hacía entrar en su juego paranoico; tenía miedo de encontrarse con alguien conocido en los restaurantes y en los lugares públicos, y eso nos obligaba a encerrarnos todo el día en el apartamento de su abuela, donde creía que Silvia nunca iría. Esto también me parecía raro porque, al tratarse de su mujer, siempre sería más fácil que apareciera allí que en un restaurante. Tu hermano estaba obsesionado por escribir una novela que casi no había ni comenzado, se le iba la fuerza por la boca; quería hacer una especie de parodia de los cuentos de Borges, construir un personaje que reprodujera los de sus relatos, que participara de sus procedimientos literarios. Me hablaba sin parar de posibles alternativas, de posibles finales; hacía esquemas en los que el círculo era el principal símbolo referencial: los dibujaba concéntricos y los llenaba con los nombres que les daba a los distintos planos de realidad; yo me perdía en esos laberintos y él se esforzaba en explicármelo todo con una energía apabullante que me obligaba a escucharle con toda mi atención. Entonces le decía: pero por qué no escribes todo eso en tu novela, por qué no te sientas ahora mismo y desarrollas todo lo que me cuentas; pero él me respondía que todavía no había llegado «el gran momento en el que lo veré todo clarísimo». Luego me aseguraba que estaba avanzando mucho con nuestros encuentros, que escribía cada día y que las ideas no se perdían con nuestras palabras. Pero yo me desesperaba porque, por una parte, Antonio me atraía, me parecía un hombre con imaginación, un hombre inteligente y guapo, pero por otra me sentía como atrapada en su delirio circular, en esa locura que cada día iba a más. Llegaba a pedirme entre sollozos que me quedara con él todo el día, allí, encerrados, sin salir, y era entonces cuando le daban las fobias y se ponía fatal. Era como si tuviera dos mujeres que hacían relevos para estar con él encerradas; porque cuando salía por la noche del apartamento y yo me despedía de él, cogía el metro y se iba a su casa con su mujer. Y yo me pregunto ahora hasta qué punto eso también le estaba enfermando, dividiendo en una esquizofrenia de sentimientos divergentes hacia las dos. Él decía que era a mí a quien realmente quería, pero yo veía que en el fondo también dependía de ella, que le tenía un respeto extraño, como si fuera su madre protectora, no sé, todo era muy raro.

Los efectos del segundo dry martini eran ahora evidentes en su manera de hablar y de mover las manos. Esa progresión de sinceridad era también una forma de desnudarse ante Luis, una forma de hablar con alguien que sustituía a Antonio, una forma de despojarse de posibles culpabilidades, de enfatizar sus intenciones inocentes a la hora de presentar el diario al premio; una forma de contarle a alguien que lo conocía bien —o que creía haberlo conocido bien—, todo lo que había estado guardándose durante muchos días hasta convertirse en un personaje públicamente maquiavélico. Quería vomitar los argumentos que la podrían redimir de su presunta condición de inductora de la muerte de Antonio. Quería librarse de la responsabilidad de algo que no podía asumir de ningún modo. Pero en su inconsciente albergaba unos temores de los que no podía escapar. Tal vez fueran éstos el reflejo de los de Antonio, tal vez tendría que penar ahora y el resto de sus días por una acción (la de presentar su diario al premio) que no había tenido otra finalidad que la de ayudarle a salir de su bloqueo psicológico. Luis comenzaba a mirarla con una complicidad en la que no estaba ausente la ternura.

—Teresa, te entiendo... Supongo que además lo habrás pasado fatal por haber sido presentada como la mala de la película.

—Sí, eso es lo que pensé cuando Silvia me envió a la porra y me colgó el teléfono. Yo sólo quería compartir mis penas con vosotros, con la familia; contaros mi desconcierto por todo lo ocurrido. Necesitaba hacerlo desesperadamente, necesitaba sacarme esta espina que me ahogaba. Yo era cómplice de su adulterio, de su desgracia... Entiendo que eso fuera un motivo más que suficiente para no querer hablar conmigo; pero... caramba, había pasado algo mucho más grave... Yo también quería a tu hermano, estaba enamorada de él; sólo quería ayudarle, te lo juro...

Su respiración se hizo entrecortada y acercó la servilleta a los ojos y a la nariz. Luis se sentía confuso al ver cómo, a la versión que se había formado a través de la novela, de Silvia y de la prensa, a la versión que había caracterizado a Teresa Gálvez con un tinte misterioso y manipulador, se estaba superponiendo otra que la convertía en una mujer mucho más próxima y entrañable. Ella seguía hablando sin parar, y esto reafirmaba a Luis en el papel de confesor, de psiquiatra o incluso de juez. Escuchaba pacientemente el monólogo con una mezcla de severidad y comprensión, y pensaba que ese monólogo parecía contestar al escrito por su hermano. Por un momento se vio comprometido en esa duplicación y pensó que lo que ella estaba diciendo podría haber sido incluido también en la novela, para crear una voz desde la que se contaran las mismas cosas de otra forma, desde otra perspectiva. Se sintió fugazmente llamado a escribir esa novela en la que él sería un cuarto personaje, junto a Antonio, Gilabert y Teresa. Era como si, de repente, ella le estuviera iniciando en el juego, como si le estuviera animando a escribir un texto que hilvanase definitivamente los hechos.

—Luego llegó un periodista y me puso un micrófono ante el que yo sentí que tenía la posibilidad de desahogarme, y empecé a largarlo todo porque pensé que era una forma de exculparme, de aclarar mis intenciones... Sí, lo he pasado muy mal. He tenido que ir a un psiquiatra porque me he contagiado de los miedos de Antonio; yo también siento ahora las mismas angustias que él sentía. Estoy en un estado de ansiedad permanente y no puedo pensar en otra cosa que en lo que ha pasado, y en las implicaciones que yo tengo en todo ello. A veces me siento culpable y entonces bebo y me pongo peor. He sufrido mucho... Ser amante clandestino de alguien es algo que no desearía ni para mi peor enemigo; nunca puedes llamar cuando te apetece o cuando lo necesitas, todo tiene un aire de culpabilidad que lo hace insoportable; tampoco podíamos irnos los fines de semana porque él los dedicaba a Silvia; siempre me hablaba de ella...

—¿Qué imagen te daba de Silvia? —preguntó Luis, dando una calada al cigarrillo y echando luego un trago de su Habana 7 con Coca Cola.

—Me decía lo mismo que escribe en la novela; me hablaba muy mal, aunque yo creo, insisto, que en el fondo la quería; a veces sentía miedo casi físico de estar conmigo, un doble sentimiento de atracción y desprotección. Otras se bloqueaba en lo que llamaba «la situación» y yo tenía que hacerle masajes en las sienes, con colonia, para que se le pasara. La música le relajaba mucho: un día le regalé un disco de Meredith d'Ambrosio en el que hay una canción titulada *How is your wife*, cuya letra describe una relación desde la perspectiva de la amante, desde la perspectiva de una mujer que se ve visitada un día a la semana por un hombre que siempre le habla de su mujer, de sus hijas, de sus flores, y yo le dije que esa mujer era como yo y entonces él me pidió por favor que no le exigiera nada en este momento de su vida, que todo le pasaría pronto y que entonces podríamos tomar decisiones. Pero cada día estaba peor y lo único que conseguíamos en el apartamento era que se angustiara por no poder escribir, por no poder hacer nada; con frecuencia decía que se sentía inspirado y me pedía que me fuera a dar una vuelta para poder trabajar, pero luego se deprimía mucho más porque sólo escribía su diario y no la novela, y entonces fue cuando yo comencé a tener esa extraña curiosidad por enterarme de lo que escribía, por saber si podían tener sentido o no sus reflexiones sobre la novela; entonces fue cuando cometí el error de llevarme el disco del ordenador y...

Guardó silencio durante unos segundos; bebió el último sorbo que le quedaba en la copita de cristal y buscó en los ojos de su interlocutor el mínimo relevo que le permitiera proseguir.

—¿Y por qué crees que no quería mostrarte lo que escribía?

—Por pudor, por temor a que yo le juzgase como escritor por algo que él no había hecho nada más que para ordenar sus ideas; también, por otra parte, supongo, aunque eso no lo supe hasta leer el diario, está el hecho de que yo sea el objeto de más de un tercio de su novela, bueno, otra vez... novela o lo que sea... Es lógico que no quisiera dejarme leer lo que escribía sobre mí.

Sus ojos se habían humedecido y su voz se vio repentinamente afectada por una confusa emotividad. Sacó un pañuelo del bolso y se lo llevó a los ojos.

—Pero tranquila, mujer, que tú no tienes ninguna culpa, no seas tonta. Estaba escrito que tenía que pasar así y así pasó —dijo Luis, echando mano a una frase tópica. Ella siguió hablando.

—Fue una gamberrada de niña, como cuando de pequeña tiraba bolsas de agua a la calle desde el ático del balcón de la casa de mis padres... Pero no sé, en cualquier caso, a mí me pareció que lo que leí tenía una cierta gracia, tenía una cierta autenticidad que podría ser valorada en un premio; aunque lo presenté sin pensar que ganaría...; y no se lo dije a él porque, bueno, creí que si realmente ganaba, entonces se pondría muy contento... y lo malo es que ganó y...

La Gaceta Ilustrada, 23 de marzo de 1997
López y yo
Antonio López (seudónimo de Gustavo Horacio Gilabert)

El triunfo de la simetría

Gustavo Horacio Gilabert agrega con *López y yo* otra brillante novela que participa de un tema que ya comienza a ser enteramente suyo: el de la relación entre literatura y realidad. Si bien es cierto que este mismo tema había sido desarrollado en algunas de sus novelas precedentes, en *López y yo* ocupa un espacio y un protagonismo mucho mayor. Ya en *El poeta Aquiles* (1975) encontrábamos a un grupo de escritores llamado Homero, afanados en redactar el canto XXII de la *Iliada* (aquél tan sobrecogedor que narra el aniquilamiento de Héctor por Aquiles). La versión de Gilamero, el más joven de esos poetas, conseguía imponerse sobre las de los demás, a pesar de que éstos querían substituirla por una en la que era Aquiles quien moría al ser atravesado su carcaj y su pecho por la certera lanza de Héctor. Finalmente, era Aquiles mismo quien aparecía y destrozaba con sus propias manos las páginas de todos esos poetas, abarrotadas de rústicas rimas y torpes desarrollos. También, en *La mujer dentro del texto* (1977) aparece un argumento metaliterario: un escritor recibe cartas de una bella mujer que ha leído su última novela y cree ser idéntica a la protagonista. El vanidoso escritor lo toma al principio como un intento de la joven para acercarse a él, pero cuando la conoce y habla con ella en profundidad, desfallece y muere de la emoción que le provoca un sinfín de coincidencias. Efectivamente, la bella mujer resulta ser idéntica al personaje de su novela: ambas —persona y personaje— son hijas de un polaco y una iraní, ambas tuvieron un accidente jugando al polo que las dejó algo cojas de la pierna izquierda, ambas comparten el mismo carácter díscolo por las mañanas, cuando aún no se han tomado un café sin azúcar.

En *López y yo*, el autor parece querer llevar este ludismo metaliterario hasta sus últimas consecuencias. Aquí se nos aparece el mismo Gilabert, convertido en personaje de ficción, encarnando a un viejo editor que intenta por primera vez escribir una novela cuyo protagonista es un profesor de literatura llamado Antonio López Daneri que, a su vez, da vida al editor. En un doble reconocimiento semejante al que se da entre don Quijote y Montesinos (dos caracteres que necesitan una validación de su identidad para existir como caballeros andantes), López y Gilabert se confieren de esta forma realidad vital el uno al otro.

Con López, Gilabert jugará incluso hasta convertirle en el seudónimo con el que ha firmado su obra —es decir, ésta que ahora nos ocupa—, lo que ha acarreado no poca confusión entre sus seguidores, que tardaron en advertir que López (el supuesto autor) era un personaje más de Gilabert. Hasta la prensa necesitó un tiempo de varios meses para darse cuenta de este premeditado equívoco que Gilabert ha sabido justificar inteligentemente con argumentos estéticos y filosóficos. Pero la inquietante anomalía que suele caracterizar los planteamientos de Gustavo Horacio Gilabert, la tensión que los recorre, también —conviene subrayarlo— su notable comicidad, son producto de la habilidosísima articulación ficcional a la que somete un mismo discurso narrativo tan paradójico como verosímil (la anunciada versión de la novela en CD ROM está siendo esperada ya por distintas editoriales internacionales). Y es que para ahondar en este tipo de realidades virtuales, *López y yo* nos ofrece dos elementos formales que el atento lector no va a pasar por alto: por un lado, Gilabert ha escrito su novela con un lenguaje deliberadamente primario y mediocre —que puede recordar al que aparece al comienzo de *El ruido y la furia*, de Faulkner, en la voz del subnormal—, como para evidenciar con el mayor realismo posible el hecho de que tanto López como Gilabert, los dos personajes que escriben la novela, son autores bisoños (qué magníficas resultan, por cierto, «las introspecciones fructíferas» del final, cuando Gilabert y López han conseguido romper el espejo que los separaba y se lanzan a vivir aventuras juntos). Por otro lado, la novela está plagada de textos que, desde un punto de vista lógico, nadie podría incluir en ella: notas a pie de página de un supuesto prologuista que comenta la obra de Gilabert basándose en las polémicas que suscitó en el mundo académico, críticas en periódicos que están incluidas en la propia novela (de no haber sido escritas por esta humilde servidora, estas mismas líneas podrían pertenecer al texto de Gilabert). A todo ello se añade la ruptura lógica que el autor introduce al simultanear elementos existencial y cronológicamente incompatibles entre personas y personajes, es decir, entre figuras o categorías que no podrían convivir en un mismo plano de realidad. Como Dante y Cervantes al incorporarse ellos mismos en *La divina comedia* y en *El Quijote*, Gilabert parece, con su presencia dentro de esta brillante novela, querer advertirnos de una sorprendente simetría: si los personajes de una ficción pueden ser escritores de esa misma ficción, nosotros, los lectores, podemos ser también ficticios...

Patricia Lacasa

Es la una de la madrugada. Hace tan sólo unos minutos he acompañado con un taxi a Teresa hasta su casa y me han entrado ganas de venir aquí a escribir todos los detalles de nuestra primera noche juntos. Ha sido mágica como un sueño.

Se ha presentado puntual, con un vestido muy ajustado que terminaba en una minifalda y en unas medias negras que no he podido dejar de mirar o intuir a lo largo y ancho de toda la velada. Me he fijado en que no llevaba sujetador y en que los senos y los pezones se evidenciaban a través del tejido. ¿Se habrá vestido de esta forma tan provocadora para mí? Sólo tiene veintitrés años. Es una monada. ¡Ah!, y no tiene novio ni nada que se le parezca (además, me ha parecido intuir con alegría que detesta a Llorens).

La he recibido con un disco de Bill Evans y Toni Bennett que ha reconocido al momento.

—Mi padre es cirujano, pero su pasión es el jazz. Toca el piano muy bien y tiene más de dos mil discos. Te encantaría conocerle.

Nos hemos sentado y con mucha naturalidad le he preguntado si le importaba que liara un canuto.

—Con tal de que me lo pases —me ha respondido

con una sonrisa cómplice—. Yo fumo siempre... mi padre también.

Su padre debe de tener aproximadamente mi edad, lo que hace que la vea todavía más joven.

—La otra pasión de mi padre es la literatura, sobre todo la poesía. Es por su influencia por lo que yo estudié literatura y me he metido en esto de la tesis.

—Es un poco raro que te guste Borges, ya sabes que él opinaba que nunca conseguía interesar a las mujeres.

—Eso no es verdad —ha contestado ella—, Borges siempre estaba rodeado de mujeres.

—Sin embargo, no hay muchas mujeres que se interesen por su obra. Yo no he conocido a ninguna y, si te fijas en las bibliografías, hay pocas que hayan escrito sobre él.

—Porque es muy abstracto y porque las mujeres tendemos más a lo inmediato, a lo intuitivo. Sí, es un poco frío, pero a mí me gusta esa frialdad, me divierte la imaginación que desprende al jugar con el tiempo y con la literatura. En tu libro lo explicas muy bien cuando dices que su gran metáfora es la propia idea del lector.

He aprovechado ese momento para levantarme y darle mi libro firmado. Ha sonreído al leer la dedicatoria. Luego le he preguntado qué quería beber y ella me ha dicho que se dejaba recomendar. Le he sugerido un dry martini de Bombay, que ha aceptado de inmediato, ayudándome incluso a prepararlo en la cocina.

—Mi padre siempre dice que el dry martini tiene dos secretos, el primero consiste en servirlo muy frío, y el segundo, en no pasarse con el vermouth, sólo tiene que tener una gota de vermouth.

Con las copas en la mano, hemos vuelto al salón y he cambiado el disco de Bill Evans por uno de Chet Baker.

—¿A ti te gusta Chet Baker más como cantante o como trompetista? —me ha preguntado después de brindar.

—No sé, porque creo que toca la trompeta igual que canta.

—Pues a mi padre...

La referencia constante a su padre me ha parecido algo reiterativa, como si entre nosotros se estuviera interponiendo un hombre inseparable de ella. He preferido cambiar de tema.

—Sabes, estoy comenzando a escribir una novela.

—Ah, sí, no me digas. ¿Y de qué va?

—Bueno, es un poco difícil de explicar; trata de un viejo editor que quiere escribir una novela sobre un tipo parecido a mí.

Se ha entusiasmado tanto con mi proyecto que no me ha costado nada convencerla (sólo habíamos quedado en charlar un rato) para que cenáramos juntos. Como yo había reservado una mesa en Carballeira (entre otras cosas por aquello de que el marisco es afrodisíaco), hemos cogido un taxi que nos ha llevado hasta el puerto. Durante la cena, en algunos momentos, he sufrido imaginándome la aparición de alguien conocido. Creo que la próxima vez (seguro que habrá una próxima vez) será mejor cenar en el apartamento una Pizza World que nos traiga uno de esos jóvenes y temerosos motoristas. No he querido forzar en esta primera noche una posible relación sexual, por lo que la he acompañado a su casa en lugar de volver aquí. Al despedirnos me ha dicho que se lo ha pasado muy bien conmigo y luego nos hemos besado prudentemente en la mejilla. He quedado con ella para el viernes. Ante Silvia me tendré que inventar una cena con algún profesor del departamento. Espero que al decírselo no me note extraño.

Ha sido una noche infinitamente superior a como

la había imaginado. No voy a poder dejar de pensar en Teresa ni un solo momento. Tal vez el viernes pueda atreverme a poseerla, tal vez lo consiga. Sólo de pensarlo me tiemblan las piernas...

—¿Puedo hablar con Teresa?

—Sí, soy yo.

—Hola, soy Luis.

—Es increíble, por teléfono tienes exactamente la misma voz que tenía Antonio...

—Sí, todo el mundo lo dice, heredamos las mismas cuerdas vocales... Oye, ¿qué tal?, ¿qué haces?

—Pues nada, estaba organizando un poco las citas en el ordenador.

—¿De tu tesis?

—Sí... ¿y tú?

—Acabo de cerrar una hipoteca al 9,8 por ciento TAE con un cliente después de negociar más de una hora en mi despacho.

—¿Ah sí? ¿Qué tipo de cliente?

—Es una empresa de cosmética... ¿Necesitas algo de cosmética?

—No, yo soy una chica «mu naturá»...

—Oye, lo pasé muy bien el otro día hablando contigo.

—Yo también, me sentí muy cómoda... y al final nos reímos mucho... y cenamos muy bien.

—Te iba a proponer que nos viéramos.

—¿Cuándo?

—Hoy, para cenar.

—¿Tú crees?

—¿Por qué no? A mí me encantaría...

—A mí también, pero no sé, es un poco fuerte.

—¿Por qué?

—Pues porque tú eres el hermano de Antonio y Antonio murió hace menos de un año y, no sé... Es un poco fuerte... ¿no?

—No veo por qué... Es sólo para seguir hablando... como amigos... Tengo dos entradas para ver una obra de Pirandello, y luego podríamos ir a cenar al chino del Maremagnum.

Acabo de fumarme tres canutos seguidos y me resulta difícil pulsar las teclas del ordenador. Me siento poeta y quiero escribir como los poetas. Ayer pasó todo lo que tenía que pasar y fui plenamente feliz con Teresa. Es difícil explicar con palabras los pasos fáciles hacia su desnudez, y la dicha que sentí cuando la realidad no era otra cosa que una magia imperecedera en nuestra piel. Parecía que todas las cosas regresaban a nosotros y que la vida se justificaba en cada una de nuestras prolongadas miradas en la oscuridad. Fumamos la fruta del cannabis hasta que la voz del Gran Parodiador nos pareció una entrega de símbolos que nosotros tendríamos que cantar a las generaciones. Lo escuchamos en silencio, de memoria, porque sus palabras aprendidas nos revelaban el misterio del Aleph, y Beatriz Viterbo era una diosa de luz que se interpolaba entre nosotros intensificando cada sensación. Imaginamos a Dante y a Virgilio, los imaginamos tomando el sol indolentes y aburguesados en el canto IV del *Infierno*. Sus caras enrojecidas se habían desfigurado y las pupilas de sus ojos resplandecían en una iridiscencia de intolerable fulgor. Entonces nos entregamos al prodigio más grande que los años me han deparado: vimos al hombre que camina dormido recitando los arcanos que la pluma del Espíritu Santo apenas indica, vimos todas las estrellas que abarcan los dos hemisferios, vimos el inescrutable Juicio Final que los bienaventurados ignoran, y al monstruoso Minos haciendo de acomodador junto a Caronte y su fúnebre chalupa; vimos los nueve círculos concéntricos. Allí estaba Lucifer (el gusano que horada el mundo) en el vértice de un cono transparente e inmenso que creímos de agua. Casi desfalleciendo, retozamos por una imaginaria playa. Luego, exhausto y mudo, levanté mi brazo y señalé a lo lejos un gran monte. Ella me sonrió.[29] ¡Qué ignorada arena es ésta del amor! ¡Qué ceremonial de sentimientos graves y cuerpos silenciosos! Cuando los besos no son otra cosa que una pulsión acuosa de la imaginación; cuando somos reconocidos en unos ojos que nos agrandan y enorgullecen. Todo parece fluir entonces en una misma dirección que nos eterniza en el instante. Teresa y yo, tendidos en el suelo, dejamos pasar el tiempo sin ser asaltados por los superfluos ruidos del mundo. Nos pareció que la música que escuchábamos cristalizaba en una materialidad casi tangible; oímos el piano de Bill Evans tocando para nosotros *You Must Believe in Spring* a unos pocos metros de nuestras caricias desinhibidas. Eddie Gómez hacía llorar su contrabajo mientras que Eliot Zigmund se esforzaba en silenciar aún más los platillos de la batería. Por tres veces intenté rodear el cuello de Bill con mis brazos y por tres veces su sombra escapó de

29. La idea de colocar el Paraíso terrenal en la cima de un alto monte se hallaba ya presente en obras de los padres de la Iglesia oriental; igualmente, san Buenaventura había situado el Paraíso en una atmósfera pura en la que se podían distinguir, en tenues contrastes cromáticos, los tres grados de conocimiento elaborados por santo Tomás. Como ha señalado Guido Castillo, la descripción que hace Gilabert aquí se asemeja más a la concepción clásica que sigue el esquema aristotélico-ptolemaico de los pecados. Guido Castillo, *Algunas concomitancias esenciales entre Dionisio Aeropagita y G. H. Gilabert,* Temas de hoy y de ayer, Montevideo, 2002.

mis manos, pareja a los vientos ligeros y muy semejante a los sueños alados.[30] El amor es inefable porque no está sometido a la torpe sucesión del lenguaje. Ocurre en la misma simultaneidad del éxtasis que Mañana mereceremos. Sólo la poesía puede sugerir esta plenitud sin tacha. Hoy me siento poeta; hoy me siento perdido en esa mirada que comienza en Homero. ¡Qué me importa la progresión de mi muerte si he alcanzado la gloria de ser feliz por un instante![31] ¡Qué me importa no recordar quién prendió el fuego hacia el primer beso si el incendio fue un bosque en llamas y el sol! ¡Qué me importa que hoy vuelva a ser un pobre melancólico o que Gilabert sea un proyecto ridículo, si ayer los labios de Teresa se posaron en la yema de mi sexo y yo alcancé a vislumbrar el vasto valle de la inmortalidad!

Pasan los días en los que Teresa Gálvez y yo nos entregamos incansablemente al amor. Son jornadas en las que no salimos apenas de este apartamento al que yo venía para vivir mi soledad. Silvia debe sospechar que algo me está ocurriendo, porque no sé disimular este encantamiento en el que vivo. Además, cada día vuelvo más tarde a casa. Pasan los días en que no pienso ni siento nada más que lo que me dicta

30. Como descubrió el arqueólogo literario Alberto Cousté, esta frase es casi idéntica a otra que se repite en Homero (en el canto XI de la *Odisea*, cuando Ulises habla con su madre en el bajo Hades), en Virgilio (en los cantos II y VI de la *Eneida*, cuando, respectivamente, Eneas ve el fantasma de Creusa y alucina el de su padre) y en Dante (en el canto II del *Purgatorio*, al encontrarse Dante con el alma de Casella). Alberto Cousté, «El subterráneo clasicismo de Gilabert», *El Eco de Sitges*, 3 de enero de 2008.

31. Margaret O'Sullivan Dexter ha apuntado que Gilabert quiere acercar aquí a López a la categoría de nuevo Fausto, M. O'Sullivan Dexter, «Faustian Presences in the Prose of G. H, Gilabert», *New Canadian Literature Review*, 2006.

este contacto epidérmico con Teresa, con sus geografías y curvas, con sus cálidas altiplanicies. Soy feliz.

Han transcurrido varias semanas desde que escribí estos últimos desvaríos pseudopoéticos. Durante estos días, he estado viviendo sin pensar; o en todo caso he estado sintiendo más que pensando. He sido otro al someterme a la enajenación que encierra la mirada de Teresa. Ella me acaricia y yo la contemplo en su infinita belleza, y así pasan las horas sin que nos contamine la aflicción de un pensamiento. Es como si el amor anulara esa dirección negativa del mecanismo conceptual, lógico; como si, de repente, pudiera sustituirse una forma de vivir por la otra. Pero hoy he vuelto a reconocerme otra vez en mis pensamientos y ello me ha llevado a escribir estas líneas que arrancan de un momento en el que me siento realmente inspirado. Le he pedido a ella que me dejara solo para trabajar. Cierro los ojos y veo mi relación con Teresa como un viaje que he vivido en un mundo extraordinario. Sé que inclinarse hacia el pensamiento supondrá llegar al fin de este viaje. Tal vez debería intentar no pensar ni escribir para dejarme *vivir* en el sentimiento. Pero los conceptos se cruzan y se hacen inevitables. Hoy lo veo con la claridad del contraste: pensar me lleva a ser un hombre angustiado y atrapado en infinitos callejones sin salida. Debo luchar contra esa enfermedad de mi cabeza, debo intentar permanecer el resto de mi vida lo más lejos posible de esta rutinaria reflexión que me atrapa. Seguro que me vendría bien olvidarme de la novela, vender mi ordenador y dejar para siempre este proyecto estéril. Así encontraría la felicidad que nunca he hallado en mi vida. De hecho, la disciplina que me he impuesto durante lo que va de año sabático (viniendo aquí todos los días para encontrarme con mi ordenador y con mi soledad), me ha inducido sistemáticamente a pensar. Es como si me hubiera organizado el día para ser esencialmente infeliz. ¿Tendrá esto el componente masoquista que ya descubrió en mí hace años el psiquiatra que se mató en las costas de Garraf? Vuelvo a cerrar los ojos y a sentir la inutilidad de la vida. Sentir, pensar, hallar, reconocer y olvidar; todo se confunde en el leve murmullo que me llega ahora desde la calle...

Me sueño escritor sin serlo, me sueño creando un eco que me multiplica en certeras resonancias, en personajes a los que logro dar la dignidad de lo creíble. Los detalles más pequeños de mi vida —la voz de Bernardo al otro lado de la pared hablando con sus diversas mujeres, la alegría incomprensible del cartero en su rutina, las progresiones de luz de cada tarde intrascendente— se superponen en una falaz continuidad que yo quiero imaginar con sentido. Pero los objetos y las personas sólo me pertenecen en la medida en que consigo sentirlos como reflejos de mis vivencias, de mis nostalgias, en la medida en que soy capaz de tener fe en este canje de equivalencias entre lo objetivo y lo subjetivo, en la medida en que pienso la profundidad como si fuera una superficie. Me gustaría ser una cinta de Moebius, un gusano de luz sin anverso ni reverso, una sola superficie sin fin...

Ahora, cuando estaba escuchando otra vez ese sonido atenuado por los cristales, he notado la presencia de una mosca que se ha detenido justo encima de la pantalla de mi ordenador. Es casi un moscardón, de esos que tienen un color entre verde y azul oscuro.

Parece mirarme mientras escribo. Pienso en su vida y en este instante preciso de su vida. ¿Cómo me verá desde su ojo poliédrico? ¿Me verá multiplicado en cada uno de los hexágonos que lo componen? Entonces nunca sabrá cuál es mi imagen original y cuáles las quiméricas duplicaciones. El Gran Parodiador relacionaba los paralelogramos con el conocimiento, porque éstos nos posibilitan la abstracción de la simetría. Por eso, en «La biblioteca de Babel», todas las galerías son hexagonales.

La mosca sigue aquí parada. ¿Quién sabe para qué deidad superior seré yo una mosca como ésta? Compararme con la mosca me hace un poco mosca. Miro el techo y pienso en la gigantesca suela de zapato de alguien que podría aplastarme como yo podría aplastar ahora mismo a este insecto, a este repugnante bichito que me mira con impertinente inocencia. Pienso en Teresa Gálvez, pienso en el amor y decido concederle el indulto. Si yo me convirtiera milagrosamente en un gran escritor y estas mismas páginas pertenecieran a una obra que me consagrara, la mosca recibiría una pequeña fracción de mi universalidad. Se convertiría en un sujeto paciente, en un animal irracional que se eterniza en la especie; sería como el ruiseñor de Keats que tanto impresionó al Gran Parodiador. No puedo evitar acordarme ahora de su magnífico gato en «El sur». Son palabras que nunca me abandonan en la soledad de mi memoria: «Pidió una taza de café, la endulzó lentamente, la probó (ese placer le había sido vedado en la clínica) y pensó, mientras alisaba el negro pelaje, que aquel contacto era ilusorio y que estaban como separados por un cristal, porque el hombre vive en el tiempo, en la sucesión, y el mágico animal, en la actualidad, en la eternidad del instante».

Nueva «introspección fructífera». Cierro los ojos y me concentro en Gilabert durante un rato. De repente, me siento corriendo por las arenas de un desierto lluvioso. Él también corre junto a mí, mojado y risueño como los pájaros negros que cubren el flanco violento del oasis próximo a Alzamán. Me dice que hemos estado bebiendo té verde en la tienda de un tuareg, pero yo ya no me acuerdo ni del té verde ni del tuareg, ni del té verde ni del tuareg ni de nada. Con misteriosa expresión alevosa, Gilabert me cuenta que tiene un instinto infalible para guiarse entre los infinitos laberintos del desierto. Me sorprende que no estemos cansados, que no tengamos sed, que sigamos corriendo sin cuestionar *la situación*. Me asegura que nos dirigimos a buen puerto y que pronto podrá entrever los rasgos esenciales de un poema afortunado. Veo su lengua reseca moviéndose dentro de su boca para recitar ese poema. Cuando consigo entender el título, pienso para mis adentros que se está mofando de mí: *¡Oh López!, quién te ha visto y quién te ve.* Comienza el poema y me pierdo en ese estado de dicha que sólo puede dar la amistad. Recita de memoria, sin pensar. No entiendo lo que significan sus versos, pero reconozco una musicalidad que me hace sentir libre y feliz. Ahora canta con ardor un brillante alejandrino que festejamos con una sonrisa cómplice. Seguimos corriendo. Nos cruzamos con una caravana de camellos y un hombre nos ofrece agua en un cántaro que tiene el color de la encía de los leopardos. Sin contemplaciones, lo rechazamos desde nuestra vanidad inquebrantable, con unas palabras del Eclesiastés que dejan al hombre tendido en la arena. En ningún momento hemos aminorado nuestras zancadas. Seguros de comprendernos y hasta de querernos, proseguimos recitando el poema al unísono. No entiendo mi capacidad para recitar el poema con él, pero no me importa no entenderlo. Nuestras palabras rebotan entre las dunas y se pierden agigantadas en un horizonte ondulado. Sin ceder a la vacilación o al desánimo, cantamos entusiasmados el estribillo con el que concluye cada estrofa: *¡Oh López!, de luna cobriza en la frente y perfil aindiado*. Con nuestros versos (que ahora ya son sólo nuestros) hemos conseguido desdibujar las curvas de arena y borrar atrás la caravana de camellos, convertida en un gusanito oscuro que desaparece. Seguimos cantando el poema y nos parece que el poema es el desierto y que el desierto es el poema, de forma que ya no sabemos por dónde nos hallamos corriendo, si por el poema o por el desierto. Llegamos a un pozo cegado y nos detenemos un instante para escuchar algunas de nuestras resonancias anteriores. Cosas sin nombre, cosas que se esfuerzan en ser reconocidas en un nombre. Hechos, hechos huecos que anhelan ser llenados de sentimientos, que brotan incansablemente de nuestras voces hasta perderse en cualquier espacio remoto. Abro los ojos. El ordenador se ha animado a dar vida a unas imágenes del desierto que yo no he tecleado en él. ¿Será que el piadoso Gilabert se empeña en corregir mi soledad? ¿Será que escribe por mí unas palabras que yo no soy capaz de escribir? ¿O será que ha sentido celos al ver a Teresa como un barco de vela que viniera hacia mí desde la noche? Sonrío...

Gustavo Horacio Gilabert le pregunta al portero cuál es el piso de Radio Nacional de España y éste no vacila en indicárselo. Sube en uno de los cuatro grandes ascensores y al salir se encuentra con un largo corredor al final del cual halla a un hombre que registra las entradas en un anacrónico libretón.

—Vengo a una entrevista con Mauricio García Campos, para el programa «Usted es la estrella».

El hombre le pide el carnet de identidad y copia lentamente el número y su nombre con una caligrafía esmerada pero un poco infantil. Luego le acompaña a una sala en la que pronto aparece una azafata que le pregunta si desea tomar algo. Le informa que estarán en antena dentro de quince minutos y que el señor García Campos no tardará en venir a saludarle. Al poco tiempo llega el presentador, quien, después de dedicarle unas sonrisas histriónicas, le acompaña al locutorio donde transcurrirá la entrevista. Es una habitación cuadrada, forrada con un corcho oscuro y granulado que permite una atmósfera en la que voces y sonidos se propagan con una claridad especial. En el centro hay una gran mesa circular de cuya periferia surgen, como cuellos de cisnes, unos micrófonos adaptables. Le indican que ocupe una de las sillas giratorias y, cuando lo hace, observa el cristal rectangular tras el que se encuentra un joven barbudo con unos cascos de cuero negro. Por unos altavoces, se escucha el informativo que precede al programa para el que le han convocado. Cuando García Campos se sienta y ajusta sus cascos, le dice a Gilabert que, como se emite todo en directo, tendrán que hacer unas pausas para la publicidad. Luego le comunica algunas de las preguntas que le va a plantear. Gilabert asiente con la cabeza y añade «muy bien, muy bien». Llegan unos anuncios y García Campos agrava su mirada hacia el técnico que, detrás del cristal, le indica con un dedo que queda un minuto. Llega la sintonía que anuncia el programa y la voz grabada de un anónimo locutor: «*Usted es la estrella,* dirige y presenta Mauricio García Campos». Después de una breve pausa, el joven barbudo señala al presentador y éste comienza a hablar con impecable dicción radiofónica.

—Queridos amigos del programa «Usted es la estrella»; buenas tardes, ¿cómo están? Si en esta tarde de febrero les ha pillado la lluvia sin un paraguas que abrir en las manos, entonces estarán como yo, algo mojados y, quién sabe si también, como yo, algo resfriados. Bueno, no tiene demasiada importancia, ya saben aquello que dice que al mal tiempo buena cara... ¿Recuerdan?; la semana pasada anunciábamos que hoy íbamos a tener con nosotros al escritor Gustavo Horacio Gilabert, para hablarnos de muchas cosas, pero sobre todo de su última novela *López y yo,* cuya aparición en el mercado se ha visto envuelta por la polémica y hasta por un cierto desconcierto entre los lectores y la propia crítica, debido sobre todo a que su autor, que hoy nos acompaña, no sólo firmó su obra con el seudónimo de su personaje y protagonista, Antonio López, sino que durante un tiempo nos hizo creer a todos que éste era una persona real. Pues bien, como habíamos prometido, hoy tenemos aquí al verdadero autor de *López y yo,* que no es otro, como muchos sospechamos desde un principio, que este gran escritor que se llama Gustavo Horacio Gilabert y que es autor también de novelas tan memorables como *El poeta Aquiles* o *La mujer dentro del texto.* Buenos días, señor Gilabert. ¿Cómo surgió esta idea de hacerse pasar por otro?

—Bueno, fue una ocurrencia que tuve un día con un amigo cuando estaba terminando la novela. Como ésta trata de plantear o jugar con la idea del autor, pensé, ¿por qué no omitir oficialmente que soy yo quien la escribió?, ¿por qué no buscar a alguien que se haga pasar por mi protagonista? Ya que yo estoy dentro de la novela como personaje, ¿por qué no sacar a mi pequeño héroe fuera de ella? Y entonces hablé con mi amigo Enrique Montoya, que no es una persona conocida a pesar de ser un buen actor de teatro, y le propuse que se hiciera pasar por López, por este apócrifo autor de la novela, para ver si así conseguíamos convencer a los periodistas y al público en general de su existencia.

De nuevo la entonación perfecta del locutor:

—Parece que, al menos inicialmente, su amigo se negó a hacerse pasar por López.

—Sí, porque, al principio, tenía miedo de no saber qué decir ante los periodistas; pero luego, cuando leyó la novela y vio con claridad el juego que en ésta se propone, entonces hablamos de nuevo, y yo le expliqué el tipo de contestaciones que consideraba más oportunas y ello le pareció divertido y finalmente aceptó.

—Y de todo esto, ¿estaba enterado el editor?

—Sí, claro, aunque fue muy difícil convencerle porque la cosa suponía convertir mi nombre en el nombre de un desconocido, y eso le pareció comercialmente peligroso. Es decir, yo firmaba el contrato, yo cobraba el anticipo, pero era López (Enrique Montoya, el actor y amigo que se hizo pasar por él), un supuesto escritor enteramente desconocido, el que daba la cara apareciendo públicamente como el autor.

—¿Y cómo logró convencer a su editor?

—Bueno, le tranquilicé diciéndole que pronto se sabría la verdad y que se trataba de una propuesta metaliteraria que terminaría potenciando el éxito de la novela. Además, le dije también que yo aparecía dentro de mi obra convertido en un viejo editor que está intentando, por primera vez, escribir una novela; y esto le enterneció porque sabía que en cierta medida ese personaje era él.

—Pero ahora quedará para siempre López como autor, porque su nombre es el que figura en las portadas de los libros.

—El juego consiste en que, con el tiempo, todos sabrán que López soy yo, y por ello tal vez pueda incluso firmar otras de mis futuras novelas con su nombre, como hacía Pessoa con sus heterónimos.

—¿Y qué pensó Enrique Montoya, su amigo que se hizo pasar por López, al verse fotografiado y comentado en la prensa como un nuevo valor literario?

—Demostró ser un grandísimo actor al conseguir convencer a los periodistas y a todos los demás de que él era un joven escritor. La verdad es que nos divertimos mucho; era muy gracioso oírle decir a Enrique en la radio, con absoluta seriedad, que el hecho de que apareciera yo como personaje en su novela era un homenaje que él me hacía a mí.

—¿Y cómo se descubrieron todas esas vertiginosas imposturas?

—Bueno, no era tan difícil conociendo el tipo de

propuesta que yo hago habitualmente en mis novelas. Además, no resultaba del todo verosímil que alguien escribiera una novela en la que uno de los protagonistas lleva mi nombre.

—¿Y cuál es el sentido filosófico de toda esta pequeña farsa?

Aquí Gilabert cambia su rostro y compone una expresión pedante de filósofo francés, deja transcurrir una pausa en la que parece concentrarse en profundidad, y dice:

—Bueno, la propuesta que planteo está en la línea de Marcel Duchamp al pretender señalar la decadencia del mercado occidental. Como ha puntualizado Jean Pierre Anzieu, desde que Balzac rechazó la forma habitual de trabajo del artista (el encargo, bien fuera del mecenas, del comerciante o de una institución) y puso su tenderete con sus obras a la venta, hemos venido asistiendo al nacimiento de una producción cultural especialmente destinada al mercado. El mercado ha creado dos valores: el simbólico, que corresponde a la producción de obras puras destinadas a apropiarse simbólicamente de lo cultural, y el comercial, que opera en función del éxito de ventas. De alguna forma, inventando a López como autor de mi novela, he intentado conseguir un efecto similar al de Duchamp cuando enviaba a los museos sus *ready-mades*. Porque a la impostura del dadaísta firmando botellas y titulándolas, corresponde mi eventual problematización discursivo-ficcional como autor de un texto que ya no me pertenece.

Después de poner cara de imbécil, García Campos pregunta:

—¿Por qué no le pertenece?

—Porque, como sugiere Ulises en el momento en que le destroza el ojo al Cíclope, el verdadero autor es el que es capaz de convertirse en cada uno de sus personajes sin llegar a hacerlo realmente en ninguno. Así, de alguna manera, yo, Gustavo Horacio Gilabert, me he atrevido a decir, con el descaro de mi protagonista, que también soy Nadie.

Después de más de dos meses de ininterrumpida relación amorosa con Teresa Gálvez —en los que sólo he escrito unas débiles líneas—, esta mañana, mi siempre erecto y jovial miembro sexual se ha visto aquejado por una tristeza inconsolable que lo ha reducido a un tamaño ridículo. A pesar de los incansables esfuerzos de Teresa (que ha recurrido al francés, al griego y al argentino), mi pene ha renunciado a dilatarse hasta los mínimos exigibles y, viendo que todo era inútil, nos hemos ido vistiendo con una sensación de derrota. Inmediatamente he llamado a mi nuevo psicoanalista argentino y le he contado el caso esperando que me diera una solución que me permitiese proseguir esta nueva vida amorosa a la que me había entregado con pasión, pero él me ha dicho que trate de tranquilizarme y que lo intente de nuevo dentro de unos días. Después de unos momentos de asfixiante intranquilidad, he vuelto a llamarle y él me ha sugerido que fuera a verle a su despacho. Allí le he confesado que no puedo esperar esos días y, entonces, me ha recetado unas pastillas (como es psicoanalista y no psiquiatra, me ha tenido que extender una receta con membrete falsificado por el Ilustre Colegio de Psicoanalistas Porteños) que al parecer me van a solucionar el problema de forma casi inmediata.

Han pasado cinco días en los que mi vida se ha visto presidida por la angustia de la impotencia sexual. No hay forma; ni las pastillas, ni la abstinencia temporal, ni nada. Teresa Gálvez se disfraza de enfermera (fingiendo manejar inyecciones y clavándome dolorosos alfileres en el culo) y de azafata de avión; me da las noticias imitando el tono de voz de la presentadora del telediario de las tres y se desnuda y se viste con la música de *strip-tease* que compramos en el *sex shop*. Luego vuelve a darme las noticias vestida con su lencería negra y, cuando llegan los deportes, me miente y me dice que el Barcelona ha ganado al Madrid por cinco goles a cero, mostrándome sus cinco deditos y su lengua y su lujuria de guarra. Pero todo resulta inútil, ya que nada consigue avivar en lo más mínimo este aletargado miembro que me aflige, que me hace llorar, que me humilla con una fría hostilidad de coche viejo en la chatarra. Apesadumbrado, de la mano de ella, recorro el apartamento y doy vueltas y círculos hasta fatigar las geometrías del salón. Después, Teresa me dice que el problema es que nunca salimos a la calle, y que cuando lo hacemos me emparanoio y comienzo a imaginar falaces detectives enviados por Silvia, y a presentir familiares o amigos que van a comer precisamente al mismo restaurante que nosotros. La verdad es que este adulterio ha horadado en mí un sentimiento de angustia que me vence. No sé explicarlo en términos racionales. Es posible que mi inconsciente (también mi irreconocible miembro sexual) perciba mi adúltera relación con Teresa como una profanación atávica y actúe en contra de mis impulsos inmediatos, retardándolos y filtrándolos en una red de inextricables mecanismos sociales y culturales. Seguramente me convendría que Silvia me pescara con las manos en la masa; esto aceleraría la separación y me obligaría a ser enteramente libre y feliz junto a Teresa. Sin embargo, algo me impide decidir, actuar en alguna dirección en concreto. Mi situación se parece cada día más a la novela que no escribo: es un sinfín de posibilidades que no se deciden a tomar cuerpo, que me paralizan y me retienen, que me anonadan y desesperan. Es como si este apartamento fuera el único recoveco del mundo en el que me siento tranquilo junto a Teresa. Estar con ella más allá del umbral de la puerta me produce ya un desasosiego irresistible. Creo que se está hartando de mis miedos y de esta absurda clandestinidad entre paredes a la que la someto. Una y otra vez, insiste en que salgamos al campo, en que nos marchemos de fin de semana a algún lugar lejano de la ciudad, pero a mí eso me da terror porque sé que entonces Silvia nos descubriría. ¿Qué excusa podría resultar creíble para ausentarme un fin de semana? Sería muy raro que yo, que casi no tengo amigos, de repente decidiera pasar un fin de semana con Llorens en Salamanca, para recitar poesías juntos y para darnos el abrazo fraternal que consolidara nuestra amistad... Tal vez podría inventarme una tesis doctoral en Huelva a la que he de asistir como miembro de un quimérico tribunal. Pero Silvia es muy lista y yo no sé mentir: llamaría al hotel de Huelva y le sacaría al recepcionista (con pelos y señales) si el señor López está solo o con una mujer; o, quién sabe si, incluso, contrataría a un detective privado que viajaría con nosotros en el avión y nos tomaría fotos —desde todos los ángulos posibles— paseando de la manita como idiotas por las calles de Huelva.

Hoy, cuando la angustia y la desesperación causadas por mi impotencia parecían llegar al límite de lo humanamente resistible, me ha reconfortado una frase de Cioran: «Puedo comprender y justificar todas las anomalías, tanto en el amor como en todo; pero que haya impotentes entre los imbéciles, eso es algo que no me cabe en la cabeza». Claro, la impotencia implica un proceso intelectual ajeno al imbécil. Toda impotencia es el resultado de una comida de coco, de un giro excesivo de la cabeza sobre sí misma, hasta que uno ya no sabe ni quién es ni dónde vive, hasta que ese uno cuestiona su propia naturaleza y mira a los animales y se da cuenta de que éstos nunca pueden padecer este tipo de problema, porque no hay nada que se cruce en sus impulsos puramente instintivos, porque no hay nada que les distraiga de su finalidad corpórea y testicular. Por eso hay pocos imbéciles impotentes, porque los imbéciles no se meten en esos circuitos cerrados del cacumen, porque su imbecilidad les tiene atareados y no les deja tiempo para pensar en nada que rice un poco el ya de por sí rizado rizo de la realidad (yo sí que estoy rizado, me hicieron la permanente y me quemaron el pelo para siempre...). Sin embargo, cabe la posibilidad de que yo mismo sea uno de esos pocos casos de imbéciles impotentes y, sin darme cuenta, a mi preocupante condición psicosomática le acompañe un invisible proceso hacia la imbecilidad. Calderón y Descartes debieron de pensar algo parecido cuando relacionaron su mundo interior con su propia existencia. No me cabe ninguna duda de que Calderón y Descartes eran impotentes. ¿Acaso estaré yo próximo a algún entreverado *cogito* parecido al del francés? ¿Podré merecer pronto esa caprichosa articulación de signos que me permita alcanzar mi anhelada consagración? Para entonces, mi impotencia ya no tendrá remedio...

Circunscrita a este apartamento de mi abuela, la relación (en la medida en que podemos llamar así a esta impotencia mía) con Teresa se ha convertido en el reverso de la que mantengo con Silvia. Si con la estudiante acompaño estas inquietantes jornadas de reflexión asexuada con interminables monólogos autoacusatorios, al lado de mi mujer oficial me convierto en un sonámbulo que se acuesta sin mediar casi palabra (afortunadamente para mí y para mi impotencia, las proposiciones sexuales de Silvia parecen haber desaparecido por completo). Cuando cada noche nos metemos en la cama y nos quedamos en silencio, con la luz apagada, pienso en que Teresa nos está imaginando y viendo. Entonces me siento el actor ridículo de una farsa inacabable.

Otra «introspección fructífera». De nuevo cierro los ojos y me esfuerzo por imaginarme a Gilabert. Al poco tiempo lo intuyo jugando a esconderse entre las frescas galerías de la biblioteca del Clementinum. Bruscamente, tendido en el suelo de un pasadizo húmedo y musgoso, me lo encuentro hojeando un gran atlas. Cuando me reconoce, me abraza con exagerada efusión, y luego me muestra dónde estamos en un mapa minucioso de Europa que reproduce cada uno de los matices de Praga y de la biblioteca del Clementinum. Con algo de vértigo, puedo distinguir en el mapa el ventanuco de la segunda galería hexagonal en la que nos hallamos. Veo la representación de mis manos, en nada menos precisas que las mías. Entre grandes reverencias, Gilabert me indica que le siga para mostrarme «Nuestro Escritorio». Pasamos por un patio en el que abundan cisternas llenas de arena y cruzamos un extenso corredor en el que se amontonan manuscritos antiguos. Gilabert me precede andando despacio. Algunas veces se da la vuelta y me sonríe en silencio. Nos introducimos en un pasadizo y nos cansamos subiendo unas interminables escaleras de caracol que conducen a una gran sala blanca y amarilla. Es una habitación con menos libros, ventanas y puertas que las anteriores. Iluminado por una excesiva luz cenital, distingo en el centro de la sala un inmenso escritorio de piedra. Llegamos a él y nos sentamos en unas pesadas sillas que movemos con dificultad. Gilabert abre el libro que reposa sobre la mesa. Cuando trato de leerlo, las letras se desplazan a un lado y a otro en una mareante y caprichosa oscilación. Hago un esfuerzo por retener alguna palabra, pero los signos se juntan y se funden entre sí tan pronto los miro. Agresivamente, una gran «Y» se acerca hasta mi nariz, para luego alejarse hacia las líneas más altas. Una «O» se coloca detrás de la «Y», y luego viene también para agigantarse ante mis ojos. Gilabert la increpa y la aleja escupiéndole en el centro mismo de su aro. *Se trata de una Biblia Original*, me dice en un solemne susurro, acercándose a mi oreja. Luego me anima a combinar letras con él, a desordenarlas, a adivinar viejas metáforas con otras voces. Pero siempre se corrigen y se recomponen invariablemente hacia un mismo Nombre: YAVÉ. Escuchamos una voz ronca que viene de Arriba: *la colaboración del azar es Aquí calculable en cero*. Miro un momento los ojos de Gilabert y él me da la mano y me hace saltar sobre el Texto. Comenzamos a caminar en sentido inverso, desde las letras del Libro de Daniel, cuya tipografía reproduce ahora un no sé qué del perfil de nuestras caras. Sin detenernos, proseguimos durante tres fatigosas lunas y, al llegar a los sombríos campos del Pentateuco, encontramos, junto a una fuente, a una ramera preciosa. Con inconcebible indecencia, Gilabert comienza a desnudarse. Me dice que si fornica delante de mí no sentiré celos. Yo le respondo que lo que dice es absurdo, pero él me inquieta con una sonrisa no exenta de ironía. Vuelvo a mirar a la ramera, que tiene ahora la cara de Teresa. Gilabert insiste en que no sentiré celos, pero yo me abalanzo furiosamente contra él para partirle la cara. En el forcejeo violento junto a la piel desnuda de la ramera Teresa, nos precipitamos sobre unas letras y rompemos una tilde. Escuchamos entonces unos rugidos graves y ensordecedores, tras los cuales todos los signos comienzan a girar a gran velocidad. Contra un cielo rojizo, vemos derrumbarse un gran templo y una esfera tornasolada, de casi intolerable fulgor, ascendiendo lentamente a las alturas (es el Aleph). Un ángel negro viene a reprendernos por lo de la tilde y, con expresión infantil, Gilabert le dice que fue la ramera Teresa la que comenzó todo. Cuando nos giramos, ella se ha convertido en una serpiente y el ángel en una manzana. *Esto me recuerda algo,* dice Gilabert frunciendo el ceño. Proseguimos. Vemos el tiempo en el Texto, desde la primera palabra del Creador hasta la última trompeta; vemos los odios y los engranajes del amor, las muchedumbres desamparadas de Babilonia, las palabras incomprensibles de la torre de Babel, el oro, los camellos, los fieles llorando en El Cairo, las innumerables estrellas que comporta el camino entre Amr y Damasco, las silenciosas caravanas siguiendo en ese camino a un Moisés ebrio e irresponsable. Vemos mi infancia y mi adolescencia, las cartas de amor que escribí a Silvia, los textos obscenos que se quedaron en el cajón del viejo escritorio y que ella no leyó, las humedades de Teresa y la lengua alargada de la serpiente. Me asusto y abro los ojos. Ya no está Gilabert, ni Teresa, ni el ángel negro, ni la biblioteca del Clementinum. Tampoco estoy yo...

Un viejo alzaba los brazos desesperado y gritaba «Vicente, Vicente». En calzoncillos, su cuerpo escuálido transparentaba un esqueleto apenas forrado por una piel pellejosa y enfermiza. Tenía en la expresión el desconsuelo y la ternura de un niño al que acaban de destrozar su juguete de un soberano pisotón. «Voy, señor Plaza, voy», exclamó Vicente, echando a correr por el pasillo del vestuario.

—Mira, tengo un granito aquí y me he de poner esta crema —murmuró el señor Plaza, señalando sin ningún pudor un espacio concreto de su culo.

Solícito, Vicente no dudó en untarse la pasta blanca en el dedo índice y en proceder a frotarle el bulto rojizo ubicado en la parte inferior de la nalga derecha. Gustavo Horacio Gilabert los miró un momento, pero se abstuvo de hacerle ningún comentario a Matías Mora, eludiendo expresar la opinión que esa imagen grotesca le sugería. Después de atarse los cordones de los zapatos de clavos, Gilabert siguió a Matías Mora dejando en el aire el ritmo metálico de sus pasos. Salieron fuera de la casa club y caminaron sobre la gravilla y luego sobre un césped muy verde, hasta llegar al *tee* del uno. La mañana era espléndida, sólo soplaba una ligera brisilla que ni siquiera en el recorrido de los nueve primeros hoyos, los de la playa, podría considerarse verdadero viento. Gilabert se ajustó el guante rojo en la mano izquierda y, acercándose a su *caddie*, le ordenó con despectiva autoridad:

—Dame el *drive*.

El hombre enjuto y manco extrajo con dificultad el palo de la bolsa y se lo extendió con la cabeza gacha en un gesto de humildad casi reverencial.

—Bueno, ¿qué hacemos, Match Play o Stroke Play? —preguntó Matías Mora con cara de profesor del Pebble Beach de California.

—Mejor nos lo hacemos de un Stroke —aventuró Gilabert sin saber lo que decía.

—¿Y te doy unos «bises» o prefieres puntos en algunos hoyos determinados?

Gilabert sabía que jugaba mal al golf, pero aquella presunción de superioridad le pareció una fanfarronada que no iba a tolerarle al otro editor, por mucho mayor que fuera su editorial.

—Lo mejor es que empecemos mano a mano y, si vemos que hay mucha diferencia, entonces me das unos puntos.

—¿Pero qué *handicap* eres? —puntualizó Matías Mora—. Yo soy dieciséis.

El tono con el que Matías Mora pronunció el horrible anglicismo hizo pensar a Gilabert que *handicap* también significa tullido, incapacitado. Por un momento se sintió ofendido.

—No sé, no me acuerdo, empecemos a jugar y ya lo veremos.

Dos mujeres esperaban a que salieran ellos primero, a pesar de que Matías Mora se había esforzado casi hasta lo ridículo por dejarlas pasar.

—No, que vamos muy lentas, pasad, pasad vosotros, por favor.

Ese tuteo tenía una connotación de pertenencia al

club, de pertenencia a un tipo de vida en la que el ocio y el juego parecían haber sustituido completamente al trabajo.

Gilabert dio unos pasos decididos y colocó su bola sobre un *tee* de plástico que clavó en la alfombra verde, perfectamente rapada. Por dos veces levantó el palo y lo bajó, ensayando el *swing* con su macarrónico estilo personal —que él se atrevía sin modestia a considerar del mismísimo condado de Kent—, y golpeó con fuerza su bola. Ésta dibujó en el cielo azul un *slice* perfecto hacia el bosque de pinos.[32]

—Bueno —comentó Gilabert—, desde allí puedo *dropar* sin perder punto.

—¿Por qué sin perder punto? —preguntó Matías Mora, perplejo.

—Porque hay un bosque de pinos.

—Gustavo, ¿lo dices en serio?

Las mujeres dejaron escapar una risa floja y, después de cuchichear entre ellas unas palabras inaudibles, crearon un silencio algo tenso.

—No, hombre, no, lo decía en broma; hay que tener un poco de sentido del humor, ¿no? Venga, te toca a ti.

Matías Mora le concedió una sonrisa forzada mientras buscaba el punto equidistante entre las dos esferas grandes que marcaban la salida. Colocó su bola, se situó, tensó la expresión, subió despacio y le pegó sin forzar. La pelota salió recta y se levantó después de haber permanecido durante unos segundos en línea casi paralela al suelo. Luego se convirtió en un

32. Es bien sabido que el autor tenía verdadera pasión por el deporte del golf, y que llegó a cumplir el *handicap* 8 (lo que significa jugar considerablemente bien) durante muchos años. Aquí, con este personaje que lleva su nombre, parece ironizar sobre sí mismo como en ningún otro lugar de la novela.

punto blanco detenido sobre la franja azul, que fue bajando lentamente hasta posarse en el mismo centro de la calle. No hicieron ningún comentario, como si los hechos fueran demasiado evidentes por sí mismos. Matías Mora aprovechó el tiempo que caminaron juntos —Gilabert tendría que adentrarse en el bosque y, seguramente, dar su pelota por perdida— para decirle en el tono cariñoso de superioridad hipócrita que nunca le abandonaba fuera del juego:

—Gustavo, yo lo de los puntos te lo decía para que nos divirtiéramos más los dos, para que hubiera partido, porque, la verdad, por lo que me has dicho y por lo que veo, creo que juego algo mejor que tú.

—Bueno, hombre, no insistas, probamos tres o cuatro hoyos y luego lo decidimos. Hasta a Ballesteros le vi yo un día irse aquí al bosque.

Gilabert se detuvo un momento para ajustar la correa que unía el carrito con su bolsa de palos. Luego, reanudando la conversación, trató de introducir el nuevo tema con naturalidad, como si éste no fuera el principal motivo por el que se había interesado en jugar al golf con el otro editor.

—Matías, te quería comentar un asunto...

—Seguro que es un negocio, los catalanes siempre hacemos negocios mientras jugamos al golf.

—No, no es exactamente un negocio, aunque podría serlo... Mira, yo me quiero jubilar el año que viene, y me quiero jubilar en serio, no soy de esos que aguantan hasta que se mueren un día en el despacho... Nunca te he contado que siempre he tenido la ilusión de escribir, incluso he escrito toda mi vida pequeños relatos que se quedaron en algún cajón de casa y luego se perdieron.

—No me digas, ¿o sea que teníamos un escritor sin saberlo...?

—Bueno, la cosa es que ahora, desde hace algún

tiempo, llevo trabajando intensamente en una novelita que me hace mucha ilusión. Creo que pronto la tendré lista.

—¿Ah, sí?

—Sí, al principio, claro, siempre que la cosa me convenciera, yo había pensado en publicarla en mi editorial, pero luego pensé que eso sería demasiado fácil... y que tal vez tú podrías leerla y aconsejarme un poco... Uno pierde la perspectiva para juzgar lo que hace...

—Gustavo —le interrumpió Matías Mora—, estaré encantado de hacerlo. Primero la leeré yo personalmente y te daré mi opinión, y luego la daré a leer, y si más o menos los informes son favorables y le veo un cierto gancho, no dudes que te la publicaré. Quizá podría encajar en la colección Gran Teide...

—Bueno, pero tampoco lo fuerces, me gustaría que...

—No, Gustavo, de la misma forma que te digo que no tendría ningún inconveniente en publicarla si estuviera bien, te digo que en esta colección no podemos colar según qué cosas...

—Bueno, tú échale un vistazo y dime algo. A lo mejor, si los informes de tus asesores son buenos y te gusta a ti, incluso me podría presentar a vuestro premio.

—¿Al Galaxia? —preguntó sorprendido Matías Mora—. No, hombre, ya sabes que nosotros seguimos la opción de gente conocida...

—Bueno, pero en una de ésas podría llegar a ser finalista, te advierto que yo sería un gran comunicador con la prensa...

Matías Mora miró hacia atrás y vio que las mujeres estaban aguardando a que ellos dieran el segundo golpe y se alejaran.

—Oye, que nos están esperando... Luego hablamos.

Cuando llegó a los árboles, Gilabert vio cómo un coche eléctrico blanco que conducía un joven de uniforme gris alcanzaba en la calle a su contrincante. Allí intercambiaron unas breves palabras, y después Matías Mora señaló en dirección a donde se encontraba Gilabert buscando su pelota. El coche blanco siguió hasta situarse a pocos metros de los espesos matorrales. El joven bajó y le acercó el teléfono móvil.

—Señor, su señora quiere hablar con usted.

Gilabert tomó el auricular y se lo llevó a la oreja.

—Gustavo, la niña se ha puesto muy mal; otra vez tiene cuarenta de fiebre y casi no puede respirar. He llamado al médico y le he convencido de que viniera a casa, y cuando ha venido me ha dicho que tiene una faringitis obstrusiva.

—¿Y qué es eso?

—Es como si se le hubiera cerrado la garganta; no puede respirar bien; me ha dicho que si sigue así, por la noche la tendríamos que internar, porque se dan casos de asfixia en los que tienen que hacerles una traqueotomía, o sea, una perforación en el cuello para oxigenarles con un tubo. Gustavo, estoy muy asustada, y como además te vas la semana que viene al congreso de Puerto Rico...

Gilabert se llevó la mano libre a la cabeza y se atusó un poco el cabello. Luego observó los oscuros matorrales, la cara atenta del conserje, y al fondo, en la calle, a Matías Mora ensayando el movimiento afeminado de su *sand blaster*.

—No te preocupes, voy para allí ahora mismo, y si la niña no mejora en cuatro días, anularé lo de Puerto Rico.

Intimidada por el sonido del teléfono, la secretaria introdujo en una bolsa grasienta de papel el trozo de pasta dulce que le quedaba. Luego apretó la bolsa hasta arrugarla y esperó unos segundos para poder terminar de masticar y tragar.

—Departamento de veterinaria, buenos días.

—¿Podría hablar con el doctor González Villanueva?

—El doctor González Villanueva está reunido. ¿De parte de quién, por favor?

—Soy Andrés Miguel Esteve.

La secretaria recordó el interés de González Villanueva por localizar a Esteve, así que dijo «un momento» y se apresuró a girar su silla abatible y a salir casi corriendo hacia la sala de reuniones. Cuando llegó, llamó con los nudillos a la puerta, abrió sin esperar y anunció con voz queda el nombre del filólogo.

—Pásamelo a mi despacho —ordenó el veterinario, después de dejar de escribir en un gráfico en la pizarra que encabezaban las siguientes palabras: «Ratas, ciclos endogámicos».

Cuando llegó a la cómoda silla de su despacho, se reclinó hacia atrás y puso los pies sobre la mesa, como hacía cada tarde para hacer la siesta. Luego, como si fuera real, depositó el cigarrillo mentolado de plástico sobre el cenicero, cogió el teléfono con las dos manos y mostró una sonrisa de oreja a oreja:

—Andresito, coño, llevo más de un mes buscándote. Has desaparecido, ¿dónde estás?

—Llegué ayer. He estado tres semanas en Buenos Aires y luego en Montevideo, en un congreso sobre Homero... Ayer abrí el paquete que contenía la novela que me enviaste y las dos cartas y los fax... Oye, pero esto debe de ser una broma que tú me haces o alguien nos hace...

El veterinario frunció el ceño desconcertado.

—No..., no creo... ¿por qué?

—Bueno, pues porque ayer, cuando llegué, que llegué tarde y por eso no te llamé, estuve hojeando un poco la novela (por cierto, no tengo ni la menor idea de quién puede ser su autor) y me llamó la atención el hecho de que las cartas que me escribiste y adjuntaste con el paquete se reproducen literalmente dentro.

—¿Cómo dentro?

—Dentro de la novela.

—Eso será porque tu secretaria las debió traspapelar y las incluyó...

—No, es muy evidente que forman parte de la novela; tienen el mismo formato, la misma tipografía y están numeradas correlativamente con el resto de la novela.

González Villanueva bajó sobresaltado los pies de la mesa y se incorporó.

—Pero eso es imposible, Andresito... —Hizo una pausa como para pensar—. Andresito, no me jodas, ¿cómo van a estar dentro si yo escribí esas cartas después de cerrar el paquete?

—Ángel, no vamos a discutir ahora sobre lo que es posible y lo que no lo es porque estoy con el *jet lag* y me encuentro muy espeso... Mira, mañana te llevo el paquete que me enviaste a tu despacho y lo compruebas con tus propios ojos...

—Andresito, coño, es imposible, es lo mismo que si me dijeras que esta conversación que estamos teniendo tú y yo ahora por teléfono, después de colgar, vas y te la encuentras en la novela.

—Coño, Ángel, no creo haber tenido una alucinación; estoy un poco cansado por el cambio de horario, pero a esto llego. Si tú no sabes nada, entonces seguro que nos han gastado una broma.

—Pero, ¿quién?

—Yo qué sé, tu secretaria, algún alumno, esto pasa a veces... Pero mañana te lo llevo y lo ves.

Hoy la tierra y los cielos me sonríen, hoy llega al fondo de mi alma el sol, hoy la he visto, la he visto y me ha mirado... ¡Hoy he salido de mi angustioso periodo de impotencia sexual! La Gálvez y yo lo hemos celebrado con tres gloriosos sacrificios que hemos dedicado a Homero.[33] Tras esta serie de actos (que hemos sabido aderezar con entremeses y algunas otras guarrindongadas de naturaleza coprofílica), hemos permanecido exhaustos, durante más de tres horas de inmovilidad casi letal, tendidos en el suelo de la cocina. Luego, con el último sol de la tarde (que hemos visto avanzar en la pared y en el techo enmarcado por la sombra rectangular de la ventana) nos hemos ido recuperando hasta entrelazar nuestras manos y volver a mirarnos con una cursilería de que-

33. En su libro titulado *Los silencios de Homero,* Ion Agheana acuña el rústico término «polvo épico» para referirse a la relación erótica que mantienen Elena y Paris en la *Iliada*. Aquí, entre líneas, Gilabert parece hacer un pequeño homenaje a Agheana, sin duda uno de sus amigos más entrañables. Ion Agheana, *Los silencios de Homero,* Revista de Las matas, Madrid, 2009.

rubines. Al incorporarme, eufórico, he llamado a mi nuevo psicoanalista argentino para narrarle el prodigio y comunicarle el auspicioso rumbo hacia el amor que ha reemprendido mi vida. Pero él, rutinario, ha tipificado mi caso como un simple ejemplo de regresión libidinosa.

Todavía disponía de tiempo para llamar a su mujer y hacer unas compras en la *duty free*. Se habían encontrado ya varias veces en la cafetería, en el quiosco y en la cola para facturar el equipaje, pero —tal como habían convenido— apenas intercambiaron una sonrisa cómplice. Luego, en el vuelo, si no veía a nadie que pudiera reconocerle, ya tendría la posibilidad de encontrar algún pasajero al que no le importase cambiar de asiento para permitirles estar juntos. La joven mulata se había demorado en el quiosco, donde adquirió —para entretenerse durante el vuelo— una buena pila de revistas del corazón. Gilabert, por su parte, había estado curioseando entre los libros para comprobar que estaban los que tenían que estar de su editorial. El de los castillos de Cataluña se encontraba privilegiadamente situado en una mesa del centro.

—¿Qué tal se está vendiendo éste? —preguntó Gilabert a la cajera.

—Bastante bien, lo compran para regalar.

Al encaminarse a llamar por teléfono vio a Sandra cómodamente instalada en uno de los sillones de la sala en la que no tardarían en embarcar para San Juan de Puerto Rico. Llevaba unas gafas oscuras y una falda verde loro que le daban un aspecto algo comprometedor. Para sus adentros, Gilabert pensó que algunas mujeres están mejor desnudas, en su estado natural. Abrió la bolsa de mano y comprobó, una vez más, que llevaba el pasaporte, los billetes y los *traveller checks*. También estaba allí *La vida breve*, la novela de Juan Carlos Onetti que volvería a leer más de veinte años después. Recordó el argumento de esa novela y se preguntó cuál sería su impresión al volver a leerla. Tal vez le sugeriría algunas ideas para la suya. Pensó que el alcohólico Brausen, recostado en la cama junto a Gertrudis, soñando e inventando personajes a partir de las voces que escucha en el apartamento de la prostituta, no se hallaba muy lejos de él ni de este viaje que ahora emprendía junto a Sandra.

Descolgó el teléfono y marcó. Primero habló con su secretaria y después con Flores. En el despacho también había contado lo del congreso de editores, sabiendo a ciencia cierta que Flores no se lo creería. Pero le daba igual, total, era un empleado con el que a partir de ahora guardaría más las formas (ni siquiera le transmitió su entusiasmo por haber visto el libro de los castillos de Cataluña tan bien situado en la mesa central del quiosco). Luego llamó a su mujer. La niña ya llevaba varios días con su madre y la fiebre y lo de la faringitis obstrusiva era ya un episodio pretérito sin importancia. En el bar, frente a la repentina inspiración provocada por un segundo café, extrajo de la bolsa de mano su libreta de notas y escribió: «La novela podría comenzar en el aeropuerto, con el viaje a Puerto Rico de Luis y Teresa. En una sucesión de *flash backs*, la narración podría progresar hasta mostrar la relación precedente que existió entre Antonio y Teresa. Cronológicamente, el final coincidiría con el momento en que Antonio muere en el acto de concesión del premio y el lector no conocería la verdadera trama hasta leer ese final, que podría dar a la novela un tono de *thriller*». De esta enrevesada alternativa estructural, le distrajo la voz excesiva de la megafonía: «La compañía Iberia anuncia la salida de su vuelo

3856 con destino a Roma...». Consultó su reloj. Todavía faltaban más de cuarenta minutos para su embarque en la puerta 23. Guardó la libreta y se incorporó para ver a su clandestina compañera de viaje. Con sus colores estridentes y sus tacones demasiado altos, seguía llamando la atención mientras leía la revista *Pronto*.

Ayer por la noche, Silvia me planteó que no podemos continuar en esta incomunicación absoluta en la que vivimos. Se acercó con un café con leche y se sentó muy seria junto al sofá en el que yo me hallaba tendido (debajo de la humedad del techo, aprendida de memoria) pensando en la Gálvez y en el inexistente Gilabert. Enteramente desprovisto de argumentos —y hasta de palabras—, tuve que improvisar unas desconsoladas llantinas que no tardaron en enternecerla y en conseguir que se acercara a acariciar mi escaso bagaje capilar. Entonces me dijo que ha pensado en irse a vivir unos días con Ana, como para probar. Con dramatismo, de rodillas y abrazándola con fuerza, le pedí que tuviera un poco de paciencia, que no me dejara en esta situación de soledad y desamparo, de fobias reiteradas «que me podrían llevar incluso al suicidio». Llorando, me contestó que ella también tiene que pensar en sí misma, que ya le ha dado muchas oportunidades a nuestra relación y que se encuentra inmersa en un desequilibrio emocional que casi le impide trabajar. Sin otros recursos, le sugerí visitar al terapeuta de parejas al que me había negado a ir anteriormente, le dije que podríamos replantear en serio la posibilidad de adoptar un niño, le hablé de organizar un viaje a la India, pero ella se mantuvo en su firme decisión de separarse unos días de mí. Al no encontrar otra salida, abrí la ventana para encaramarme y ensayar unos inverosímiles ademanes suicidas que ella, sin embargo, no tardó en creer. Con el miedo en los ojos, corrió hacia la ventana y me tiró de la mano. Me desplomé entonces en sus brazos y nos besamos con desesperación. Luego nos desvestimos y, después de hacer el amor (la cuarta vez en un mismo día para mi convaleciente y heroico pene), nos dormimos abrazados en una intensa efusión de lágrimas y suspiros.

Vuelve otra vez el piadoso Gilabert para tratar de aliviar mi soledad. Me recibe en medio de la noche con un farol de papel chino que tiene el color de la luna. El chisporroteo de luciérnagas voladoras se confunde con las estrellas de un firmamento íntimo e infinito. Erramos durante horas sobre una vasta llanura que no nos concede un solo objeto referencial. La sed y el temor de la sed hacen que esa dilación nos resulte más insoportable en la garganta y en la piel. Una luz siempre lejana se transforma por fin en una ciudad pródiga en simetrías, muros y frontispicios. Sin contemplaciones, mendigamos y luego robamos el agua y la comida a una sin par Dulcinea tosca, ebria y maloliente que nos increpa guarecida bajo una ridícula celada. Comemos y bebemos como comen y abrevan las bestias, y luego exhalamos unos pedos y unos eructos descomunales que resuenan escandalosamente en el silencio de la noche. En nuestra rudeza, nos sentimos mucho más valerosos y convencidos que antes. *Nos hallamos en la primera parte de la novela, Sancho,* me dice Gilabert súbitamente convertido en un hombre de complexión recia, seco de carnes y enjuto de rostro. Con entusiasmo, me invita a ascender a un asno que ilustra al acercarle la luz marfilosa del farol. Junto al asno hay un flaco rocín rumiando unas hierbas secas. Cuando trato de moverme, me doy cuenta de que mi cuerpo se ha multiplicado en kilos de grasa. Sin pensarlo, amparado por el cariño que me dipensa ahora Gilabert, consigo subir al jumento y, tras azuzarle con una cuerda mojada, comienzo a trotar por la llanura. Saciado de gloria, Gilabert me precede erguido a unos pocos metros, montado en su rocín. En silencio, dejamos el camino al arbitrio de los animales, que parecen conducirnos hacia un lucero que brilla frente a nosotros cada vez más cerca. Descendemos por un camino que se abre entre un bosque de altos espinos y, cuando comienza a amanecer, veo lágrimas en los ojos de mi amo.

—¿Qué sucede, por qué está usted llorando?

—Sancho, presiento que ésta será la última jornada que pasaremos juntos. Me produce una tristeza infinita el pensar que seguramente ya no nos volveremos a ver nunca más.

—Pero no diga tonterías —exclamo alzando los brazos—, seguro que nos volveremos a ver, tal vez en otra obra de nuestro autor, o quizá en la segunda parte de esta misma novela en la que nos hallamos. Además, piense que es posible que vivamos más allá de nuestros días, pues cada lector que abra nuestro libro y nos lea, nos estará confiriendo una forma de inmortalidad.

—Sancho, amigo, agradezco tus esfuerzos por hacerme creer que mi vida no ha sido ilusoria, pero la verdad es que me encuentro muy viejo y fatigado. Presiento que hoy mismo moriré.

Llorando, descabalgamos de los animales y nos damos un fuerte abrazo. Entonces, un dios me inspira para recordar estas imborrables palabras de Cervantes:

—¡Ay! No se muera vuestra merced señor mío, sino

tome mi consejo, y viva muchos años; porque la mayor locura que puede hacer un hombre en esta vida es dejarse morir, sin más ni más, sin que nadie le mate, ni otras manos le acaben que las de la melancolía. Mire no sea perezoso, sino levántese desa cama, y vámonos al campo vestidos de pastores, como tenemos concertado; quizá tras de alguna mata hallaremos a la señora Dulcinea desencantada, que no haya más que ver.[34]

El carácter universal de mis palabras ha reanimado sorprendentemente a Gilabert, quien me dice muriéndose de risa que volvamos a montar en nuestras bestias y que partamos ahora mismo en busca de nuevas aventuras.

Durante todo el tiempo que el sol tarda en calentar el aire, cruzamos una montaña por un sendero que sube y baja entre vertiginosos precipicios de piedra. Cuando el sol está ya alto, parece vencernos el hambre y la sed, pero proseguimos a pesar del hambre y la sed y del color cada vez más blanco de las lenguas de nuestros animales. Al llegar abajo, ha regresado la noche. Tras un matorral, encontramos el quieto perfil de un niño que lee la *Naturalis historia* de Plinio.

—Muchacho —le digo con voz paternal—, te vas a quedar ciego si continúas leyendo a la luz de la luna.

—Es Georgie —murmura Gilabert en una mansa admiración de ojos vivos y solemnes.

—Habéis cometido la temeridad de intentar paro-

34. E. J. Hartigan Jr, en su escandaloso artículo titulado «Interior Duplication and the Problem of Form: Cervantes vs Gilabert» (Oklahoma, Univ. of Oklahoma Press, p. 125), sugiere que la función discursiva de este plagio —son literalmente las palabras que aparecen en *El Quijote* en boca del Sancho real— no es otra que la de cubrir un pasaje que a Gilabert le hubiera resultado del todo imposible imitar...

diarme —dice el niño Georgie con severidad— y, como yo bien sé, todo intento de parodia alberga una secreta forma de burla. Ello os costará que os aleje para siempre del río cuyas aguas conducen a la inmortalidad.

—No toda parodia alberga burla —replica un envalentonado Gilabert enarbolando absurdamente su lanza—, ¿qué me dices, si no, del Amadís de Gaula que halaga el donoso escrutinio frente al fuego?

El niño Georgie se levanta y le mira con esa lógica particular que encierra el odio.

—Resultas tan patético y boludo, viejo Gilabert, nada, absolutamente nada de lo que pueda surgir de tu débil mollera permanecerá de un modo sustantivo y eterno.

Me entran ganas de bajar de mi jumento para darle unas palmaditas en el trasero a este niño insolente y precoz. Con mirada apaciguadora, le sugiero a Gilabert que prosigamos. Lo hacemos dejando atrás al niño Georgie, quien se queda maldiciéndonos con soeces palabras en inglés. Al cabo de una larga noche que nos parece eterna, nos encontramos, junto a un arroyo de aguas risueñas y frescas, al sabio Cide Hamete Benengeli abroncando al *Curioso impertinente.*

—Vete de esta novela —dice gritando con unos cartapacios en la mano—, ¿qué tienes tú que ver con los señores Quijano y Panza?

—A mí me colocó aquí el autor —responde el otro—, y no pienso irme jamás, por mucho que transcurra el tiempo corrosivo.

—El autor soy yo —replica el sabio árabe con una vehemencia de sultán.

Un poco más lejos, bañándose en un remanso, dos hombres blancuzcos y enfermizos observan indolentes la disputa. Por fin se anima a terciar el más joven de ellos con palpable y descontextualizado acento francés.

—Bueno, cuando os pongáis de acuerdo, nos lo decís.

Gilabert me advierte al oído que se trata de Avellaneda y de Pierre Menard, dos autores de falsos *Quijotes*. Movido por mi nuevo instinto crítico y realista, aventuro unas palabras del Eclesiastés:

—Vanidad de vanidades, todo es vanidad.

Al oírme, Gilabert alarga en su rostro una sonrisa sarcástica, mientras su rocín agradece la constancia del agua. Cuando me fijo en unas encinas próximas, distingo al bachiller Sansón Carrasco y a Cervantes tumbados a la bartola en dos hamacas de cuerda. Sin decir una sola palabra, escuchan la conversación comiendo un racimo de uvas que dejan reposar sobre sus indolentes barrigas escasas. Frente a ellos, un viejo de prolongada barba blanca y ojillos diminutos, conversa con un joven que juega a introducirse en la boca una Luger de doble cañón.

—Ya se lo advertí en el final de *Niebla*, don Miguel; lo ve, lo ve cómo es usted el que murió y fue enterrado; yo sigo viviendo y, precisamente porque sigo viviendo, puedo suicidarme cuando me dé la gana, sin el consentimiento de usted.

—Me tienes hasta las barbas, Augusto Pérez de las narices, ojalá no te hubiera creado en aquella discreta tarde de abril en la que inevitablemente te soñé. Pero, muchacho, no te hagas ilusiones, porque ni existes, ni has existido, ni existirás.

—Ya lo creo que existo. Como dijo aquel melancólico francés: pienso, luego existo.

—Pérez, eso es un soberano disparate, el que pienso soy yo, para crear en ti la ilusión de pensar.

Augusto Pérez tarda unos segundos en concebir la nueva argucia senil de su creador. Luego sonríe y dice acercando la Luger a su sien:

—¿De verdad quiere usted escuchar el seco disparo que me haga perecer?

—No hagas tonterías, muchacho —exclama el autor haciendo desaparecer la Luger con una goma de borrar—. Además, ¿no te das cuenta del anacronismo que supone esa arma en este pasaje del *Quijote*?

—Pero qué ha hecho, don Miguel, mucho más anacrónica es la empresa de Pierre Menard, y mírelo allí qué contento vive junto a Avellaneda.

Con inocencia temeraria, Gilabert pregunta a todos desde su rocín:

—Por favor, ¿saben ustedes quién es el autor de esta novela?

Tras un silencio tenso, Unamuno se acerca a nosotros y se detiene señalando a Gilabert. Luego se arrodilla y, visiblemente emocionado, besa las pezuñas del rocín.

—¡Maestro don Quijote, es usted el único autor, el único, el único!

Gilabert se intranquiliza y muestra su desconcierto. Unas risotadas procedentes de las hamacas nos llegan a todos haciéndose evidentes a pesar del sonido del agua. Hasta mi jumento, que mira ahora a Gilabert, parece sorprendido frente a esta súbita alteración de identidades. Despacio, con el silencio de todos, Gilabert desciende de su rocín. Un líquido oscuro comienza a brotar de la punta de su lanza. Se mira las manos, se las huele, se las vuelve a mirar. Unamuno se apresura a levantarse del suelo y a llegar hasta él para darle un abrazo. Luego besa el suelo y llora y palpa con las manos el simbólico líquido negro.

—¡Lo véis! —grita mirando a todos con ojos desorbitados y felices—. ¡Está fluyendo tinta de su lanza, está fluyendo tinta, os lo dije, os lo dije! ¡Él es el único autor! ¡Muera el cervantismo! ¡Viva el quijotismo!

Incorporándose violentamente sobre la hamaca,

Cervantes ha enmudecido con un rostro de pánico. Con estupefacción, todos observamos la copiosa fuente que ahora comienza a teñir las aguas del arroyo.

¡Oh musas! ¡Oh alto ingenio, ayudadme a describir este instante mágico! Tras un silencio que termina fulminando las aguas del arroyo, me fijo en los ojos de Gilabert y en cómo su cara de caballero andante progresa hacia la de un viejo rollizo y casto. Gilabert se ha convertido en Virgilio y yo en Dante. De inmediato, nos percatamos de que Alguien ha hecho desaparecer los animales y los otros personajes del *Quijote*. Tampoco están ya las estrellas del cielo. Con incomprensible ánimo resolutorio, nos adentramos ahora en una selva oscura y, después de caminar durante un buen rato, descendemos por una inmensa garganta fangosa que termina abriéndose a un valle pestilente y húmedo.

—Son éstos los umbrales del infierno —me dice mi maestro, en italiano vulgar—. ¡Cuán lejos estamos todavía de tu Beatriz!

Precedida por gritos desconsolados que el fétido aire propaga, arribamos a una región poblada por réprobos condenados a nadar por una superficie acuosa que bulle en grandes burbujas oscuras. En la orilla de ese martirio líquido, unos demonios fustigan a todos los desdichados que, al no poder resistir las quemaduras, escapan y corren unos segundos sobre la arena de la playa.

—Nos hallamos en el círculo de los soberbios —me dice Virgilio en voz baja.

Piensa, lector, el miedo que me entra al acceder a estas imágenes. Cercados en una jaula de metal enrojecido por el calor, distingo, entre un grupo de pecadores, a Farinatta y a Filipo Argenti. Junto a ellos, Mario Duque, Bernard Satie y Silvio Lesconi están jugando al volley-playa con un mapamundi.[35]

—Están condenados a jugar por los siglos de los siglos —me dice el autor de la *Eneida* con sonrisa maliciosa—, cuando no pueden más y desfallecen sobre la arena, esos demonios que ves allí les pinchan en el trasero.

Entre los demonios más próximos a nosotros, reconozco a Fernando Savater y a E. M. Cioran. Ambos se regocijan al contemplar a Lesconi y a Duque en sus últimos esfuerzos por mantenerse en pie. Cuando Duque cae sobre la arena, Savater deja su tridente en el suelo y le pide a Belcebú que le preste un gran puro habano que está fumando. Lo toma con elegancia, da un par de caladas para avivar la brasa y lo aplica en la nalga de Mario Duque.

—¡Fot-li, fot-li! —dice en un sorprendente e intraducible catalán el pensador rumano.[36]

Al notar el quemazo sobre la piel, Mario Duque se levanta de un salto para seguir jugando al volley-

35. Duque, Satie y Lesconi fueron hombres de negocios muy conocidos en la Europa de finales del siglo XX. En su tratado titulado *La velada comercialidad de López y yo,* Samuel Mc Graw Hill señala que el autor incluyó a estos tres hombres en su novela para conseguir una resonancia mayor en España, Francia e Italia, de donde eran respectiva y originariamente estos tres empresarios ya fallecidos. Lo cierto es que en España se llegaron a vender en un solo año 643.789 ejemplares, en Francia 453.212 y en Italia 587.009.

36. No hemos traducido el término «fot-li» al considerar que el propio autor lo juzga intraducible. Como orientación aproximativa, «fot-li» significaría dale, o pégale. Por lo demás, es difícil adivinar el sentido que Gilabert quiso darle a este pasaje en el que Cioran, un autor rumano, habla explícitamente en catalán. García Bowle de Andrade, en una frase indigna de García Bowle de Andrade, ha recordado aquí que «el pintor catalán Salvador Dalí también solía afirmar que se sentía catalán, católico, apostólico, romano y un poco rumano».

playa. Le toca sacar a él. Lanza el mapamundi, le pega en el aire con toda la fuerza que puede, pero la esfera de colores no sobrepasa la red. Todos los de su equipo le miran con odio, pero él está acostumbrado a eso ya desde la otra vida y se muestra indiferente. En el equipo de Mario Duque, Silvio Lesconi y Bernard Satie, veo a un enorme gordo parecido a Orson Welles. Enfangado hasta el cuello, repite mecánicamente una palabra sin parar: «Rosebud, Rosebud, Rosebud».

—Es Charles Foster Kane —me comunica mi guía—, otro condenado en este círculo de los soberbios. Está obligado a repetir esa palabra durante toda la eternidad.

El hedor es ahora insoportable, pero cuando mi guía hace ademán de proseguir, me fijo en Filipo Argenti, que parece retorcerse en una última exhalación de muerte.

—Maestro, antes de que nos marchemos de este lago, déjeme deleitarme viendo el padecimiento de este réprobo.

Virgilio me concede ese tiempo perverso y luego proseguimos elevándonos por un desfiladero que no aminora en nada el tufo ni los quejidos procedentes de abajo. Cruzamos dos nuevos valles y, al llegar a un sendero de polvo, observo un arbusto de cuyas ramas surgen juntas sangre y palabras.

—Es Pier della Vigna, pésimo poeta y protonotario de Federico II —me advierte mi maestro mirando la planta con desdén.

Junto a Pier della Vigna, reconozco a Ugolino royendo infinitamente la nuca de Ruggieri degli Ubaldini. Cuando levanta la cara para descansar, aprovecha para secarse la boca sanguinaria con los pelos del pecador. Asqueados por esta imagen, proseguimos nuestro camino, mi guía primero y yo después, hasta llegar a una fuente de lava. Cuando se gira, mi maestro ya no es Virgilio, ni don Quijote, sino simplemente Gilabert.

—López —me dice con nuevas lágrimas en los ojos—, hemos soñado con las dos mayores amistades de la literatura, la de don Quijote y Sancho y la de Virgilio y Dante; pero ahora se acerca el fin y la realidad nos será hostil, López, ya lo verás, muy hostil.

Cuando voy a abrazarlo, Gilabert desaparece entre mis manos. Angustiado y perdido, vago entonces por el desconsuelo infinito que se extiende en una vasta altiplanicie. Después, arribo a unos pasadizos laberínticos y me demoro subiendo unas interminables escaleras que, finalmente, me permiten ver el cielo. Por ese inmenso agujero salgo de nuevo a contemplar las estrellas de mi soledad...

El tercer dry martini de Boadas había sido inevitable teniendo en cuenta el crescendo de la conversación: esa magia entre la ficción, el juego y la inmoralidad, ese pliegue impecable en la falda de Teresa, esa risa desatada que se estaba convirtiendo en animosa complicidad, ese pequeño tributo de irresponsabilidad que el alcohol iba agregando al aire... Cuando ella se introdujo en el taxi que tomaron en las Ramblas, Luis observó sus torpes movimientos, su embriaguez. En el coche, reanudaron un diálogo plagado de extraños personajes inventados por ellos esa misma noche: la calle Tuset no era ya el destino que les permitiría cenar en el Giardinetto, sino el punto en el que se hallaba el apartamento de un supuesto amigo que se había arruinado jugando al bingo después de que su mujer se fugara con un millonario. El taxista participaba en la conversación postulando descabelladas teorías psicológicas sobre los ludópatas.

—Mire, el alcohol, el vicio, el juego y los celos son cosas que siempre van juntas.

—Sí, es el caso de nuestro amigo —respondió Luis como jugando a no reírse.

Llegaron a la calle Tuset y, una vez se despidieron

del taxista, Teresa no pudo evitar la risotada que había estado conteniendo durante el trayecto. Entraron en el restaurante. Como no habían reservado mesa, tendrían que esperar media hora de pie en la barra. Pidieron otro dry martini.

Primero la tanteó acariciándole una mano con el dedo índice y, al ver que ella no respondía apartándola, Luis aproximó su boca a la suya con ademán de besarla. Lo hizo durante un rato y, luego, sin dejar de acariciarla, la miró con el deseo que sucede a la conciencia de saber que una mujer está ya en las redes.

—Teresa, eres un encanto.

—Tú también, Luis.

—Sabes, podríamos fugarnos juntos...

—Sí, venga, ¿adónde?

—Al Caribe; a la República Dominicana.

—A mí me gustaría conocer Puerto Rico.

—Pues vamos a Puerto Rico. ¿Nos vamos ahora mismo?

—Sí.

Aunque mecido en la torpeza del alcohol, Luis comenzó a calcular el desenlace de la noche. Podrían ir a casa de ella o al apartamento en el que Antonio se encerraba para escribir. Un hotel resultaría más frío, pero les alejaría más de Antonio, de esa fantasmal presencia que se interponía ahora entre los dos. Pensó un momento en su hermano, en la previa relación que habría mantenido con la mujer que ahora le atraía de una forma tan enigmática. Sólo la ginebra le permitía gozar de la situación sin cuestionarla.

—Es curioso, siento ganas de escribir todo lo que me está ocurriendo desde que Antonio murió.

—Ya empiezas como él —dijo ella con fingida seriedad—. No me digas que a ti también te va a dar por escribir una novela, y que también te vas a poner paranoico. Mira que salgo corriendo. Con el pobre Antonio ya tuve bastante...

—Aunque, pensándolo bien —dijo Luis tras dar un buen trago a la bebida—, podría basarme en los hechos y componer unos personajes y una trama completamente distinta. Podría comenzar con un premio, con la muerte del ganador... y terminar con la fuga del hermano del ganador con la amante del ganador. Una fuga a Puerto Rico...

—Sí, eso sería una trama completamente distinta a la real... ¿Y cómo describirás este beso en tu novela?

Volvieron a besarse. A Luis le pareció que alguien le reconocía en el otro lado de la barra, pero no le importó.

—El personaje de Gilabert podría ir sustituyendo al de mi hermano; por fin, la ficción iría eclipsando a la realidad.

—Sería una enfermiza experiencia literaria —dijo ella cada vez más animada—, aunque, de alguna forma, tendría sentido, porque Antonio, sin conseguir trascender su inmediatez, escribió una realidad que pasó como ficción; mientras que tú podrías hacer justo lo contrario...

—¿Cómo lo contrario?

—Sí, porque podrías, partiendo de «su realidad», elaborar una ficción y presentarla en forma de realidad, como unas memorias reales de tu hermano, de un hermano completamente inventado por ti que pasaría por real... ¿Dónde podría yo presentar eso en un premio de memorias...?

—No seas mala —agregó él con voz pastosa.

—Además, por primera vez en la historia de la literatura, un hermano continuaría la novela de otro...

—Claro, y, finalmente, tú, sin decirme nada, en lugar de presentar esas memorias a un premio de memorias, las presentarías a un premio de novela al que yo asisto y muero al conocer el fallo del jurado... ¿Te sugiero un título cojonudo para ese *best seller*?

—¿Cuál?

—*La asesina de los López.*

—No seas malo —repitió Teresa.

Desde que Silvia amenazó con abandonarme durante unos días (y a pesar del insignificante intento reconciliatorio que fue el acto sexual de aquella noche) la situación en casa se ha hecho insostenible. Llego tarde, como siempre cansado, y todo se me convierte en una prueba que tengo que superar. Nuestras conversaciones son más forzadas y artificiales que nunca, y los silencios se hacen tensos e insoportables. Pero yo permanezco sin poder decidir nada, agarrado a esta injustificable continuidad plagada de contradicciones y de angustias. Ayer mismo me dio una fobia en el metro que me obligó a estirarme de forma espectacular en el suelo. Sólo logré levantarme cuando advertí que el revisor (un tío enorme con un bigote a lo Nietzsche) tenía intención de aplicarme el boca a boca. Esta noche tenemos lo del premio Gracián de novela. No me apetece nada asistir. Volveré a envidiar al ganador, a odiarle, a desearle la muerte. Pensaré, otro que ha conseguido ser alguien, que ha podido escapar de este doloroso anonimato que me hace vivir infeliz. No, no me apetece nada asistir. «Hacer acto de presencia», ¡qué frase hecha tan reveladora! Un tipo tan desequilibrado como yo, ya no es capaz de hacer ningún «acto de presencia». Me siento un personaje literario y no un ser real.

Para mí, el otro es él, mi hermano, Antonio. Yo, con mi despacho en el banco, con mis hipotecas, con mis créditos de depósito, con mis cuentas corrientes al 9 por ciento, con mi secretaria y con mi jefe, lo imagino sentado frente a este mismo ordenador en el que ahora escribo, definitivamente anclado en su inmediatez, en su intrascendencia, en su fracaso. Para mí, el otro es él, Antonio. Él, que había sido el supuesto soñador, el profesor de literatura, el creador. Él, que me había recriminado mi falsedad, mi comercio, mi corbata. Ahora lo pienso con todo el perfil de su derrota, de su inutilidad, de su muerte, incapaz de fabular, de narrar, de sobrepasar el preciso límite frontal de esta pared del fondo, de esta muralla inmensa en la que debió rebotar su torpe cabeza una y otra vez, pensando en ese quimérico Gilabert que no llegó a ser otra cosa que un nombre vacío que se olvida por vacío, que se olvida si no se escribe y reescribe con la obsesión disciplinada con la que él lo escribía. Pero sería irónico que yo, el que le hace el juego al sistema, el que comercio cada mañana con mi corbata, el que recibo al señor Esteve (ese hombre sin metafísica que viene a hablar de un crédito personal al 9,5 por ciento), consiguiera escribir la novela que él no fue capaz ni de comenzar, la novela que ya imagino desde el principio hasta el final, hasta este final que escribo, este final que también podría ser un principio, un principio que me llevase a Antonio, que me llevase a transformarlo, a tergiversarlo, a fabularlo, a reinventarlo en su patetismo desgarrador, a convertirlo en un Pedro Damián cualquiera.[37] A inventarle el pequeño triunfo que no fue capaz de ganarse por sí mismo, un pequeño triunfo en forma de premio literario que coincida con su muerte: una muerte inventada para un hermano inventado, un hermano que tal vez nunca existió más que como un momento de mis pensamientos, un hermano que nunca murió ni escribió en este ordenador que desaparece cuando dejo de imaginarlo, al igual que ese viejo editor que se escapa con una mulata a Puerto Rico, al igual que Teresa Gálvez y que ese prologuista que prologa una novela emblemática de un ampurdanés imposible, una novela que nunca tomó forma concreta, que se desvaneció justo cuando parecía que podría servirme como arma para mi venganza, como manifiesto testimonial de mi mala leche contra el mundo, contra mi maltratado personaje, contra mí.

Ha oscurecido. Mañana tendré que volver al banco. Mi agenda me indica que la jornada estará repleta de visitas que no podré eludir. Alguien me hace notar que no ha oscurecido, que no me hallo escribiendo

37. Gilabert se refiere aquí al cuento de Borges titulado «La otra muerte». En él se plantean varias versiones de la muerte de Pedro Damián. *(Nota a la nota.) Falta muy poco para que el lector conozca la definitiva identidad del autor de esta novela; es decir, la mía, la de Luis López. Por ello, no tiene ya sentido que sigamos con esta farsa del prologuista y de sus fastidiosas notas a pie de página. Además, me empieza a caer un poco mal este tío. Mañana, según cómo me levante, a lo mejor voy y ¡zas!, me lo cargo de un plumazo.*

frente al ordenador de mi hermano, que yo no soy quien creo ser, que la novela que ya casi leo no ha existido ni existirá, que es sólo el reflejo de una soledad sin esperanza, de un exilio de mí mismo, del delirio circular que inevitablemente vivo y revivo...

En los altos cristales de la biblioteca reverberó el sol de las seis. Una vehemencia de luz última exaltó un reflejo en la bruñida escultura de bronce. Por el aire y el silencio de la gran sala se esparcía una reconocible música de jazz que llegaba desde algún lugar lejano, irreal. Luis López se frotó el mentón con la mano y luego preparó el papel y el lápiz. Certero, convencido, con el pulso firme de los cabalistas antiguos, se acomodó frente al escritorio público imaginando que lo hacía frente al ordenador de su hermano. Luego, tras un suspiro que pareció anticipar futuras felicidades, escribió el comienzo de la novela: «Cuando era más joven mi padre siempre me decía: hijo, cuesta mucho salir de la fila, yo lo he conseguido, tú no lo vas a conseguir jamás, pero no te preocupes, ya te he dejado bien situado en la parrilla de salida. Hay gente que nace con carisma, destinada a triunfar, pero ése no es tu caso».

Este libro se acabó de imprimir
en Limpergraf, S. L., Ripollet del Vallès (Barcelona)
en el mes de febrero de 1997